Liebesglück im kleinen Cottage am Meer

Liv O‘Malley

Impressum:
Liv O'Malley
c/o Block Services
Stuttgarter Str. 106
70736 Fellbach

ISBN-13: 9798399907000

Covergestaltung: LOM
unter Verwendung von Stockfotos/Canva Pro

Lektorat:
Bea Raben

Korrektorat:
Ada Walden

ÜBER DIE AUTORIN

Liv O'Malley schreibt romantische Liebesromane mit Herz und Happyend.

Ihre Bücher spielen alle in wunderschönen Landschaften und laden ihre Leserinnen und Leser ein, sich für ein paar Stunden in eine heile Welt zu träumen. In eine Welt, in der es für jeden ein Happyend gibt und einen keine Dramen plötzlich überfallen. Es sind Geschichten, wie das Leben sein sollte, und die die Leser:innen mit einem Lächeln und guter Laune in ihren Alltag entlassen.

Kitschig? Auf jeden Fall!

Süß? Wie Zucker!

Lustig? Immer!

Liv schreibt Bücher, die sie selbst gerne liest. Ihre Bücher sind wie eine warme Umarmung und absolut zum Wohlfühlen!

Bisher erhältlich:

Ein irischer Buchladen zum Verlieben

ISBN-13: 9798386532475

Herzklopfen in den Highlands

ISBN-13: 9798387947476

KAPITEL 1

SOPHIE

Heute wird ein ganz besonderer Tag! Das weiß ich! Nicht nur, weil es der erste wirklich sonnige Juni-Tag nach einem sehr verregneten Mai in Chicago ist, sondern weil es in meinem Kalender steht!

Grinsend überlege ich, was Besonderes geschehen könnte. Ganz sicher wird es nicht bei der Arbeit sein. Den Job in der Verwaltung eines Bauunternehmens habe ich erst seit ein paar Monaten, doch da ist noch nie etwas Besonderes passiert bis auf einen Probe-Feueralarm. Also wird garantiert nach Feierabend etwas völlig Unerwartetes in mein Leben treten. Zwar habe ich nichts weiter vor, außer mich auf die Couch zu kuscheln und einen Film anzuschauen oder ein Buch zu lesen, aber ich bin offen für andere Optionen.

Wie jeden Arbeitstag, wenn das Wetter es zulässt, laufe ich einen kleinen Umweg, um eine meiner Lieblingsstatuen in der Stadt zu besuchen. Heute ist es die Cloud Gate von Anish Kapoor im Millennium Park. Ich wünsche ihr einen schönen guten Morgen, während ich mich in der gewölbten Oberfläche spiegle. Einen Augenblick sehe ich Kindern mit ihren Eltern zu, die um die wie aus Quecksilber gegossene Bohne, wie wir die Cloud in Chicago nennen, herumrennen und hüpfen und über ihre Spiegelung lachen, bevor ein Blick auf die Uhr mich mahnt, dass ich mich beeilen muss.

Als der Haupteingang des Gebäudes in Sicht kommt, bleibe ich überrascht stehen. Polizeiwagen versperren die Straße, Cops stehen vor der großen Tür Wache. Einige wichtig aussehende Frauen und Männer in dunklen Anzügen tragen Kisten aus dem Wolkenkratzer heraus.

Fragend hebe ich beide Augenbrauen. Wird hier heute ein Film oder eine Serie gedreht? Das kommt in Chicago schon mal vor, aber es gab vorab keine Mitteilung und ich sehe auch nirgendwo Kameras.

Plötzlich verlässt unsere Empfangsdame mit einer großen Tüte das Gebäude, die die Polizisten rasch durchsehen.

Als Brandy schließlich weitergehen darf, eile ich auf sie zu. „Was ist denn hier los?"

„Hast du heute noch keine Nachrichten geschaut?"

„Äh … nein. Wieso?“

„Unsere Bosse haben eine ganze Reihe wichtiger Leute geschmiert und erpresst, um an die lukrativsten Aufträge der Stadt zu kommen. Sie sind aufgeflogen und wurden in den Morgenstunden verhaftet.“

Entsetzt starre ich sie an. „Was bedeutet das?“

„Wir haben keinen Job mehr, Sophie. Das bedeutet es. Das war’s. Hier wird gerade alles beschlagnahmt, aber wenigstens dürfen wir noch unsere privaten Sachen mitnehmen.“ Sie drückt meine Hand. „Ich wünsche dir viel Glück!“

„Ich dir auch“, murmle ich.

***

Wie benommen laufe ich mit einem kleinen Karton unterm Arm durch die Straßen. Ich gehe extra an keiner einzigen meiner Statuen vorbei, weil ich nicht jedes Mal, wenn ich sie von nun an sehe, wieder dieses miese Gefühl bekommen will, das ich gerade habe.

Es ist zwar nicht der absolute Weltuntergang, nicht mehr in dieser Firma zu sein, und ich habe auch ein bisschen Geld gespart, um nicht sofort in Panik zu geraten, wenn ich eine Zeitlang keine neue Arbeit finde, aber es ist trotzdem ein Schock. Jobs für Mediengestalter sind nicht gerade dicht gesät, weil es so viele von uns gibt. Bisher hatte ich nur befristete Anstellungen oder wurde irgendwann durch Praktikanten ersetzt, weil sie günstiger waren und laut meinen Ex-Chefs gut genug für ihre Zwecke. Deshalb war ich tatsächlich froh, als Quereinsteigerin in der Baubranche einen unbefristeten Vertrag zu bekommen … was jetzt allerdings auch vorbei ist.

Aber ich finde schon etwas Neues. Mir tun vor allem meine Kollegen leid. Viele von ihnen haben Familie und brauchen das Geld dringend. Und andere sind schon älter und werden es nicht leicht haben, schnell eine neue Arbeit zu finden.

Als ich endlich wieder einen klaren Gedanken fassen kann, bleibe ich stehen und sehe mich um. Ich habe nur eine vage Vorstellung davon, wo ich gerade bin, aber es ist definitiv die vollkommen falsche Richtung, um nach Hause zu kommen. Und der Karton mit meinen Habseligkeiten wird auch immer schwerer.

Ich beschließe, ein Taxi anzuhalten, und mache einen Schritt vom Gehweg Richtung Straße, als ich fast stürze. Einer der Absätze meiner High Heels hat sich in einem Gitter verhakt und bricht mit einem hässlichen Geräusch ab, während ich versuche, den Schuh zu befreien. Genervt beuge ich mich hinunter, hebe den Absatz auf und werfe ihn in die Kiste, bevor ich weiterhumple. Den amüsierten Blicken der Passanten begegne ich mit einem wütenden Funkeln – und plötzlich wird mir alles zu viel!

Mein Blick bleibt an dem Schaufenster eines kleinen Cafés hängen, das für seine englischen Tees und Leckereien wirbt. Dahinter sitzen ein paar Leute an runden Tischen, lesen Zeitung oder ein Buch, und alles wirkt unglaublich friedlich und beruhigend.

Genau das, was ich jetzt brauche!

Kurzentschlossen gehe ich hinein und lasse mich an einem freien Tisch am Fenster auf einen Stuhl fallen. Den Karton stelle ich auf den Stuhl daneben und vergrabe mein Gesicht in den Händen.

„Hallo, ich bin Rachel. Willkommen in meinem Café! Was kann ich dir bringen?"

Ich hebe den Kopf und sehe die Frau mit den kurzen schwarzen Haaren, die wie ich etwa Anfang dreißig ist, unglücklich an. „Einen neuen Tag, bitte."

„Oh je. Ich sehe, was ich tun kann, aber wie wäre es erstmal mit einem Tee? Tee hilft immer!" Sie lächelt aufmunternd.

Ich schmunzle. „Klingt gut."

„Welchen hättest du denn gerne?"

„Keine Ahnung. Einen schwarzen vielleicht?"

„Gute Wahl. Und willst du auch etwas essen?"

Ich zucke mit den Schultern.

„Alles klar. Ich bringe dir einfach was und danach erzählst du mir, was los ist, wenn du magst. Du siehst aus, als könntest du ein offenes Ohr gebrauchen."

„… und jetzt muss ich mir nicht nur einen neuen Job suchen, sondern habe auch meinen Schuh ruiniert." Anklagend deute ich erst nach unten und dann in den Karton, in dem mein Absatz liegt. „Dein Tee, dieser leckere Schokoladenkuchen und das Gespräch mit dir sind also das Beste, was mir heute passiert ist. Dabei sollte es eigentlich ein Tag werden, der mein Leben verändern wird!" Ich verziehe das Gesicht. „Zumindest hat das Omas Kalender behauptet."

„Omas Kalender?", hakt Rachel nach.

Ich nicke lächelnd. „Meine Oma bastelt mir, schon seit ich klein war, immer zu Weihnachten einen Kalender für jeden Tag des neuen Jahrs. Da ist alles dabei! Bücher- und Filmtipps oder Ratgeber, wie man Flecken aus Kleidern entfernt, oder Hausmittelchen, um Schnupfen zu bekämpfen, oder Lebensweisheiten oder eines ihrer unzähligen eigenen Rezepte, mit denen sie uns immer alle verwöhnt. Oder Fotos von mir, als ich früher den ganzen Sommer bei ihr in New Hampshire in ihrem Haus am Meer verbracht habe. Und Einträge, was wir dort Schönes zusammen erlebt und unternommen habe. Ich glaube, ich war nie wieder so glücklich wie damals." Ich seufze. „Jedenfalls stand heute im Kalender, dass der Tag etwas ganz Besonderes werden wird, dazu bestimmt, mein Leben zu verändern. Und das trifft auch zu, wenn auch nicht so, wie ich es mir ausgemalt habe. Ich habe meinen Job verloren und damit hat sich alles ganz schön verändert."

Tröstend nickt Rachel mir zu. „Es wird sich schon alles finden, Sophie. Da bin ich sicher."

„Das hoffe ich, aber ich glaube, ich brauche erstmal Ruhe, um gründlich nachdenken zu können. Ich meine, zum Glück muss ich nichts Hals über Kopf entscheiden. Finanziell kann ich mir ein bisschen Auszeit nehmen, aber um nachzudenken, muss ich aus Chicago raus. Aber wohin? Zu meinen Eltern möchte ich nicht. Sie sind beruflich gerade sehr im Stress und ich will nicht, dass sie ein schlechtes Gewissen haben, weil sie sich nicht so viel Zeit für mich nehmen können. Und sie wohnen mitten in Washington, D.C. – viel Erholung und Ruhe hätte ich da auch nicht."

„Vielleicht solltest du zu deiner Oma fahren?", schlägt Rachel vor.

„Daran habe ich auch sofort gedacht, aber bei ihr sind gerade die Handwerker im Haus, um einiges zu reparieren und zu modernisieren. Das ist schon nervenaufreibend genug. Da will ich ihr nicht auch noch zur Last fallen. Natürlich würde sie mir das nie sagen, aber sie wird bald 85 - sie soll nicht das Gefühl haben, mich auch noch bespaßen zu müssen, wenn sie sowieso gestresst ist. Außerdem denke ich, es wäre besser, wenn ich eine Weile alleine wäre. Ich weiß nur noch nicht, wo ich hinfahren soll."

Rachel überlegt einen Moment, dann strahlt sie mich an. „Ich hab's! Wie wäre es mit England?"

„Wieso England?"

„Ich stamme aus einem kleinen Dorf in Cornwall. Galhill Bay. Es ist wunderschön. Liegt am Meer. Und die Eltern von Anne, meiner besten Freundin in Galhill Bay, besitzen ein bezauberndes Cottage, das sie vermieten. Moment! Ich zeige es dir! Anne hat mir neulich erst den Link zur neuen Webseite geschickt." Rachel holt ihr Handy aus der Hosentasche und runzelt die Stirn. „Die Webseite ist momentan offline. Klappt offensichtlich noch nicht alles. Aber ich habe Fotos vom Cottage von außen, die mir Anne letztes Jahr geschickt hat, als sie neu haben streichen lassen, und ich kann dir versichern, dass es von innen genauso bezaubernd ist.“ Sie sucht einen Augenblick, bevor sie mir das Display hinhält. „Wäre das interessant für dich?“

Ich werfe einen Blick auf das Foto und bin hin und weg! Das Cottage ist ein absoluter Traum! So habe ich mir ein Haus in Cornwall immer vorgestellt! Es ist hell gestrichen, mit weißen Sprossenfenstern und türkisfarbenen Fensterläden. Und noch dazu steht es am Strand und dahinter breitet sich das Meer bis zum Horizont aus.

Ich spüre ein aufgeregtes Kribbeln im Bauch, als Rachel mir eine Aufnahme der anderen Seite des Cottage zeigt. Es gibt dort eine kleine Terrasse mit Tisch, Stühlen, Liegen und einem fröhlich gelben Sonnenschirm und der Garten davor ist voller Blumen, die in allen Farben erstrahlen.

In meiner Vorstellung sehe ich mich bereits auf der Terrasse beim Frühstück sitzen und mit einem Buch faulenzen. Und nachts liege ich im Bett und das Geräusch der Wellen wiegt mich in den Schlaf. Und auf einmal spüre ich es deutlich – das ist das Ereignis, das mein Leben verändern soll! Alles, was heute passiert ist, hat mich ja erst zu Rachel geführt!

Also will das Schicksal, dass ich nach Cornwall reise. Ich soll mich von den Wellen in den Schlaf wiegen lassen. Ich soll die Sonne sehen, die auf dem Meer tanzt und es zum Glitzern bringt, bevor sie rotglühend untergeht. Ich soll die salzige Luft auf meinen Lippen schmecken und den Ausblick aufs Meer genießen.

Mein Herz schlägt vor Freude und Aufregung schneller. Das ist der perfekte Ort, um die Seele baumeln zu lassen und Pläne für die Zukunft zu schmieden!

„Also, was meinst du, Sophie?“

„Die Aussicht, in diesem Haus zu wohnen, ist wundervoll! Es sieht absolut idyllisch aus. Wie direkt aus einem wunderbaren, romantischen Film! Und ich war noch nie in England, aber bin mit all den berühmten englischen Kinderbuchklassikern aufgewachsen. Es wäre also fantastisch, dort zu sein, aber meinst du, es ist spontan noch frei?“

„Das finden wir gleich heraus, wenn du magst. Es springen immer wieder mal Gäste ab. Vielleicht hast du ja Glück und deine Oma recht?“ Rachel wackelt mit dem Telefon. „Wollen wir?“

„Auf jeden Fall!“

„Dann lass uns kurz nach hinten gehen, dann stören wir die anderen Gäste nicht.“

Ich nicke und folge humpelnd Rachel, die ihrer Angestellten kurz Bescheid gibt, in ein kleines Büro, wo sie mich auf einen Stuhl drückt und sich gegen den Schreibtisch lehnt. Angespannt drücke ich die Daumen, während Rachel auf ihrem Handy die Nummer heraussucht, anruft und darauf wartet, dass jemand abnimmt, was offensichtlich gleich darauf passiert, denn Rachel hebt einen Daumen.

„George, hier ist Rachel! Wie geht es dir?“ Sie zwinkert mir zu und schaltet den Lautsprecher ein.

„Rachel, meine Liebe! Mir geht es sehr gut. Ich hoffe, du rufst an, um zu sagen, dass du bald wieder nach Galhill Bay zurückkommst. Anne vermisst dich sehr.“

„Ich vermisse sie auch und im Herbst komme ich auf jeden Fall wieder für mindestens zwei Wochen, aber der Grund, wieso ich dich anrufe … also, ich habe hier jemanden, der gerne ganz spontan euer Cottage mieten würde. Ich habe Sophie Bilder gezeigt und sie ist ganz begeistert. Und jetzt möchte ich, dass du mir sagst, dass es frei ist.“

„Das ist ja ein Zufall! Ja, es ist frei. Die Familie, die es mieten wollte, musste kurzfristig absagen, weil die Kinder Windpocken haben. Wie lange will deine Freundin denn bleiben und wann könnte sie kommen?“

„Das besprichst du am besten mit ihr. Ich reiche dich mal weiter. Mr. Taylor für dich, Sophie.“ Rachel drückt mir das Handy in die Hand. „Ich lasse euch kurz allein“, flüstert sie und verlässt das Büro.

Ich räuspere mich. „Hallo, Mr. Taylor. Ich bin Sophie. Sophie Arden.“

„Freut mich sehr!“

„Mich auch. Und ich kann es gar nicht fassen, dass das Cottage frei ist. Da das jetzt alles sehr kurzfristig ist und ich erst noch einen Flug buchen und ein paar Sachen erledigen muss, könnte ich erst in ein paar Tagen da sein. Also am Freitag. Ich zahle aber die Tage davor gerne auch, wenn Sie mir das Cottage freihalten. Wieviel kostet es eigentlich?“

„Da Sie eine Freundin von Rachel sind, würde ich … mal kurz überlegen … 500 Pfund die Woche nehmen. Ist das in Ordnung?“

Ich zücke kurz mein eigenes Handy und rechne den Betrag in Dollar um. „Das ist total in Ordnung! Ja, ich nehme es!“

„Wie lange möchten Sie denn bleiben?“

„Wie lange ist es denn frei?“

„In drei Wochen ist es wieder belegt. Wenn Sie am Freitag kommen, wären es also etwa zweieinhalb Wochen. Ist Ihnen das recht?“

„Ich nehme es für die volle Zeit“, rufe ich begeistert. „Schicken Sie mir doch bitte eine Mail mit den Bankdaten, damit ich gleich das Geld überweisen kann.“

„Das eilt nicht. Wir erledigen das, sobald Sie da sind. Als Freundin von Rachel vertraue ich Ihnen.“

Ich lächle. „Wie Sie wollen.“

„Also gut, dann sehen wir uns am Freitag. Die Adresse soll Rachel Ihnen geben. Ich bereite im Haus alles für Sie vor und werde den ganzen Tag da sein, bis Sie ankommen. Ich muss den Garten sowieso noch ein wenig auf Vordermann bringen – da kann ich die Zeit gleich dafür nutzen.“

„Wundervoll, Mr. Taylor! Ich kann Ihnen gar nicht sagen, wie sehr ich mich freue!“

„Das höre ich an Ihrer Stimme.“ Er lacht. „Gute Reise und bis bald!“

„Bis bald, Mr. Taylor." Ich lege auf und gehe freudestrahlend ins Café zurück, wo Rachel mit meinem Absatz und einer Tube Sekundenkleber am Tresen steht. „Gib mir deinen Schuh. Das sollte halten, bis du nach Hause kommst."

Ich schlüpfe aus meinem High Heel und reiche ihn ihr. „Danke."

„Gehört zum Service." Sie schmunzelt. „Du siehst glücklich aus! Es hat also alles geklappt?"

„Das hat es! In ein paar Tagen werde ich schon in Galhill Bay sein. Ich kann es immer noch nicht glauben! Du musst mir nur die Adresse geben. Mr. Taylor hat es mir als Amerikanerin wohl nicht zugetraut, alles richtig aufzuschreiben."

Rachel kichert. „Kriegst du gleich und auch eine kleine Skizze, wie du Galhill Bay und das Cottage am leichtesten findest."

„Du bist ein wahrer Engel." Ich zögere einen Moment, dann umarme ich sie fest. „Danke! Danke für alles!"

„Gern geschehen." Sie erwidert die Umarmung herzlich. „Und bevor ich deinen Schuh verarzte, spendiere ich uns ein Glas Prosecco und wir stoßen darauf an, dass dieser Tag doch noch einer geworden ist, der dein Leben tatsächlich verändert."

„Absolut!" Ich nicke. „Denn heute ist der Tag, der mich nach Cornwall bringt!"

KAPITEL 2

SOPHIE

Trotz meiner Aufregung, schon bald in Cornwall zu sein, habe ich fast den ganzen Flug verschlafen. Gestern bin ich am Nachmittag von Chicago aus abgeflogen, damit ich mit Hilfe der Zeitverschiebung morgens in London lande und bereits mittags gegen 12 Uhr in Galhill Bay sein kann.

Als ich in Heathrow meinen Koffer und die Reisetasche in den Mietwagen packe, fühle ich mich deshalb frisch und ausgeruht. Keine Spur von Jetlag! Also bin ich bestens gewappnet für die knapp sechs Stunden Fahrt bis zu meinem Ziel.

Ich hätte natürlich von London aus auch einen Anschlussflug zu einem der Flughäfen im Südwesten nehmen und erst von da aus losfahren können, aber ich will so viel wie möglich von England sehen und in mich aufnehmen.

Stolz auf mich, dass ich auf Anhieb auf der richtigen Seite des SUVs stehe, werfe ich meinen Rucksack auf den Beifahrersitz, stelle den Cappuccino, den ich mir am Flughafen besorgt habe, in den Getränkehalter und nehme hinter dem Steuer Platz.

Rasch gebe ich in das Navi den kleinen Ort ein, den es tatsächlich auch findet. Falls das nicht geklappt hätte, wäre es auch nicht schlimm gewesen. Ich weiß von Rachel, dass Galhill Bay ganz in der Nähe von St. Ives liegt, und ich wäre mir nicht blöd vorgekommen, mich von da aus durchzufragen.

„Na gut, dann wollen wir mal!" Ich stelle die Spiegel ein, schnalle mich an, starte und gebe Gas.

Der Verkehr ist nicht zu stressig und ich kann die typisch englische Landschaft mit ihren sanften, grünen Hügeln, Feldern und Waldgebieten genießen, während ich auf dem Motorway fahre.

Als ich an der Ausfahrt Winchester vorbeikomme, bin ich fast versucht, abzubiegen und in der Kathedrale das Grab von Jane Austen zu besuchen, aber ich entscheide mich dagegen und hebe es mir für die Rückfahrt auf.

Genau wie die Anlage von Stonehenge und meine Suche nach dem Hund von Baskerville, Sherlock

Holmes und Dr. Watson im Dartmoor.

Jetzt will ich nach Cornwall!

Als ich endlich an der Küste angelangt bin, hüpft mein Herz vor Freude! Die Landschaft ist wild und schroff, aber es gibt auch wundervolle Sandstrände. Und ich habe gelesen, dass man hier auch Delfine, Wale, Riesenhaie und Seehunde sehen kann. Vielleicht habe ich ja Glück!

Auf der letzten Etappe fahre ich auf einer kurvigen Küstenstraße und der Ausblick auf das Meer ist fantastisch. So fantastisch, dass ich fast die Abzweigung nach Galhill Bay verpasse, die Rachel mit einem großen X auf ihrer Skizze markiert hat.

Und dann bin ich da und sofort verliebt! Der Ort ist malerisch! Und er wäre auch malerisch, wenn die Sonne nicht scheinen würde und der Himmel nicht strahlend blau wäre. Die meisten der Häuser sind ältere Gebäude aus Stein, mit Schieferdächern und Kästen mit bunten Blumen vor den Sprossenfenstern. Während ich langsam durch Galhill Bay fahre, entdecke ich einen Tante-Emma-Laden, einen Pub, der mit hausgemachten Cornish Pasties wirbt, sowie ein Café, das wiederum seine hausgemachten Scones anpreist. In der Mitte des Ortes steht eine hübsche kleine Kirche und genau an der muss ich laut Rachels Plan vorbeifahren, bevor ich nach rechts Richtung Strand abbiege und dann in den Weg, ein wenig außerhalb des Ortes, der zum Cottage führt.

Am Ende einer kleinen Sackgasse, in der sonst kein

anderes Haus steht, bin ich am Ziel – an meinem Cottage für die nächsten Wochen! Und es ist noch viel schöner als auf Rachels Fotos!

Aufgeregt parke ich mein Auto neben einem anderen SUV, der sicherlich Mr. Taylor gehört, und steige aus. Tief atme ich die salzige Luft ein, höre Möwen kreischen und das Meer rauschen. Es ist so perfekt, dass es mir wie ein Traum vorkommt, und ich kann es kaum erwarten, alles zu sehen!

Schnell schultere ich meinen Rucksack und die Reisetasche, schnappe mir meinen Koffer und öffne das kleine Gittertörchen. Ein schmaler Kiesweg, der liebevoll von bunten Blumen eingefasst ist, bringt mich zur Haustür, an der seitlich eine süße schmiedeeiserne Laterne befestigt ist, um nachts den Eingang zu beleuchten.

Gespannt drücke ich die Klinke herunter und die Tür öffnet sich. Mit klopfendem Herzen und voller Vorfreude trete ich ein, stelle mein Gepäck ab und durchquere den kleinen Flur auf der Suche nach Mr. Taylor, als ich wie erstarrt stehenbleibe.

In der offenen Küche, die in das große Wohn- und Esszimmer integriert ist, steht ein Mann, der ganz sicher nicht Mr. Taylor ist! Ein großer, verdammt gutaussehender Mann, vielleicht Mitte dreißig, mit dunkelbraunen, lockigen Haaren und einem Körper, der so makellos ist, als hätte man ihn mit einem Grafikprogramm perfektioniert.

Und der Grund, wieso ich diesen Körper so genau sehen kann – der Mann vor mir trägt nur dunkelblaue Shorts. Eindeutig Unterwäsche, keine zum

Schwimmen gehen. Sie ist so dunkelblau wie die Augen, die mich verärgert mustern.

„Was zum Teufel machen Sie hier? Was fällt Ihnen ein, einfach in ein fremdes Haus reinzuplatzen? Können Sie nicht klopfen?“

Ich schüttle verwirrt den Kopf. „Was ich hier mache? Was machen Sie hier?“

„Ich wohne hier.“ Er hebt spöttisch eine Augenbraue und deutet an sich herab. „Oder denken Sie, das ist mein normales Tagesoutfit?“

„Wie?“

„Sind Sie schwer von Begriff? Soll ich langsamer sprechen?“

Seine Stimme tropft vor Sarkasmus und langsam werde ich ebenfalls ärgerlich. „Sie können hier nicht wohnen, weil ich dieses Cottage gemietet habe! Also ziehen Sie sich gefälligst etwas an und verschwinden Sie! Oder gehen Sie einfach so, wie Sie sind – ist mir egal.“

„Ich verschwinde garantiert nicht, weil ich dieses Cottage gebucht habe.“

Er nimmt sein Handy von der Kücheninsel, tippt darauf herum und hält es mir schließlich hin.

„Hier! Meine Buchung! Lucien de Richaud. Das bin ich. Und da steht auch, dass das Haus mir noch zweieinhalb Wochen gehört, bis die neuen Gäste kommen.“ Er scrollt weiter. „Und hier ist die Bestätigung, dass ich dafür bezahlt habe. Also, dann zeigen Sie mir doch einmal Ihre. Wahrscheinlich haben

Sie sich im Datum geirrt. Sie sind Amerikanerin, oder?“

„Was hat das denn damit zu tun?“, fauche ich genervt.

Er schweigt und sieht mich abwartend an.

Ich schlucke. „Äh … ich kann Ihnen keine Buchungsbestätigung zeigen. Ich habe telefonisch gebucht.“

„Ach, wie praktisch. Sie haben also keinen einzigen Nachweis, dass Sie überhaupt hier sein dürfen? Dann würde ich sagen, Sie verschwinden besser. Und zwar gleich!“

LUCIEN

Die junge Frau mit den großen grauen Augen sieht mich von oben herab an, was ziemlich beeindruckend ist, da sie mir gerade mal bis zur Schulter reicht, auch wenn sie durch den wilden blonden Dutt auf ihrem Kopf ein paar Zentimeter gewinnt.

„Ich werde nicht gehen“, zischt sie wütend.

„Stampfen Sie jetzt gleich mit dem Fuß auf? Wie niedlich!“

Sie stemmt die Hände in die Hüften. Sehr verführerische Hüften in einer perfekt sitzenden Jeans, wie mir völlig überflüssigerweise auffällt. Genau wie der Rest auch ziemlich hübsch ist. Konzentration, Lucien!

„Wie gesagt, ich habe mit dem Besitzer telefoniert und er hat mir das Cottage ebenfalls zugesagt, bis die neuen Gäste kommen. Ich habe also jedes Recht, hier zu sein."

Ich seufze. „Nur mal für eine Sekunde angenommen, ich würde Ihnen glauben, was ich definitiv nicht tue, dann haben Sie, wenn Sie schon keine Buchungsbestätigung nachweisen können, doch sicherlich einen Nachweis über die Bezahlung."

„Wir wollten die Bezahlung persönlich regeln, wenn ich erstmal hier bin."

„Das ist ja sehr glaubwürdig." Ich lehne mich an die Kücheninsel und verschränke die Arme vor der Brust. „Lassen Sie mich mal kurz zusammenfassen. Ich habe eine gültige Buchung und bereits bezahlt. Sie haben nichts dergleichen. Sollte Ihre Geschichte stimmen, heißt das trotzdem, dass ich die nächsten Wochen hierbleiben darf und Sie gehen müssen. Zumal ich, abgesehen davon, dass bereits Geld geflossen ist, schon seit Montag hier bin und daher die älteren Rechte habe. Damit wäre das also erledigt und es wäre mir sehr recht, wenn Sie sofort gehen würden. Ich will meine Ruhe."

Energisch schüttelt sie den Kopf. „Ich lasse mich doch nicht von Ihnen vertreiben! Ich will, dass Sie gehen! Ich will nämlich ebenfalls meine Ruhe. Ich bin seit fast achtzehn Stunden unterwegs und schlafe gleich im Stehen ein!"

Ich lächle sie breit an. „Den kleinen Weg rechts runter geht es zum Strand. Da können Sie ein Nickerchen machen."

Wütend zieht sie die Augenbrauen zusammen. „Sehr ritterlich! Ich dachte immer, Franzosen wären fast legendär galant."

„Ich komme aus Paris. Wir sind völlig anders." Ich wedle mit der Hand. „Also dann – husch, husch! Ich will wieder alleine sein."

„Sind Sie irre? Ich bewege mich nicht vom Fleck! Ich komme doch nicht den weiten Weg aus Chicago hierher, um mich von so einem ungehobelten Kerl an die Luft setzen zu lassen!" Sie geht an den Esstisch, nimmt Platz und zückt ihr Handy. „Ich rufe jetzt den Besitzer an und dann klären wir alles!"

Ich zucke mit den Schultern. „Nur zu."

Einen Moment starrt sie auf ihr Telefon, dann legt sie es weg. „Ich habe seine Nummer nicht."

„Aber telefonisch mit ihm die Buchung besprochen? Ihr Kartenhaus fällt wohl langsam zusammen."

„Eine Freundin von Mr. Taylors Tochter hat ihn für mich angerufen", erwidert sie trotzig.

Ich schnaube. „Und nochmal – wie praktisch." Ihre Augen werden glasig. Schnell dreht sie den Kopf zur Seite und starrt durch die großen Glastüren hinaus auf die Terrasse. Hoffentlich fängt sie nicht an zu weinen, sonst werde ich ihr alles durchgehen lassen, aber ich will sie nicht hier haben. „Hören Sie … äh … wie heißen Sie eigentlich?"

Sie wendet sich mir wieder zu. „Sophie."

„Hören Sie, Sophie", fahre ich fort, „Sie müssen

doch zugeben, dass das alles ein wenig ausgedacht klingt."

„Wer würde sich denn so etwas ausdenken?"

„Sie würden sich wundern. Und vielleicht sind Sie einfach nur derart davon überzeugt, dass das alles wahr ist, dass es Ihnen gar nicht merkwürdig vorkommt. Sie sollten sich eventuell professionelle Hil-"

In dem Augenblick stürmen Mr. Taylor und seine Frau ins Haus und unterbrechen meine Ansprache.

Freundlich breitet er die Arme aus. „Ah, da ist ja unser amerikanischer Gast! Herzlich willkommen in Galhill Bay!"

Sophie steht auf und wischt sich kurz über die Augen. „Unter einem herzlichen Willkommen verstehe ich nicht, einen wildfremden Mann in Unterhose vorzufinden."

Ich verdrehe die Augen, gehe in den Flur, hole aus einem Schrank einen grauen Hoodie und ziehe ihn an. „Besser?"

Sie lächelt breit. „Da Sie jetzt angezogen sind und quasi schon an der Tür stehen, können Sie auch gehen. Und ziehen Sie sie bitte hinter sich zu."

Mrs. Taylor seufzt. „Es tut mir wirklich leid, Sophie, aber mein Mann hat einen großen Fehler gemacht."

Sophie schnaubt. „Was Sie nicht sagen."

Mr. Taylor nickt. „Als ich Ihnen am Telefon die Zusage gegeben habe, hatte meine Frau die Buchungsanfrage von Lucien … Mr. de Richaud …

bereits einen Tag davor übers Internet bestätigt." Er seufzt abgrundtief. „Ich hätte das vorher überprüfen sollen, aber ich habe es nicht so mit Computern. Deshalb erledigt meine Shirley das normalerweise alles. Und dann habe ich es einfach vergessen. Es tut mir so leid."

Seine Frau tätschelt beruhigend seinen Arm, bevor sie sich an Sophie wendet. „Da Lucien bereits den vollen Betrag bezahlt hat, ist die Buchung bindend. Aber da es der Fehler meines Mannes war, werden wir Ihnen selbstverständlich etwas anderes irgendwo an der Küste suchen. Es wird nicht einfach, aber wir schaffen das schon."

Sophie schüttelt entschieden den Kopf. „Ich will aber nirgendwo anders hin. Ich will dieses Cottage! Ich habe mich auf den ersten Blick verliebt, als Rachel mir Fotos davon gezeigt hat. Das Haus und die Lage sind einzigartig."

Ich grinse Sophie an. „Eben deshalb habe ich es auch gebucht. Bindend, wie gerade bestätigt wurde. Also gehört es mir!"

Mr. Taylor räuspert sich. „Nun, es gibt zwei Schlafzimmer. Das Badezimmer müsste man sich teilen, aber da kann man sich bestimmt arrangieren. Und sich gegenseitig Gesellschaft zu leisten, ist doch schön. Zwei so nette junge Leute – das ist perfekt!"

Ungläubig starre ich ihn an. „Auf gar keinen Fall! Ich will keine Gesellschaft! Ich will meine Ruhe!" Die Taylors sehen mich derart flehend an, dass ich fast einknicke. Doch ich habe mich im Griff! Allerdings nur, bis mein Blick auf Sophie fällt, die jetzt wirklich aussieht, als würde sie jeden Augenblick anfangen zu weinen. Verdammt! Das war schon immer mein Kryptonit! „Also gut. In Ordnung. Für eine Nacht wird es schon gehen. Aber bitte suchen Sie ihr schnellstmöglich eine andere Bleibe. Ich will schließlich ausspannen und keine amerikanische Touristin betreuen."

„Wieso hacken Sie eigentlich ständig darauf herum, dass ich Amerikanerin bin?", ruft Sophie empört.

Ich seufze abgrundtief. „Wo soll ich da nur anfangen …"

„Prima! Dann ist ja erstmal alles geregelt!" Mrs. Taylor lotst ihren Mann eilig zur Tür. „Wir melden uns, sobald wir eine Lösung gefunden haben. Und nennt uns bitte George und Shirley. Das klingt dann gleich viel freundlicher. Bis dann!"

Eine Sekunde später sind sie weg und ich bin mit Sophie allein. Frustriert streiche ich mir durch die Haare. Ich habe den leisen Verdacht, dass die Taylors meine kleine Zusage dahingehend deuten könnten, dass ich diese Fehlbuchung aus Chicago auch noch länger bei mir dulden würde. Also muss ich es selbst in die Hand nehmen! Ich brauche einen Plan, um sie rasch wieder loszuwerden!

Sophie schluckt. „Danke, Lucien."

„Ja, ja, schon gut. Ihr Schlafzimmer befindet sich über der Küche. Die Treppe hoch und dann ganz nach links. Das Zimmer daneben ist ein Abstellraum mit Werkzeug, Gartengeräten und sowas. Rechts davon befindet sich das Bad und am anderen Ende des Flurs ist mein Schlafzimmer. Es ist das größere, aber da Sie ja in Kürze wieder weg sein werden und ich weder ritterlich noch galant bin, wie Sie bereits festgestellt haben, werde ich es Ihnen nicht überlassen. Dort drüben", ich deute in den kleinen Flur, „gibt es noch eine Gästetoilette sowie einen Raum mit Waschmaschine und Trockner. Unerheblich für Sie – Ihre Sachen können Sie ja im neuen Haus waschen."

Sophie verdreht die Augen, holt ihr Gepäck und bleibt damit vor der Treppe stehen. „Die ist ja ziemlich steil und eng. Da kann ich meine ganzen Sachen gar nicht auf einmal hochtragen."

Sie sieht ihren Koffer an, dann auffordernd mich und ich lächle breit. „Dann müssen Sie eben zweimal gehen."

Ihr wütendes Schnauben verwandelt sich in ein heftiges Schnaufen, als sie sich die Treppenstufen hochkämpft.

Der Punkt geht zweifellos an mich und es wäre doch gelacht, wenn mein ungebetener Gast nicht bereits morgen freiwillig wieder auszieht!

KAPITEL 3

SOPHIE

Als ich das Gepäck endlich in mein Schlafzimmer geschleppt habe, sehe ich mich erst einmal um. Nachdem dieser nervige Typ mir gesagt hat, dass seins das größere ist, habe ich eigentlich mit einem engen, kleinen Raum gerechnet, aber so ist es nicht.

Mein Schlafzimmer ist warm, einladend und lichtdurchflutet und sieht ziemlich genauso aus, wie ich es mir erhofft habe. Die Wände sind in einem sanften, hellen Creme-Ton gestrichen. Genau wie die Tür und die Rahmen der beiden großen Sprossenfenster, an denen geblümte Vorhänge hängen. Auf dem Boden liegen alte Holzdielen, die leise knarren und knarzen, als ich darüber laufe.

An der Wand rechts steht auf einem flauschigen hellen Teppich ein großes Himmelbett aus dunkelbraunem Holz mit vier Pfosten, an denen ein Baldachin aus einem zarten, hellgelben Stoff befestigt ist, der auch für die Vorhänge verwendet wurde, die vom Gestell bis zum Boden herunterreichen. Auf dem Bett liegt eine gesteppte, bunte Decke mit Blumenmuster und die Bettwäsche ist blütenweiß. Alles wirkt so kuschelig und romantisch, dass ich nichts lieber will, als mich gleich hinzulegen.

Zu beiden Seiten des Betts gibt es zum Bettgestell passende Nachttische mit Messinglampen, die den Raum in den Abendstunden bestimmt in ein angenehmes Licht tauchen. Am Fußende steht eine kleine Bank, auf der frische, weiße Handtücher in allen Größen gestapelt sind.

Vor einem der Fenster haben ein Ohrensessel und ein kleines Tischchen Platz gefunden sowie seitlich ein gut gefülltes Bücherregal, das zum Großteil mit englischen Klassikern bestückt ist, wie mir ein kurzer Blick verrät. Charles Dickens, Agatha Christie, Shakespeare, das Gesamtwerk Arthur Conan Doyles über Sherlock Holmes und alles von Jane Austen. Selbstverständlich auch ‚Stolz und Vorurteil', mein allerliebstes Buch seit meiner Teeniezeit, das ich mehrmals im Jahr lese.

Und es gibt auch etliche Kinderbücher. Als ich die Titel überfliege, stoße ich auf Edith Nesbits ‚Die Kinder von Arden', wiederum mein allerliebstes Buch aus meiner Kindheit, das mich durch mein ganzes

Leben begleitet hat. Mein Dad hat es mir immer vorgelesen, weil Arden unser Familienname ist. Ich habe mir immer vorgestellt, mit der Familie in der Geschichte verwandt zu sein und irgendwann auch solche Abenteuer wie die Geschwister im Buch zu erleben.

Lächelnd ziehe ich beide Bücher heraus, lege sie auf das Tischchen und kann es kaum erwarten, mir es mit einer Tasse Kaffee und etwas Süßem genau hier an diesem perfekten Platz gemütlich zu machen und in die Geschichten einzutauchen.

An der Wand gegenüber dem Bett steht ein großer, altmodischer Kleiderschrank, der aussieht, als würde er direkt nach Narnia führen, was ich später natürlich überprüfen werde. Man weiß ja nie! Die Oberseite ziert ein filigranes Schnitzwerk aus floralen Mustern und an den Seiten sind kunstvoll gedrechselte Verzierungen angebracht.

Die Tür ist mit einem ovalen Spiegel bestückt und als ich mich darin betrachte, erschrecke ich fast ein bisschen. Ich sehe echt fertig aus. Nicht nur wegen der langen Reise, sondern wegen der ganzen verfahrenen Situation, in der ich mich befinde. Es hätte alles so schön sein können, doch jetzt kann ich nicht einmal auspacken und hier richtig ankommen und entspannen, weil ich schon morgen wieder ausziehen muss.

Seufzend trete ich an eines der Fenster, schiebe es hoch und lasse mich auf den Sessel fallen. Verdammt! Ich will hier nicht weg! Das Cottage ist perfekt … und die Aussicht erst!

Der Blick auf das weite Meer ist atemberaubend! Bis zum Horizont erstreckt sich der unendlich weite Atlantik, der das Licht der Sonne reflektiert und das Wasser zum Leuchten bringt. Der Himmel ist wolkenlos und azurblau. Durch den farbenfrohen Garten des Cottage führen ein schmaler Kiespfad und ein paar Stufen aus Stein hinunter zum Strand, der von Felsen gesäumt und mit feinem, weißem Sand bedeckt ist, an dem die Wellen sanft versickern. Links und rechts der Bucht erheben sich schroffe Klippen.

Es ist ein absoluter Traum! Mir geht das Herz auf, das sich aber sofort wieder schmerzhaft zusammenzieht, weil ich schon bald nicht mehr hier sein werde. Ich spüre, wie sich meine Augen erneut mit Tränen füllen. Wieso nur musste das passieren?

Ärgerlich wische ich mir über das Gesicht. Jetzt werde ich erstmal eine lange heiße Dusche nehmen und ein bisschen ausruhen und danach sieht die Welt bestimmt wieder besser aus!

***

Ohrenbetäubender Krach reißt mich eine Stunde später aus dem Schlaf! Mit rasendem Herzen setze ich mich auf und erkenne erst jetzt, dass es Musik ist. Irgendein französischer Rapper gibt sein Bestes, um die Wände zum Wackeln zu bringen. Wutentbrannt werfe ich mich in Jeans und T-Shirt, schlüpfe in meine Sneakers, stecke meine Haare hoch und stapfe die Treppe hinunter.

Lucien steht in der Küche und ist dieses Mal sogar angezogen. Er trägt eine leger geschnittene helle Baumwollhose und einen dünnen V-Pullover, beides in Schwarz, und braune Espadrilles an den Füßen. Während er lautstark mitsingt und tanzt, rührt er in einer Pfanne mit buntem Gemüse und Fleisch, das in Streifen geschnitten ist. Es riecht köstlich und prompt knurrt mein Magen. Was mich aus irgendeinem Grund noch wütender macht, sodass ich mich drohend vor ihm aufbaue.

„Wie rücksichtsvoll von Ihnen, mich zu wecken, damit ich nicht den ganzen Tag verschlafe!", fahre ich ihn an und deute anklagend auf ihn. „Ja, ich weiß, Sie können es kaum erwarten, dass ich wieder verschwinde, aber müssen Sie derart unhöflich sein?"

LUCIEN

Mich trifft das schlechte Gewissen mit voller Wucht! Sophie sieht völlig übermüdet aus und ich schalte die Musik ab. „Ich wusste nicht, dass es so laut ist."

„Natürlich wussten Sie das!"

Okay, sie hat recht. Klar wusste ich es. Ich dachte, wenn ich dafür sorge, dass sie hier keine Ruhe findet, sucht sie sich vielleicht heute noch ein B&B, bis George und Shirley etwas Neues aufgetrieben haben. „Tut mir leid", murmle ich trotzdem.

„Wie bitte?"

Ich zucke mit den Schultern. „Es tut mir leid, aber

ich höre gerne Musik beim Kochen. Ich hatte Sie völlig vergessen."

Ihre Miene verfinstert sich. „Wie schmeichelhaft. Danke."

Okay, auch wenn das gar nicht meine Natur ist, will ich ja, dass sie mich für einen unerträglichen Kotzbrocken hält, also spiele ich das Spiel weiter und grinse breit. „Gern geschehen."

Fest presst sie die Lippen zusammen.

Ich schalte den Herd ab, richte mein Essen auf einem Teller an und schnappe mir eine Gabel. „Hören Sie, ich denke, es ist besser, wenn wir uns aus dem Weg gehen. Ich werde jetzt auf der Terrasse essen und mich ein wenig entspannen und Sie beschäftigen sich bitte woanders."

Sophie schnaubt. „Ich wollte sowieso erstmal an den Strand und dann im Ort ein paar Sachen einkaufen."

„Prima. Der Zweitschlüssel liegt auf der Kommode neben der Eingangstür. Und hetzen Sie sich bloß nicht."

„Werde ich nicht!", zischt sie.

„Gut."

„Gut."

Sie macht auf dem Absatz kehrt, poltert wieder die Treppe hoch und ich seufze leise. Es ist echt anstrengend, ein Fiesling zu sein, aber ich brauche wirklich meine Ruhe.

Ich seufze noch einmal, nehme draußen unter dem Sonnenschirm Platz und sehe aufs Meer, während ich mir mein Essen schmecken lassen.

Wenig später rauscht Sophie an mir vorbei und läuft zum Strand hinunter, ohne mich eines Blickes zu würdigen. Ich allerdings kann nicht anders, als genau hinzusehen. Sie sieht reizend aus in ihrem weißen Sommerkleid, der kurzen roten Strickjacke und den hellen Ballerinas. Die geräumige Tasche, die sie quer trägt, ist schwarz, genau wie ihre Sonnenbrille. Ihre blonden Haare leuchten im Licht der Sonne wie pures Gold. Ich frage mich, wie weit sie wohl über ihre Schultern fallen, wenn sie sie löst, und wie weich sie sich zwischen meinen Fingern anfühlen würden.

Okay, Lucien! Denk nicht an sowas! Das ist völlig uninteressant!

Die Ermahnung meiner inneren Stimme ist durchaus berechtigt, aber verdrängen kann ich sie nicht ganz. Unter anderen Umständen wäre das hier nämlich eine total romantische Situation, wie in einer süßen Liebeskomödie, aber das Leben ist eben kein Film. Für Romantik habe ich gerade wirklich keinen Kopf.

SOPHIE

Was bildet dieser blöde Kerl sich eigentlich ein? Als ob es meine Schuld wäre, dass wir in diesem Schlamassel stecken! Aber wenn er denkt, er könnte mich früher vertreiben, als ich sowieso ausziehen muss, hat er sich geschnitten. Ich denke gar nicht daran, die Flucht anzutreten.

Stattdessen werde ich mir überlegen, wie ich Lucien dazu bringe, sich freiwillig eine neue Bleibe zu suchen. Da ich nicht darauf hoffen kann, dass er doch noch den Kavalier in sich entdeckt und mir völlig selbstlos das Cottage überlässt, und ich keine Lust habe, eine Charmeoffensive zu starten oder auf hilfloses Frauchen zu machen, um ihn vielleicht herumzukriegen, werde ich die Teufelin in mir finden müssen und sie auf ihn loslassen! Jawohl, genau das werde ich tun!

Ein zufriedenes Grinsen breitet sich auf meinem Gesicht aus und jetzt habe ich auch wieder Augen für meine Umgebung. Der Strand ist wunderschön! Weit erstreckt er sich entlang der Küste. Bis auf ein paar Spaziergänger ist er unberührt. Am Ende des Strands befinden sich hohe Klippen, die bestimmt spektakuläre Aussichtspunkte bieten. Ich schlüpfe aus meinen Schuhen und vergrabe die Zehen im Sand, der ein bisschen kühl ist, aber sich ganz wundervoll anfühlt.

Wellen rollen sanft an den Strand. Das Meer ist ruhig und so klar, dass man fast auf den Grund sehen kann. Der wolkenlose Himmel leuchtet in einem tiefen Blau und die Sonne scheint warm auf mein Gesicht. Tief atme ich durch! Dieser Ort ist perfekt! So friedlich und ruhig. Geradezu magisch!

Es riecht nach Salz und Tang und ich werde sofort in die Sommer bei meiner Oma zurückversetzt. Als einfach alles möglich war und die Zukunft weit offen vor mir lag. In der ich werden konnte, was ich wollte.

Tun konnte, was ich wollte. Was sich damals eher darauf bezogen hat, so lange aufzubleiben, bis ich vor dem Fernseher einschlafe, oder so viel Eis und Schokolade zu essen, bis ich beim besten Willen nichts mehr hinunterkriegen konnte.

Doch mit dem Erwachsenwerden kommen die Zweifel, die Erwartungen, die Verpflichtungen. Man lernt, dass die Welt meistens leider nicht so funktioniert, wie in Büchern und Geschichten, und man erlebt Kummer und Sorgen. Ich wünschte, ich hätte mir für mein späteres Leben dieses tiefe Urvertrauen in Glück und Freude und dass immer alles gut werden wird, bewahren können, das ich als Kind an einem perfekten Sommertag empfunden habe.

Lange Zeit habe ich das nicht mehr gefühlt, doch jetzt sorgt Cornwall dafür, dass all diese Gefühle zu mir zurückkommen. Und ich begrüße sie mit offenen Armen und werde das nicht einfach so wieder hergeben.

Mein Magen knurrt erneut, was mich daran erinnert, dass ich einkaufen gehen muss. Noch einmal blicke ich kurz aufs Meer, bevor ich so gut es geht meine Füße saubermache, in die Schuhe schlüpfe und den kleinen Weg vom Strand hinaufgehe, der am Grundstück vorbeiführt, da ich keine Lust habe, Lucien schon wieder zu begegnen.

***

Auf dem Parkplatz neben der Kirche stelle ich mein

Auto ab und spaziere neugierig über die gepflasterten Straßen von Galhill Bay, bewundere die Häuser mit den kleinen Vorgärten, in denen bunte Blumen blühen und die durch kleine Steinmauern abgegrenzt sind. Es ist wirklich bezaubernd hier!

Der Pub macht erst später auf, aber das Café hat geöffnet. Als ich eintrete, ist niemand hier, sodass ich mich in Ruhe umsehen kann, und ich mag alles sofort.

Statt vielen kleinen Tischen gibt es einen einzigen langen Tisch aus dunklem Holz, was ganz sicher die Kommunikation unter den Gästen fördert. Auf den Stühlen in dem gleichen Holzton liegen Samtkissen in allen Farben des Regenbogens, damit man es bequemer hat. Dekoriert ist der Tisch mit weißen Kerzen in Haltern aus Messing und Glasvasen mit frischen Blumen.

Wer es privater haben will, für den gibt es im hinteren Bereich eine Sitzecke mit einem braunen Chesterfield-Zweisitzer, den dazu passenden Sesseln und einem niedrigen Tischchen, auf dem Bücher und Magazine liegen, die sich mit Cornwall speziell und dem schönen Leben auf dem Land allgemein beschäftigen.

Die bunten Teppiche auf dem Holzboden sind verblasst, was sehr charmant wirkt. Die dunkelgrün gestrichenen Wände zieren große und kleine Gemälde, in unterschiedlichen Rahmen, von schlicht bis opulent, die das Meer und den Strand zeigen. In der Mitte des Raums hängt ein ziemlich beeindruckender, riesiger Lüster aus Treibholz.

Auf dem langen Tresen aus Holz stehen eine

riesige, chromglänzende Kaffeemaschine, die eines Baristas in Chicago würdig wäre, eine elektrische Kaffeemühle, Packungen mit Kaffeebohnen und beschriftete Blechdosen mit verschiedenen Teesorten. In einem Regal dahinter stehen Tassen, Gläser und Teller.

Die Auslage, die in den Tresen integriert ist, ist um diese Uhrzeit schon ziemlich leer, aber die Sandwiches, Kuchen und Scones, die noch übrig sind, sehen unglaublich lecker aus.

Auf einem Tisch neben dem Eingang werden verschiedene Teesorten zum Verkauf angeboten, sowie Marmelade, Honig und Süßigkeiten aus der Region.

„Willkommen im Dancing Seagull!"

Hinter dem Tresen ist eine junge hübsche Frau mit hellrosa gefärbten Haaren, die zu einem kinnlangen Bob mit Seitenscheitel frisiert sind, aufgetaucht. Sie trägt einen leger geschnittenen Jeans-Overall und strahlt mich herzlich an.

„Sag nichts! Du bist Sophie, richtig?"

Ich nicke lächelnd. „Bin ich."

„Ich bin Anne, Rachels Freundin. Sie und meine Eltern haben mir schon alles über dich erzählt! Es freut mich sehr, dich kennenzulernen."

„Hallo, Anne! Freut mich auch sehr."

„Das ist ja echt eine dumme Sache, die meinem Dad da passiert ist. Das ist uns allen sehr unangenehm. Wir reden gleich ausführlich, aber zuerst – was willst du trinken? Einen Tee vielleicht? Ich habe viele verschiedene Sorten. Du kannst aber auch einen ganz klassischen Kaffee haben oder einen Cappuccino, Latte Macchiato, Espresso oder eine heiße Schokolade."

„Ich hätte gerne einen Latte Macchiato und ein Glas Wasser."

„Kommt sofort! Und möchtest du auch etwas essen?"

Ich reibe mir den Bauch. „Unbedingt. Ich habe einen Bärenhunger."

„Das sind mir die liebsten Gäste!" Anne grinst. „Worauf hast du Appetit?"

Ich studiere die Auslage noch einmal. „Ein Sandwich mit Speck, Salat und Tomate. Und noch ganz klassisch eins mit Gurke, wenn ich schon mal in England bin."

Anne nickt. „Exzellente Wahl!"

„Und deinen Kuchen will ich natürlich auch probieren! Dieser Victoria Sponge Cake sieht unwiderstehlich aus. Genau wie der Sticky Toffee Pudding. Habe ich beides noch nie gegessen, aber will ich unbedingt probieren. Deine Scones natürlich auch. Und was ich jetzt nicht schaffe, nehme ich dann mit ins Cottage."

„Kein Problem. Such dir einfach einen Platz – ich komme gleich mit der Bestellung."

„Danke." Lächelnd steuere ich das Chesterfield-Sofa an, weil es einfach so gemütlich aussieht, und lasse mich seufzend darauf fallen.

Kurz danach kommt Anne mit einem großen Tablett zu mir, stellt es auf dem Tisch ab und setzt sich in einen der Sessel. Ich trinke erst ein paar Schlucke Wasser, dann beiße ich mit Appetit in das Speck-Sandwich. „Schmeckt fantastisch“, lobe ich, als ich den ersten Bissen heruntergeschluckt habe.

„Danke!“

„Ist es ein Zufall, dass du ein Café besitzt und Rachel auch?“, frage ich.

Anne schüttelt den Kopf. „Wir haben das Seagull zusammen eröffnet, doch dann hat Rachel sich in Harry verknallt. Er kommt aus Chicago und hat ein paar Wochen in Galhill Bay Urlaub gemacht. Also, er hat sich natürlich auch in sie verknallt, und nach einer Weile, als klar wurde, dass es mehr als ein Urlaubsflirt war, ist sie zu ihm nach Chicago gezogen und hat dort ihr Café eröffnet. Harry kann wegen seiner Eltern und aus beruflichen Gründen nicht aus Chicago weg.“

Nachdenklich sehe ich sie an. „War das blöd für dich, plötzlich alleine im Café zu sein?“

Anne seufzt. „Anfangs schon, aber Mum hilft mir aus, wenn ich Hilfe brauche. Und es kam natürlich nicht in Frage, Rachels Glück im Weg zu stehen. Sie ist nämlich wirklich sehr glücklich mit Harry. Aber sie fehlt mir.“

„Das kann ich gut verstehen.“ Ich nicke. „Dancing Seagull ist ein ungewöhnlicher Name. Woher hat das Café seinen Namen?“

„Von Fred. Fred ist eine Möwe, die ich gefunden habe, als ich ungefähr 10 war. Fred war noch ganz jung und verletzt und ich habe ihn mit meinen Eltern zum Tierarzt gebracht, zuhause dann gesund gepflegt und großgezogen. Danach ist er mir nicht mehr von der Seite gewichen. Ein echt verrückter Vogel. Seit er klein war, hopst und flattert er durch die Gegend, sobald irgendwo Musik läuft. Er sieht dabei aus, als ob er tanzt. Fast so toll wie Fred Astaire." Anne zwinkert mir zu. „Rachel und ich haben früher Geld damit verdient, dass wir sein Können den Touristen vorgeführt haben. Also hat Fred den finanziellen Grundstein für das Café gelegt, deshalb war es nur fair, ihn zu ehren."

Ich grinse. „Absolut. Ich bin gespannt, ihn kennenzulernen. Ist Fred hier irgendwo?"

„Im Moment nicht. Er ist lange geblieben, aber irgendwann hat das Meer und die Liebe ihn gerufen. Aber er kommt immer noch recht oft auf Besuch vorbei."

„Toll! Vielleicht sehe ich ihn mal!"

„Gut möglich." Anne beugt sich näher zu mir. „Also, Sophie … erzähl mir alles! Wie läuft es mit Lucien? Er ist ja ein echter Augenschmaus, findest du nicht auch? Eigentlich ein Traumszenario, mit so jemandem ein Häuschen bewohnen zu müssen. Vielleicht hat mein Dad da aus Versehen Amor gespielt." Sie drückt schmachtend die Hand aufs Herz. „Und sein kleiner französischer Akzent ist so süß und Lucien so unglaublich charmant und nett. Zweimal war er schon hier und hat mit mir und allen, die gerade da waren, ein freundliches Schwätzchen gehalten."

Ich verschlucke mich vor Überraschung fast an

meinem Latte. „Charmant und nett? Bist du sicher, dass du von dem Mann sprichst, der in eurem Cottage wohnt? Oder hat er vielleicht einen eineiigen Zwilling?"

Anne runzelt die Stirn. „Wieso? Kommst du etwa nicht mit ihm zurecht?"

„Zurecht?" Ich schüttle energisch den Kopf. „Nein, ganz und gar nicht."

„Huch! Wieso denn?"

Ich erzähle ihr, wie er sich mir gegenüber verhält. Am Schluss schnaube ich wütend. „Von Traumszenario also keine Spur! Er ist ein rücksichtsloser, völlig ungehobelter, arroganter Schnösel, der mich in jeder Sekunde spüren lässt, dass er mich gar nicht schnell genug wieder loswerden kann."

„Das wundert mich wirklich. Ich hätte nie gedacht, dass Lucien auch solche Seiten hat."

Ich zucke mit den Schultern. „Vielleicht mag er mich einfach nicht."

„Das kann ich mir nicht vorstellen. Soll ich vielleicht mal mit ihm reden? Immerhin ist Dad schuld an der ganzen Sache."

Lächelnd schüttle ich den Kopf. „Das ist lieb von dir, aber ich trage meine Kämpfe selbst aus, und ich habe da auch schon einige Ideen, wie ich Lucien seine Unfreundlichkeiten ein wenig heimzahlen kann."

Anne lacht. „An was hast du da gedacht?"

Ich schmunzle. „Sag mal, wie steht es mit den

Wasserleitungen in eurem Cottage?“

Anne grinst. „Was genau willst du wissen?“

KAPITEL 4

SOPHIE

Als ich ins Cottage zurückkomme, liegt Lucien mit einem Buch auf der Couch. Auf dem Tisch neben ihm entdecke ich eine Flasche Rotwein und ein gefülltes Glas.

Abgesehen von der eingeschalteten Stehlampe, die neben dem gemütlichen beigem Sofa steht, ist es dunkel bis auf jede Menge weiße Kerzen, die im Raum verteilt sind. Eigentlich sehr romantisch und das Kerzenlicht betont Luciens markantes Gesicht, aber das ist selbstverständlich völlig unerheblich.

Fragend hebt er eine Augenbraue. „Wo waren Sie

denn so lange?“

„Ich war noch mit Anne aus dem Dancing Seagull im Pub.“ Grinsend lasse ich mich in einen der beiden Sessel fallen, die um den Couchtisch herum stehen. „Klingt fast so, als hätten Sie sich Sorgen gemacht.“

Lucien verdreht die Augen. „Ich hatte nur keine Lust, George und Shirley anzurufen, damit sie einen Suchtrupp losschicken, weil Sie sich hoffnungslos verirrt haben. Die meisten Frauen haben ja keinen besonders grandiosen Orientierungssinn. Von der Rechts-Links-Schwäche mal ganz abgesehen.“

Mein Grinsen wird breiter. „Wenn Sie glauben, mich dadurch provozieren zu können, haben Sie sich geschnitten. Es ist mir völlig egal, was Sie über mich oder Frauen allgemein denken. Nichts könnte uninteressanter sein.“

LUCIEN

Ich verbeiße mir ein Lachen. Okay, das hat also nicht geklappt. Natürlich denke ich keineswegs so über Frauen, aber es hätte ja funktionieren können.

„Ich werde zeitnah ins Bett gehen“, fährt Sophie fort. „Und sollten Sie auf die Idee kommen, wieder Musik in Stadionlautstärke abzuspielen oder zur Abwechslung vielleicht laut durchs Haus zu trampeln oder einen Holzschuhtanz aufzuführen, um mich zu vergraulen – ich habe Ohrstöpsel dabei. Also ist mir auch das egal.“

Ich kann mir ein Schmunzeln nicht mehr verkneifen. „Verdammt! Jetzt kann ich all meine Pläne vergessen, die ich bereits den ganzen Nachmittag über geschmiedet habe. Sie waren wirklich ausgeklügelt und fast diabolisch, das kann ich Ihnen versichern, aber mit den Ohrstöpseln haben Sie nun alle auf einen Schlag über den Haufen geworfen." Ich seufze abgrundtief. „Dann lassen wir es für heute Nacht und versuchen erst morgen wieder, uns gegenseitig aus dem Cottage zu vertreiben?"

„Na ja, ich habe ja noch gar nicht angefangen." Sophie wiegt nachdenklich den Kopf, doch schließlich nickt sie. „Abgemacht. Meine Pläne wären heute sowieso nicht mehr durchführbar gewesen."

Grinsend setze ich mich auf und lege das Buch auf den Tisch. „Welche denn?"

Gespielt empört sieht sie mich an. „Als ob ich Ihnen die Überraschung verderben würde."

„Alles klar. Möchten Sie vielleicht auch ein Glas Wein?"

Überrascht hebt sie die Augenbrauen. „Wieso so nett?"

„Wieso nicht? Wir haben doch gerade einen Waffenstillstand geschlossen. Da können wir die kleine Verschnaufpause auch friedlich miteinander verbringen. Also auch ein Glas?"

Misstrauisch betrachtet sie die Flasche und runzelt die Stirn. „Was ist da drin?"

„Saft von blauen Trauben. Aus Bordeaux." Ich

gieße mir noch etwas Wein ein und trinke einen Schluck. „Sehen Sie? Kein Gift."

Sophie beugt sich nach vorne. „Vielleicht sind Sie auch so teuflisch ausgefuchst, dass Sie sich dagegen eine Immunität zugelegt haben und ich auf jeden Fall den Kürzeren ziehe?"

„Wie Westley in ‚Die Braut des Prinzen'?" Lachend schüttle ich den Kopf. „So dringend will ich Sie dann doch nicht loswerden."

Lächelnd sieht Sophie mich an. „Ich hätte nicht gedacht, dass Sie ‚Die Braut des Prinzen' kennen? Das ist einer meiner Lieblingsfilme."

„Wieso sollte ich ihn nicht kennen? Ich glaube, so oft habe ich keinen anderen Film geschaut." Ich springe auf und fuchtele mit einem imaginären Degen herum, bevor ich die unsichtbare Spitze auf ihre Kehle ausrichte. „Hallo. Mein Name ist Inigo Montoya. Du hast meinen Vater getötet. Jetzt bist du des Todes."

Kichernd weicht Sophie zurück. „Okay, okay. Dann nehme ich lieber ein Glas Wein."

„Gut." Grinsend hole ich ein zweites Glas, gieße ein und reiche es ihr, bevor ich mich wieder setze und mein Glas hebe. „Worauf trinken wir?"

„Dass Sie sich wie ein Gentleman verhalten und morgen freiwillig ausziehen?", schlägt Sophie vor und klimpert mit den Wimpern.

„Wo bliebe denn da der Spaß?" Ich lache. „Wie wäre es damit? Auf einen wundervollen Urlaub in Cornwall und dass Ihr neues Haus wenigstens annähernd so hübsch sein wird wie dieses hier."

„Wie witzig Sie doch sind." Sophie stößt mit mir an und trinkt einen Schluck, bevor sie auf das Buch deutet. „Stolz und Vorurteil – haben Sie das aus meinem Zimmer geholt?"

„Nein. Aus dem Bücherregal in meinem Zimmer. Offensichtlich sind die Taylors Fans von Jane Austen, da dort alle Werke von ihr stehen."

„Und das haben Sie sich freiwillig ausgesucht? Ich persönlich kenne keinen Mann, der Jane Austen liest. Wer hätte gedacht, dass sich unter Ihrer rauen, rüpeligen Schale ein total weicher, romantischer Kern verbirgt?" Sie zieht die Augenbrauen zusammen. „Andererseits kann ich an Ihnen durchaus auch Züge von Mr. Darcy erkennen. Das würde Ihre Arroganz erklären und Ihre eher geringe Meinung Frauen gegenüber. Lesen Sie das Buch also als eine Art Auffrischungskurs?"

Okay, natürlich ist meine Bemerkung über den mangelnden Orientierungssinn von Frauen bei Sophie so angekommen, aber das muss ich gleich klarstellen. „Ich habe keine geringe Meinung, was Frauen angeht. Ganz im Gegenteil. Ich verehre Frauen."

Langsam stellt Sophie ihr Glas auf den Tisch und steht auf. „Ach. Dann bezieht sich Ihr unhöfliches Benehmen also wirklich nur auf mich? Ich Glückspilz! Dann weiß ich ja jetzt Bescheid! Es hätte mir eigentlich bereits klar sein müssen, als Anne geradezu geschwärmt hat, wie freundlich und charmant Sie sind. Ich habe keine Ahnung, wieso ich das in Ihnen auslöse, aber dann ist es eben so. Und offensichtlich war die Einladung zum Wein nur ein stümperhafter Versuch, mich warum auch immer einzulullen, aber da haben Sie sich geschnitten! Darauf werde ich garantiert nicht hereinfallen. Ein kleines Witzchen hier und ein charmantes Lächeln dort und Sie glauben, Sie hätten mich in der Hand? Lächerlich!"

Mist! Gerade haben wir noch miteinander gelacht und jetzt das. Was für ein doofes Missverständnis! „Hören Sie, es ist nur so, dass –"

„Lassen Sie es. Ich will gar nichts mehr von Ihnen hören. Und ich finde, wir sollten uns möglichst aus dem Weg gehen, solange wir uns noch unter einem Dach ertragen müssen. Da trifft es sich gut, dass ich morgen einen Ausflug mache und den ganzen Tag unterwegs bin. Da haben Sie das Cottage ganz für sich allein."

Sophies kühler Blick trifft mich hart. Und dass er das tut, ist gar nicht gut. Um meine Ruhe und das Haus wieder für mich zu haben, wäre es wirklich hinderlich, wenn meinerseits plötzlich Gefühle ins Spiel kommen würden. Ich muss das gleich im Keim ersticken!

„Eine Sophie-freie Zeit wäre ein absoluter Traum", erwidere ich deshalb, „aber ich bin morgen verabredet und ebenfalls den ganzen Tag unterwegs. Verschieben Sie doch Ihren Ausflug auf übermorgen, dann hätten wir beide etwas davon. Ausflüge können Sie jeden Tag machen, aber meine Verabredung kann ich nicht verschieben."

Sie schnaubt. „Kommt gar nicht in Frage! Ich tanze doch nicht nach Ihrer Pfeife! Ich habe für mein

Ausflugsziel schon ein Ticket online gebucht und nicht vor, das verfallen zu lassen. Stornieren kann ich es nämlich nicht."

„Wofür ist das Ticket denn?"

„Das geht Sie gar nichts an! Außerdem soll es übermorgen regnen – da wäre ich nicht gerne unterwegs!"

Ich grinse. „Aber Sie kommen aus Chicago. Da sollen die Sommer ja sehr regenreich sein. Dann sind Sie es doch gewöhnt und fühlen sich gleich wie zuhause." Sophie murmelt etwas vor sich hin und ich hebe fragend eine Augenbraue. „Haben Sie etwa gerade irgendetwas mit Mistkerl zu mir gesagt?"

„Habe ich. Und es war noch ein wenig schmeichelhaftes Adjektiv vorangestellt, aber das können Sie sich selbst aussuchen. Jedes wäre zutreffend."

Damit dreht Sophie sich um und geht die Treppe nach oben. Ich höre, wie sie die Tür zu ihrem Schlafzimmer öffnet und gleich darauf die zum Bad zuknallt und den Schlüssel herumdreht.

Seufzend lehne ich mich auf der Couch zurück und trinke meinen Wein aus. Es ist echt anstrengend, ein Mistkerl zu sein. Ob mit oder ohne wenig schmeichelhaftem Adjektiv.

KAPITEL 5

SOPHIE

Es ist nach neun, als ich aufwache. Durch das leicht geöffnete Fenster kann ich das Meer hören. Sonst nichts. Keine laute Musik. Es still im Haus. Hoffentlich bedeutet das, dass Lucien bereits zu seiner Verabredung aufgebrochen ist und ich das Cottage für mich habe, bevor ich mich selbst auch auf den Weg mache.

Gutgelaunt stehe ich auf, öffne die Vorhänge, schiebe das Fenster ganz hoch und atme tief durch. Die Wettervorhersage hatte tatsächlich recht – heute wird ein wundervoller Tag werden.

Lächelnd gehe ich zu Omas Kalender und blättere auf den heutigen Tag um. ‚Ziehe niemals voreilige Schlüsse, denn manchmal trügt der Schein. Wie man auch ein Buch niemals nach seinem Einband beurteilen sollte.‘ steht dort in ihrer schönen Handschrift.

Sofort fällt mir dazu Lucien ein. Wenn sein Äußeres der Einband wäre, würde man den Helden einer wunderbaren Liebesgeschichte erwarten. Und gestern Abend, wenigstens ganz kurz, als er einen auf Inigo Montoya gemacht und dabei so verschmitzt gelächelt hat, habe ich innerlich einen kleinen Seufzer ausgestoßen, doch schnell ist die rosa Seifenblase wieder zerplatzt. Ja, Oma, man sollte keine voreiligen Schlüsse ziehen, aber mein erster Eindruck von Lucien war genau richtig. Da gibt es überhaupt keinen Schein, der trügen könnte. Er ist, wie er ist. Kurz kommt mir Elizabeth Bennet in den Sinn, die genau das auch über Mr. Dracy gedacht hat, aber Lucien ist nicht Mr. Darcy und ich bin nicht Lizzie.

Ich verdrehe die Augen, hole Unterwäsche, Socken, Jeans und ein T-Shirt aus meinem Koffer und verziehe mich ins Bad.

***

Mit einem Kaffee, den ich mir in der Küche gebrüht habe, stehe ich wenig später auf der Terrasse und sehe auf den Strand hinaus. Ein älteres Paar macht Hand in Hand einen Spaziergang und ich verdränge das sehnsüchtige Ziehen in meinem Herzen. Es ist schon einige Zeit her, dass ich verliebt gewesen bin. Richtig geliebt habe ich einen Mann bisher noch nie. Aber ich bin hoffnungsvoll, dass ich irgendwann die wahre Liebe finde oder sie mich findet. Und wenn nicht, kann ich auch alleine glücklich sein.

Plötzlich entdecke ich Lucien, der den Strand entlang rennt und nur schwarze Shorts trägt. Seine Bewegungen sind kraftvoll und dynamisch und ich kann wieder einmal die Muskeln sehen, die sich auf seinem nackten Oberkörper abzeichnen. Auf einmal stoppt er, dreht den Kopf, als hätte er meinen Blick gespürt, und sieht mich direkt an. Eilig wende ich mich ab und setze mich unter den Sonnenschirm an den Tisch. Gleich darauf höre ich Schritte auf der kleinen Treppe und dem Kiespfad, der zum Haus führt.

„Guten Morgen. Haben Sie gut geschlafen?"

Langsam hebe ich den Kopf. Er nimmt die weißen In Ear Kopfhörer heraus und sieht mich aufmerksam an. Die braunen Locken hängen ihm wirr ins Gesicht, sein Körper glänzt vor Anstrengung und seine Brust hebt und senkt sich schnell. Er sieht wirklich sehr appetitlich aus, aber das ist völlig egal. „Interessiert Sie das wirklich?"

„Hätte ich sonst gefragt?"

„Keine Ahnung. Es passt irgendwie nicht zu Ihnen." Einen Moment habe ich den Eindruck, ein Schatten würde über sein Gesicht huschen, als hätte ich ihn gekränkt, aber vielleicht habe ich mich auch getäuscht.

„Dann behalten Sie es eben für sich“, erwidert er eisig. „Ich gehe jetzt duschen und dann bin ich weg.“

„Gut.“

Das Handy, das in einer Hülle an seinem rechten Oberarm befestigt ist, klingelt und er geht ran.

„George, guten Morgen. Ich hoffe, du hast gute Neuigkeiten und ich bald wieder meine Ruhe?“

Ich schnaube lautstark.

„Okay. Verstehe. Da kann man nichts machen. Bis bald.“ Er legt auf. „Die Taylors haben noch keine neue Bleibe für Sie gefunden. Dann werden wir uns also wohl oder übel heute Abend wiedersehen.“

„Kann es kaum erwarten“, erwidere ich spöttisch. „Sagen Sie, ist es eigentlich anstrengend, immer derart unhöflich zu sein, oder ist es eine Gabe?“

Er verzieht das Gesicht. „Bis später und versuchen Sie, mich nicht allzu sehr zu vermissen. Das wäre mir sehr unangenehm.“

Bevor ich etwas Schlagfertiges erwidern kann, ist er schon im Haus verschwunden. Dieser arrogante Idiot! Entschlossen trinke ich meinen Kaffee aus, stehe auf und gehe zur Spüle. Ich stelle die Tasse hinein, schleiche zur Treppe und lausche angestrengt. Lange muss ich nicht warten, bis ich die Dusche rauschen höre. Grinsend hüpfe ich zur Spüle zurück und drehe den Warmwasserhahn voll auf.

Lucien gibt einen erschrockenen Schrei von sich und bekommt, wie geplant, die kalte Dusche, die er verdient hat. Schnell drehe ich das Wasser ab und warte einen Moment, bevor ich es erneut anstelle. Wieder hat Lucien sich nicht im Griff und ich verspüre eine äußerst befriedigende Genugtuung, die mich für vieles entschädigt.

Eine Minute später stürmt er die Treppe herunter und steht mit einem weißen Handtuch, das er sich um die Hüfte geschlungen hat, vor mir. Er sieht ziemlich wütend aus und nichts ist mehr übrig von seiner selbstgefälligen Art.

„Was soll das?“, herrscht er mich an.

„Was denn?“, frage ich mit Unschuldsmiene und bearbeite meine Tasse sehr gründlich mit einem Schwamm, während ich das Wasser darüber laufen lasse, bevor ich die Stirn runzle. „Sie haben noch Shampoo in den Haaren. Soll das so sein? Trägt man das jetzt in Paris?“

Er verdreht die Augen. „Sind Sie bald fertig mit spülen?“

„Wieso?“

„Weil Ihre exzessive Spülerei dafür sorgt, dass aus der Dusche nur eiskaltes Wasser kommt.“

„Ach. Das wusste ich ja gar nicht, aber kalte Duschen sollen ja gut zum Abhärten sein. Nichts zu danken.“ Grinsend stelle ich das Wasser ab und trockne die Tasse mit einem Geschirrtuch, bevor ich sie wieder in den Schrank räume. „Also dann, bis heute Abend.“ Ich gehe an ihm vorbei und schnappe mir meinen Rucksack. „Und wischen Sie bitte den Boden. Sie tropfen alles voll.“

***

Die Lost Gardens of Heligan sind genauso wundervoll, wie ich sie mir ausgemalt habe. Vor Jahren habe ich im Fernsehen einen Bericht darüber gesehen und mir immer gewünscht, eines Tages hier zu sein. Und nun bin ich hier und es ist, als wäre ich in einer anderen Welt. Einer magischen, die mich sofort verzaubert hat.

Die Sonne steht hoch am Himmel und taucht alles um mich herum in ein warmes, goldenes Licht. Die Luft ist erfüllt vom süßen Duft der Blumen und dem Geruch von frisch gemähtem Gras. Vögel zwitschern in den Bäumen, während ein sanfter Wind die Blätter flüstern lässt, und an jeder Ecke gibt es etwas Neues zu entdecken.

Glücklich seufzend nehme ich auf einer Bank Platz und hole aus meinem Rucksack eines der Sandwiches, die ich vor meiner Fahrt hierher schnell bei Anne im Café geholt habe. Voller Appetit beiße ich hinein und werfe einen Blick auf den Plan der Gärten, den ich mir vor meiner Abreise bereits ausgedruckt habe.

In den letzten drei Stunden habe ich schon den Nutzgarten und die restaurierten Gewächshäuser sowie den Walled Garden mit den hohen Mauern aus rotem Backstein besichtigt und viele Fotos gemacht.

Vor allem von den prächtig blühenden Blumen und sie gleich meinen Eltern und meiner Oma geschickt, die begeisterte Gärtner sind. Und selbstverständlich haben sie auch Fotos von den riesigen Rhododendren bekommen, die zu den größten der Welt gehören. Ich selbst besitze zwar keinen grünen Daumen, aber die Schönheit und Vielfalt genieße ich dennoch. Sie sind ein Ansturm auf alle Sinne und alles ist so geschmackvoll angelegt.

Besonders gefallen mir auch die vielen geheimnisvollen Pfade zwischen majestätischen Bäumen und dichten Sträuchern, die die kleine Entdeckerin in mir wieder hervorzaubern, die ich als Kind gewesen bin.

Ich lasse den Blick schweifen und zucke plötzlich zusammen. Lucien und eine Frau spazieren den Weg entlang. Direkt auf mich zu. Sie sind in ein Gespräch vertieft und lächeln. Offensichtlich ist das die erwähnte Verabredung. Kein Wunder, dass er die nicht auf morgen verschieben wollte. Die Frau ist wirklich hübsch. Ihre langen kastanienbraunen Haare schimmern in der Sonne und das gelbe Seidenkleid umschmeichelt ihre kurvige Figur. Durch die Sandalen mit Keilabsätzen ist sie fast so groß wie Lucien.

Ein wirklich schönes Paar, auch wenn Lucien sich, was sein Outfit angeht, ein bisschen mehr Mühe hätte geben können. Verwaschene Jeans, ein weißes T-Shirt und dunkelblaue Sneaker wirken für ein romantisches Date ein bisschen sehr leger. Aber natürlich sieht er trotzdem umwerfend aus, und wahrscheinlich muss man sich, wenn man so aussieht, sowieso keine Mühe geben.

Beide bleiben kurz stehen und Lucien umarmt sie. Ich schnaube. Da hat er wohl in den paar Tagen, die er bereits in Cornwall ist, nichts anbrennen lassen, aber müssen die beiden sich ausgerechnet hier treffen?

Eilig packe ich mein Sandwich ein, stehe auf und mache mich aus dem Staub.

„Sophie? Hallo!“

Natürlich höre ich Lucien, aber biege schnell in einen kleinen Pfad ein, fange an zu rennen und wähle einen Seitenweg, dessen dichte Sträucher mich verbergen werden.

Kichernd bleibe ich schließlich stehen. Als ob er mir hinterherjagen würde! Garantiert ist er genauso froh, wenn er mich nicht sehen muss, wie ich es bin. Ich verdränge Lucien energisch aus meinen Gedanken, konzentriere mich wieder auf meinen Ausflug und laufe langsam weiter.

Schnell nimmt mich die Umgebung ein weiteres Mal gefangen. Das Licht fällt durch das Laub der Bäume und malt helle Flecken auf den Boden. Ich lasse mich von einem verwinkelten Weg zum nächsten leiten und stoße immer wieder auf kleine Teiche, deren Wasser im Sonnenlicht wie Diamanten glitzern. Tief atme ich durch. Es ist wirklich paradiesisch hier.

LUCIEN

Ich entdecke meine unfreiwillige Mitbewohnerin ein wenig später erneut. Sie sitzt auf dem Rasen und isst ein Stück Kuchen. „Sophie! So ein Zufall.“ Mit einer Hand über den Augen, um nicht in die Sonne blinzeln zu müssen, sieht sie wenig begeistert zu mir auf.

„Hallo."

„Ich habe Sie vorhin schon gesehen und gerufen, aber Sie haben mich offenbar nicht gehört."

„Da war ich wohl mit meinen Gedanken woanders", murmelt sie.

„Wahrscheinlich." Ich schmunzle. „Sophie, das ist meine Freundin Olivia. Olivia, das ist die Amerikanerin, die mein Cottage besetzt hat."

„Das war nicht meine Schuld." Sophie verzieht das Gesicht. „Hallo, Olivia. Freut mich."

„Mich auch." Ihr Handy klingelt. „Entschuldigt mich bitte einen Moment." Sie geht ein paar Schritte zur Seite und nimmt das Gespräch entgegen.

„Wie gefallen Ihnen die Gärten?", frage ich. „Wenn ich gewusst hätte, dass Sie auch hierherkommen, hätten wir zusammen fahren können."

„Eine Stunde mit Ihnen zusammen in einem Auto? Das wäre ganz sicher eine fabelhafte Idee gewesen." Sophie lächelt spöttisch. „Und die Gärten sind wunderschön. Bis auf den Dschungelbereich habe ich schon alles gesehen, was ich unbedingt sehen wollte. Aber den nehme ich jetzt in Angriff und will mir richtig viel Zeit dafür lassen." Sie packt eilig zusammen und steht auf. „Deswegen sollte ich auch los und will auch Ihr Date nicht länger stören."

„Äh … okay …" Ich sehe ihr hinterher. Als sie an Olivia vorbeigeht, die gerade wieder auf mich zukommt, nickt sie ihr freundlich zu und dann ist sie auch schon weg.

„Wieso bin ich dein Date?“ Fragend sieht Olivia mich an.

Ich hebe die Arme und spanne die Muskeln. „Weil ich ein toller Fang bin! Natürlich geht sie davon aus, dass ich dich aufgerissen habe!“

Olivia lacht. „Allein die Vorstellung! Das wäre, als würde ich meinen Bruder daten, und das ist auf so vielen Ebenen einfach falsch.“

„Früher war das aber anders“, protestiere ich. „Wir haben Händchen gehalten.“

„Da waren wir neun und wir haben es nur fünf Minuten gemacht, um auszuprobieren, wie das ist, bevor wir es beide blöd fanden.“

„Die besten fünf Minuten meines Lebens!“, rufe ich aus und presse theatralisch die Hände auf mein Herz.

„Spinner! Wir hatten nie ein romantisches Interesse aneinander!“ Olivia grinst. „Komm, lass uns zurückgehen und im Tearoom vorbeischauen. Und danach will ich noch ein paar Pflanzen kaufen.“

„Einverstanden. Dann los.“

***

Die Luft ist bereits schwül und drückend, als ich Olivia in die Shops der Gärten begleite, und beunruhigend dunkle Wolken ziehen am Horizont auf. Ein leichter Wind weht durch die Bäume, lässt die Blätter rascheln und die Vögel verstummen. Kein gutes Zeichen!

Meine Vorahnung bestätigt sich, als plötzlich grelle Blitze am Himmel zucken und lauter Donner bedrohlich heranrollt. Einen Wimpernschlag später öffnen sich die Schleusen und heftiger Regen prasselt auf uns herab, während wir zum Parkplatz rennen, der sich ziemlich rasch leert.

„Ich melde mich die Tage bei dir“, ruft Olivia mir zu und biegt zu ihrem Auto ab.

Ich fliehe ebenfalls in meinen Wagen und ziehe die Tür zu, kaum dass ich sitze. Als ich ausparken will, entdecke ich im Rückspiegel Sophies SUV. Beunruhigt stelle ich den Motor wieder ab und beschließe, auf sie zu warten. Bestimmt kommt sie auch gleich.

Doch Sophie taucht nicht auf und schließlich mache ich mir richtig Sorgen. Ich schnappe mir meine Regenjacke vom Rücksitz, schlüpfe hinein, setze die Kapuze auf, steige aus dem Wagen und sprinte los.

SOPHIE

Das Gewitter tobt mit voller Kraft! Normalerweise jagt mir so ein Wetter keine Angst ein, aber hier wirkt es völlig anders. Kein Mensch ist weit und breit zu sehen. Donner grollen und Blitze tauchen die Landschaft in ein unheimliches Licht.

Meter für Meter kämpfe ich mich durch den dichten Regen über die aufgeweichten Pfade und rutschigen Holzplankenwege und stelle mich immer wieder unter den Schutz der Bäume, um mich neu zu orientieren und irgendwelche Schilder zu entdecken, die mich Richtung Parkplatz lotsen. Aber ich sehe keine.

Zitternd schlinge ich die Arme um meinen Körper und versuche, das Klappern meiner Zähne in den Griff zu bekommen. Mir ist so unglaublich kalt.

„Sophie!“

Ich blinzle irritiert.

„Sophie, wo bist du?“

Lucien! Erleichterung durchflutet mich und ich brauche einen Moment, bis mir auffällt, dass wir zum Du übergegangen sind. „Ich bin hier! Hier drüben!“ Ich halte nach ihm Ausschau und winke. Gleich darauf schlüpft Lucien zu mir unter das Dach des Baums.

„Ich bin echt froh, dass ich dich gefunden habe. Geht es dir gut?“

„Alles bestens. Du hast nach mir gesucht?“

„Natürlich. Als ich gerade losfahren wollte, um der Sintflut zu entkommen, habe ich dein Auto auf dem Parkplatz stehen sehen. Und als du nach einer Viertelstunde immer noch nicht da warst, habe ich mich zu deiner Rettung aufgemacht. Ich kann doch keine Jungfrau in Nöten im Stich lassen.“ Lucien zwinkert mir zu. „Wobei du sicherlich weder das eine noch das andere bist.“

„Richtig. Dennoch danke.“

„Gern geschehen.“

„Was ist mit Olivia? So hatte sie sich sicherlich nicht das Ende eures Dates vorgestellt. Oder wartet sie auf dem Parkplatz?“

„Sie ist schon weggefahren.“

Zerknirscht sehe ich ihn an. „Tut mir leid. Ich wollte dir das nicht vermasseln.“

„Du hast gar nichts vermasselt. Olivia war nicht mein Date. Sie ist eine alte Freundin aus Kindertagen und überglücklich verheiratet. Sie wohnt in Redruth. Da bin ich auch aufgewachsen. Wir sind erst nach Frankreich gezogen, als ich zehn war.“ Er wirft mir einen sorgenvollen Blick zu. „Du bist ganz schön nass geworden.“ Rasch zieht er seine Regenjacke aus und hält sie mir hin. „Komm, schlüpf rein!“

„Das geht nicht“, protestiere ich. „Dann wirst du auch ganz nass.“

„Macht doch nichts“, wiegelt er schmunzelnd ab. „Ein harter Kerl wie ich kann das wegstecken. Und ich kann dir ewig unter die Nase halten, wie ritterlich und selbstlos ich war.“

„Ja, ja.“ Ich verdrehe die Augen. „Wie wäre es, wenn du deine Jacke über uns beide ausbreitest? Dann erspare ich mir deine Prahlerei.“

Lucien lacht laut. „Okay. Probieren wir es.“

Er hält die Jacke hoch und ich stelle mich neben ihn.

„Du bist zu weit weg, Sophie. Rück enger heran, sonst reicht unser improvisierter Schirm nicht für uns beide. Das ist eine Jacke, kein Poncho für einen Yeti.“

Halbherzig mache ich einen kleinen Schritt nach links.

„Jetzt sei nicht so schüchtern. Leg deinen Arm um meine Hüfte und kuschle dich an mich. Man kann wirklich sehr gut mit mir kuscheln. Versprochen. Du wirst nicht enttäuscht sein."

Ich schnaube übertrieben, mache aber, was er gesagt hat.

„Dann geht's jetzt los! Am besten im Gleichschritt, damit wir uns nicht in die Quere kommen. Ich passe mich deinem Tempo an. Rechtes Bein zuerst. Auf drei. Einverstanden?"

Ich nicke.

„Eins, zwei, drei."

Wir tauchen unter dem Baum hervor und eilen den Weg hinauf, den Lucien gekommen ist. Der Wind wechselt jetzt im Sekundentakt, sodass uns der heftige Regen von allen Seiten trifft und Lucien immer wieder beinahe die Jacke aus der Hand gerissen wird. Entschlossen versucht er, uns trockenzuhalten, aber es ist aussichtslos. An einer Abzweigung dirigiert er mich unter einen anderen Baum. „Wieso halten wir an?"

„Das funktioniert so nicht, Sophie. Ich werde trotzdem nass. Da du allerdings schon fast komplett durchweicht bist und zitterst wie Espenlaub, wirst du jetzt die Jacke anziehen. Sie wird dich aufwärmen und wenigstens ab jetzt trocken halten und ich will keine Widerworte hören. Wenn du dir eine Erkältung holst, kann ich dich ja wohl schlecht aus dem Cottage vertreiben."

Besorgt sehe ich ihn an.

Lucien lächelt. „Ist alles okay. Ich ziehe im Auto gleich die nassen Sachen aus und werfe die Heizung an. Und zur Not wickle ich mich in die Rettungsdecke aus dem Erste-Hilfe-Kasten.“

Ein Blitz zuckt grell über den Himmel und erhellt die Umgebung für einen kurzen Moment, bevor ein Donner so laut kracht, dass ich erschrocken zusammenfahre. „Also gut. Danke.“ Ich schlüpfe schnell in die Jacke, die mir zum Glück viel zu groß ist, sodass ich den Rucksack nicht absetzen muss. Rasch ziehe ich den Reißverschluss hoch, setze die Kapuze auf und verschnüre sie fest unter meinem Kinn. Dann kremple ich die Ärmel ein Stück hoch und sehe zu Lucien auf, der mich breit angrinst. „Was ist?“

„Nichts. Nur, dass du ein bisschen so aussiehst, als wärst du ein kleines Mädchen, das die Jacke seines großen Bruders angezogen hat. Ich fürchte, gleich wird mein Beschützerinstinkt anspringen und dafür sorgen, dass ich dich auf die Arme nehme und zum Parkplatz trage.“

Die Vorstellung ist wirklich unglaublich romantisch und mein Herz schlägt ein wenig schneller, aber ich will nur noch in mein Auto und ins Warme. „Ich denke, wenn ich selbst laufe, kommen wir besser voran. Gegen deine Sprinteinlage am Strand werde ich wohl nicht ankommen, aber ich kann durchaus ein gutes Tempo vorlegen.“

„Alles klar! Hier hoch, dann links. Immer den Weg entlang, am Heligan House vorbei. Der führt uns direkt zum Parkplatz.“

Ich atme tief durch, dann renne ich los. Als wir aus dem Dschungel raus sind, schließt Lucien zu mir auf und ich werfe ihm einen kurzen Blick zu. Er ist bereits klatschnass und sein T-Shirt ist transparent geworden. Seine braunen Locken sehen fast schwarz aus und der Regen läuft ihm übers Gesicht. Ein paar Tropfen bleiben an seinen langen Wimpern hängen, bevor sie sich den Weg weiter nach unten bahnen. Er sieht verboten attraktiv aus!

Schnell wende ich den Blick ab und konzentriere mich auf den Weg. Luciens Jacke wärmt tatsächlich gut und durch die Anstrengung wird mir noch wärmer. Langsam geht mir die Puste aus, aber ich kann bereits die Gebäude am Eingang der Gärten sehen. Und die Sorge um Lucien, harter Kerl hin oder her, spornt mich an, durchzuhalten. Er hingegen scheint nicht einmal außer Atem zu sein und ich weiß, dass er sein Tempo für mich drosselt. „Du kannst ruhig schon vorauslaufen und zum Cottage fahren“, rufe ich ihm zu. „Ich weiß jetzt, wo wir sind.“

„Kommt nicht in Frage! Ich fahre nicht eher los, bis du sicher im Auto sitzt. Und überhaupt solltest du hinter mir herfahren. Die Straßen können bei so einem Wetter tückisch sein. Gerade die kleinen um Galhill Bay herum, wie ich an meinem ersten Tag festgestellt habe.“

Ich bin zu erschöpft, um zu protestieren, also hebe ich nur einen Daumen und gebe noch einmal alles.

Als wir endlich auf dem Parkplatz sind, ziehe ich noch im Laufen die Jacke aus, setze den Rucksack ab und krame den Autoschlüssel heraus. Lucien hält dabei seine Jacke über mich, bis ich hinter dem Steuer sitze, und zwingt mich dann dazu, sie wieder anzuziehen.

„Bis die Heizung richtig läuft“, erklärt er. „Okay, du folgst mir jetzt einfach und sollte irgendetwas nicht in Ordnung sein, gibst du mir mit der Lichthupe ein Zeichen und ich halte sofort am Straßenrand an.“

„Mach ich, Lucien. Und jetzt ab mit dir ins Trockene.“

KAPITEL 6

LUCIEN

Die Rückfahrt ist anstrengend. Der Wind ist stärker geworden und auf den Küstenstraßen bläst er mit voller Wucht. Der Regen ist so heftig, dass die Scheibenwischer ihr Bestes geben müssen, damit man überhaupt noch etwas sehen kann. Nervös werfe ich immer wieder einen Blick in den Rückspiegel, ob Sophie noch hinter mir ist, doch sie schlägt sich gut und bleibt in Sichtweite.

Als ich die Abzweigung nach Galhill Bay entdecke, setze ich rechtzeitig den Blinker, bevor ich langsam abbiege und erst wieder Gas gebe, als ich Sophies SUV entdecke. Jetzt dauert es nicht mehr lange, bis wir am

Cottage sind, und ich seufze erleichtert auf. Immerhin ist mir inzwischen wieder warm geworden, denn die Heizung läuft auf vollen Touren. Das nasse T-Shirt habe ich sofort ausgezogen, sobald ich im Auto saß, und kurz überlegt, auch die Jeans auszuziehen, aber es war mir zu umständlich.

Meine Gedanken wandern zu Sophie zurück. Was ein Unwetter plötzlich alles verändern kann. Ich habe mir wirklich große Sorgen um sie gemacht. Als ich sie vor Kälte zitternd gefunden habe, musste ich mich zurückhalten, sie nicht sofort in meine Arme zu reißen, und in meiner viel zu großen Jacke hat sie entzückend ausgesehen.

Und obwohl ich den verbalen Schlagabtausch mit Sophie mag, mag ich es noch lieber, wenn es zwischen uns so ist wie gestern Abend, als wir gemeinsam über meine Inigo Montoya Imitation gelacht haben. Sie hat ein wirklich bezauberndes Lachen. Und ja, zugegeben, ich mochte es auch, wie sie sich an mich geschmiegt hat, als wir mit meiner Jacke über den Köpfen losgelaufen sind. Vielleicht ist es doch gar nicht so schlimm, dass George ein Fehler unterlaufen ist …

***

Als wir endlich die Tür des Cottage hinter uns schließen, atmen wir beide auf. Sophie schlüpft aus meiner Jacke und hängt sie auf einen der Haken im Flur.

„Danke nochmal, Lucien. Ich werde sie nachher

gleich in die Waschmaschine stecken. Die Rennerei hat mich ganz schön zum Schwitzen gebracht. Am besten packst du deine Sachen mit dazu." Sie deutet auf mein nasses Shirt, das ich in der Hand halte, und die Jeans, deren Hosenbeine zusätzlich noch mit Matsch von den aufgeweichten Wegen verdreckt sind. „Ich wasche meine Klamotten dann nach dir."

„Du kannst deine Sachen ruhig auch mit reinwerfen, wenn du willst. Das macht mir nichts aus. Du kannst dann natürlich deine Kleider als erstes herausholen und in den Trockner stecken." Ich grinse. „Nicht, dass du denkst, ich will mir deine Unterwäsche ganz genau anschauen."

Sophie lacht. „Ehrlich gesagt würdest du da nichts verpassen. Für einen Ausflug mit stundenlanger Lauferei tendiere ich eher nicht dazu, hauchzarte Dessous zu tragen. Da bevorzuge ich einen praktischen Sport-BH und Höschen mit mehr Stoff."

„Das kann ebenfalls durchaus reizvoll sein." Ich zwinkere ihr zu. „Geh doch schon mal heiß duschen. Ich verspreche, dass ich den Wasserhahn in der Küche im Gegensatz zu dir nicht anrühren werde. Und ich mache uns inzwischen Feuer im Kamin, dann ist es hier mollig warm, wenn du fertig bist. Es ist doch recht kühl geworden."

Sophie schüttelt den Kopf. „Du gehst zuerst duschen. Erstens brauche ich länger mit Haare föhnen und so. Und zweitens will ich nicht, dass du dich erkältest und die ganze Zeit herumjammerst, die ich noch hier bin. Ihr Männer seid da ja manchmal ein wenig überempfindlich."

„Ich jammere nie“, protestiere ich empört. „Mütterlicherseits bin ich Engländer. Wir Engländer neigen nicht zum Jammern. Und mein Vater stammt aus der Normandie. Wir haben die Römer überstanden und ich habe höchstwahrscheinlich Wikinger in der Ahnenreihe, da macht mir ein kleiner Schnupfen nichts aus.“

„Ist klar.“ Sophie klopft mir auf die Schulter. „Geh jetzt duschen und ich mache Feuer. Und keine Sorge – meine Großmutter hat auch einen Kamin, also bin ich dazu durchaus fähig.“

Entschlossen schiebt sie mich Richtung Treppe und biegt dann ins Wohnzimmer ab. Es ist offensichtlich, dass ihre Meinung feststeht, also sprinte ich nach oben, damit Sophie auch so schnell wie möglich ins Bad kann.

SOPHIE

Aufmerksam betrachte ich mich im Spiegel über dem Waschbecken. Was eine heiße Dusche, gewaschene Haare und frische Klamotten so ausrichten können. Ich schnappe mir die nassen Handtücher und meine Klamotten und sehe mich noch einmal um. Es liegen vom Auskämmen keine langen Haare mehr auf dem Boden und die Dusche ist geputzt und trocken gewischt, genau wie Lucien sie für mich hinterlassen hat.

Mein Magen knurrt und auch, wenn ich mich auf das letzte von Annes Sandwiches freue, das von meinem Ausflug übrig ist, hätte ich lieber etwas Warmes. Ich könnte natürlich noch einmal in den Pub fahren und dort etwas essen, doch ich merke sofort, dass ich überhaupt keine Lust mehr habe, mich noch einmal ins Auto zu setzen. Nun ja, dann gibt es eben heute Küche kalt.

Seufzend verlasse ich das Badezimmer, gehe nach unten in den kleinen Raum mit Waschmaschine und Trockner und werfe meine Sachen zu Luciens in die Trommel. „Hast du noch irgendetwas, das gewaschen werden muss?“, rufe ich in Richtung Küche, in der ich ihn hantieren höre. „Oder kann ich die Waschmaschine anstellen?“

„Kannst du. Danke.“

Kurz überprüfe ich die Einstellungen und drücke auf den Knopf, dann geselle ich mich zu Lucien, der gerade die Ofentür schließt und den Timer auf seinem Handy einstellt. Ich setze mich auf einen der beiden Barhocker an die Kücheninsel, luge neugierig in den Ofen und entdecke eine Auflaufform. „Was gibt es denn bei dir? Tiefkühllasagne oder sowas?“

„Ein Fertiggericht?“ Entsetzt starrt er mich an. „Mein Körper ist ein Tempel, den ich niemals mit so etwas entweihen würde, wenn ich nicht gerade in einer absoluten Notlage wäre.“

Und ob sein Körper ein Tempel ist! Absolut anbetungswürdig! Ich kichere. „Snob.“

Lucien grinst. „Bin ich gar nicht, aber ich mag es lieber, mein Essen selbst zu kochen. Dann weiß ich, was drin ist.“

„Und was ist da drin?“ Ich deute auf den Ofen.

„Ich habe uns Shepherd’s Pie gemacht.“

Überrascht hebe ich eine Augenbraue. „Uns?“

Er zuckt mit den Schultern. „Im Kühlschrank hast du nichts deponiert und gestern Abend habe ich keine Tüte mit Einkäufen gesehen. Also dachte ich, bevor du mir noch vor Gier in mein Essen sabberst, koche ich gleich für dich mit.“

Ich verdrehe die Augen. „Sehr witzig!“

Lucien grinst. „Oder willst du nicht?“

„Doch! Ich will! Und wie! Ich habe zwar noch ein Sandwich aus Annes Café, aber das kann ich auch morgen zum Frühstück essen. Etwas Warmes wäre wirklich toll. Und zu meiner Verteidigung … gestern Abend habe ich erst bei Anne etwas gegessen und später im Pub noch eine Kleinigkeit, und heute wollte ich eigentlich auf dem Rückweg einkaufen gehen, aber ich hatte vorhin einfach keine Lust, anzuhalten, und jetzt will ich bei dem Wetter nicht noch einmal losfahren.“

Lucien nickt. „Was hättest du denn eingekauft?“

„Wahrscheinlich irgendein Fertiggericht oder einen Eintopf aus der Dose“, gebe ich zu.

„Mon Dieu!“, ruft Lucien aus und ringt in gespielter Verzweiflung die Hände. „Nein! Das kann und werde ich nicht zulassen!“

„Ich kann eben nicht kochen“, verteidige ich mich.

„Du kannst doch lesen, also kannst du auch

kochen. Es müssen ja nicht gleich die kompliziertesten Gerichte sein, aber wenn das Rezept ausführlich und – pardon! – idiotensicher und haarklein erklärt ist, kriegt man zumindest Standardgerichte problemlos hin."

„Das sagen meine Eltern und meine Oma auch immer, die alle großartig kochen, aber da haben sich die Gene leider nicht durchgesetzt." Ich seufze. „Und was ist jetzt genau in einem Shepherd's Pie drin? Hackfleisch, oder?"

„Richtig." Lucien zuckt zusammen. „Verdammt! Danach habe ich ja gar nicht gefragt. Isst du überhaupt Fleisch?"

Ich nicke.

„Okay. Sonst hätte ich improvisieren müssen, aber da hätte ich dir auch etwas Schmackhaftes zusammenrühren können. Gibt es etwas, das du nicht magst oder wogegen du allergisch bist?"

„Mit Koriander kannst du mich nicht hinterm Ofen hervorlocken und frische Ananas vertrage ich nicht."

Lucien lächelt. „Dann sind wir mit Shepherd's Pie ja auf der sicheren Seite. Für meine Version brät man Rinderhack, Lammhack geht auch, Zwiebeln, Karotten und Erbsen an. Ein paar Gewürze dazu, ein bisschen Fond. Dann kommt alles in die Auflaufform und wird mit Kartoffelpüree bedeckt. Und wenn das Püree goldbraun ist, ist das Essen fertig." Er sieht kurz auf sein Telefon. „Etwa in einer Viertelstunde."

Bewundernd sehe ich Lucien an. „Das hast du alles in der kurzen Zeit hingekriegt?"

Ein Grinsen breitet sich auf seinem Gesicht aus. „Damit deine Augen noch größer werden, sollte ich eigentlich Ja sagen. Aber ich habe vor meinem Treffen mit Olivia schon alles vorbereitet und angebraten und musste jetzt nur noch die Kartoffeln abkochen. Ein paar mehr, damit ich dich mit durchfüttern kann. Da du im Bad länger gebraucht hast, hatte ich dafür genug Zeit. Sonst hätte ich uns auf die Schnelle ein Pasta-Gericht gezaubert, aber das mache ich uns dann morgen."

„Falls ich dann noch hier bin, weil George und Shirley keine neue Bleibe für mich gefunden haben, nehme ich das gerne an."

„Ach ja, stimmt." Lucien sieht mich zerknirscht an. „Es tut mir leid."

„Was genau?"

„Dass ich so ein Idiot war. Es war unfair dir gegenüber, wie ich mich verhalten habe. Wir hätten uns gleich auf ein friedliches Zusammensein verständigen sollen."

„Also, an mir lag es nicht, dass es nicht von Anfang an friedlich war", erwidere ich.

„Ich weiß." Lucien seufzt. „Es hat mich nur so überrumpelt. Ich wollte wirklich meine Ruhe haben."

„Mich hat es auch überrumpelt, einen fremden Mann in Unterhose in meinem Cottage vorzufinden."

„Auch wieder wahr." Er grinst. „Wenn ich geahnt hätte, dass mir so hübscher Damenbesuch ins Haus schneit, hätte ich mir selbstverständlich zumindest noch eine Krawatte umgebunden."

Ich versuche, mich nicht zu sehr über sein Kompliment zu freuen, und lehne mich kichernd auf dem Stuhl zurück. „Das hätte die Situation auf jeden Fall gewaltig entschärft."

Lucien stimmt in mein Lachen mit ein und ich mag die kleinen Fältchen, die sich dabei um seine Augen bilden. Und ich würde wirklich gerne mal seine Locken anfassen, auf die das Licht über der Kücheninsel einen warmen Schimmer wirft. Bestimmt sind sie so weich, wie sie aussehen. Und bestimmt sind seine Muskeln so hart, wie sie sich unter dem hellblauen, sehr körperbetonten Pullover abzeichnen. Und der Hintern ist garantiert so knackig, wie die Jeans es nicht verbergen kann.

„Woran denkst du gerade, Sophie?", fragt Lucien mich neugierig.

Das werde ich dir garantiert nicht sagen! „Nur daran, dass du eigentlich ganz sympathisch bist, wenn du dich nicht wie ein ungehobelter Klotz verhältst."

„Sympathisch, also. So, so. Das kann ich nur schlecht auf mir sitzen lassen. Ich habe dir gegenüber schließlich einen Ruf zu verlieren."

Ich winke ab. „Ach, lass mal. Noch mehr Rüpel-Lucien brauche ich nicht unbedingt."

Er seufzt. „Eigentlich bin ich gar nicht so. Ich bin einer von den Guten. Es tut mir wirklich aufrichtig leid, Sophie."

„Schwamm drüber. Es war ja auch ganz lustig. Aber

wenn du weiterhin so nett bist, kann ich meine übrigen Racheplâne gar nicht mehr in die Tat umsetzen."

„Darauf lege ich auch keinen Wert!" Lucien grinst. „Ich hole uns von draußen noch etwas Feuerholz." Er wirft einen kurzen Blick in den Ofen. „Willst du inzwischen den Tisch decken? Das Essen ist gleich fertig."

„Klar." Ich hüpfe vom Stuhl und mache mich auf die Suche nach Tellern und Besteck. Servietten finde ich auch und ein Holzbrett, auf das wir die Auflaufform stellen können. Schnell trage ich alles zu dem runden Tisch, an dem vier Stühle stehen, und decke jeweils zwei Plätze gegenüber ein. Zum Schluss stelle ich nach kurzem Überlegen noch drei Kerzenleuchter in verschiedenen Größen dazu und zünde die weißen Kerzen mit Streichhölzern an, die ich in der Besteckschublade entdeckt habe. Dann hole ich aus dem Rucksack in meinem Zimmer eine übriggebliebene Flasche Wasser und platziere sie mit zwei Gläsern an die Seite.

Lucien kommt zurück und packt das Holz in einen Korb neben dem Kamin, bevor er zu mir kommt und den Tisch betrachtet. „Sieht gut aus. Willst du vielleicht auch etwas Wein? Ich habe noch ein paar Flaschen."

„Ein halbes Glas vielleicht. Ich trinke nicht so oft Alkohol."

Lucien schmunzelt. „Das hört sich nach sinnlosem Saufen an, aber Wein ist für uns Franzosen ein Grundnahrungsmittel und es geht nur darum, das Essen zu seinem vollen Genuss abzurunden, und nicht darum, sich einen anzutrinken."

„Du bist wirklich sehr überzeugend. Bist du vielleicht Winzer oder Sommelier?"

„Nicht ganz."

„Was dann?"

„Erzähle ich dir gleich. Setz dich schon mal. Ich sehe nach dem Essen."

KAPITEL 7

LUCIEN

Sophies Seufzen nach dem ersten Bissen ist Musik in meinen Ohren. „Darf ich das dahingehend deuten, dass es dir schmeckt?“

„Es ist fantastisch! Wieso kannst du das so gut?“

Ich zögere einen Moment, bevor ich antworte. „Ich bin Koch.“

„Das wundert mich nicht! In einem Restaurant in Paris und wolltest du schon immer Koch werden?“

Sophie ist ehrlich interessiert, das kann ich sehen, aber ihre Fragen treffen mich mitten ins Herz. Ich schweige einen Moment zu lang und sie sieht mich unsicher an.

„Entschuldige, wenn ich dich löchere. Du musst mir nichts erzählen. Wir können auch über etwas anderes reden oder gar nicht. Das macht mir nichts."

„Nein, ist schon gut. Es ist so … die Geschichte kann ich nur erzählen, wenn ich alles erzähle. Und das ist nicht so einfach. Es hat mit meiner Unfreundlichkeit dir gegenüber zu tun, weil ich hier eigentlich allein sein und entspannen und nachdenken wollte."

„Ich auch", murmelt Sophie.

Ihr Gesicht verfinstert sich und sie nimmt schnell einen Schluck Wein. „Darf ich fragen, warum?", hake ich vorsichtig nach.

Sie seufzt. „Am Montag habe ich meinen Job verloren …"

„… und deshalb bin ich in England und hier gelandet", beendet Sophie ihre Geschichte.

Ich habe sie einfach reden lassen und nicke jetzt. „Das tut mir leid für dich. Auch wenn es nicht dein Traumjob war, ist es schlimm, wenn so eine Situation einen plötzlich überfällt. Aber immerhin ist es gut, dass du ein finanzielles Polster hast, um nichts überstürzen zu müssen. Hast du schon eine Idee, wie es weitergehen wird?"

Sie zuckt mit den Schultern. „Ich werde versuchen, in meinem eigentlichen Job doch etwas zu finden.

Oder ich muss mich neu orientieren und irgendeine Arbeit finden, die mich einigermaßen erfüllt."

„War Mediengestalterin immer dein Traum?"

Sophie schüttelt den Kopf. „Ich habe die Ausbildung nur gemacht, weil ich etwas Kreatives machen wollte und es sich so ergeben hat. Eigentlich wollte ich immer Fotografin werden. Landschaften und Menschen fotografieren. Aber ich hatte zu viel Angst davor, nicht gut genug zu sein."

„Wieso?", frage ich sanft.

„Ich muss mir nur Bildbände und Zeitschriften anschauen oder in Ausstellungen gehen und schon bin ich dermaßen von dem Talent der Fotografen eingeschüchtert, dass ich mich nicht mehr traue."

„Aber du musst doch nicht sein wie andere Fotografen, Sophie. Inspiration ist gut, aber sich zu vergleichen nicht. Du musst in dich hineinhorchen und deine eigene Stimme als Künstlerin finden. Deine eigene Sprache, um auszudrücken, was du sagen willst. Das ist bei mir als Koch nicht anders."

„Das verstehe ich, aber das ist nicht so einfach."

„Ich weiß. Es gehört Mut dazu." Ich nehme mir noch eine Portion Auflauf und esse ein paar Bissen, um Zeit zum Nachdenken zu haben. Sophie hat mir völlig offen ihre Geschichte erzählt, also sollte ich ihrem Beispiel folgen. Es wird Wunden aufreißen, aber ich fühle ganz deutlich, dass ich bei Sophie sicher bin. „Ich wollte schon immer Koch werden", beginne ich. „Mein Vater besitzt ein Restaurant in einer kleinen Stadt in der Nähe von Le Havre, direkt am Meer.

Davor hat er in mehreren europäischen Ländern als Koch gearbeitet, bis er in Redruth gelandet ist, wo er meine Mutter kennengelernt hat. Sie haben geheiratet und wenig später kam ich auf die Welt. Eigentlich wollten sie für immer in Redruth bleiben, aber als ich zehn war, hat ein Jugendfreund meines Vaters ihn gefragt, ob er sein Restaurant übernehmen will. Es war immer sein Traum, ein eigenes Restaurant zu besitzen und selbst über die Speisekarte zu bestimmen, also sind wir nach Frankreich umgezogen. Das war damals nicht so einfach für mich. Ich war ein eher schüchternes Kind und habe nicht schnell Anschluss gefunden. Olivia und ich waren aber seit dem Kindergarten ein eingeschworenes Team und sie zu verlieren, hat wehgetan. Wir sind zwar in Kontakt geblieben, aber natürlich war das kein Ersatz."

Mitfühlend sieht Sophie mich an. „Das kann ich mir vorstellen."

„Danke. Jedenfalls, da ich der Neue in der Schule war und dort wirklich niemand auf einen halben Engländer gewartet hat, bin ich nach der Schule immer ins Restaurant gegangen, um meine Hausaufgaben zu machen, weil meine Mutter als Englisch-Lehrerin in Le Havre gearbeitet hat und meistens erst spät nach Hause kam. Wenn ich dann nicht mehr wusste, was ich tun sollte, und auf Lesen oder Fernsehen oder auf etwas anderes keine Lust hatte, habe ich meinem Vater in der Küche Gesellschaft geleistet. Er hat die Leidenschaft fürs Kochen in mir geweckt und mir alles beigebracht, was ich heute weiß. Vom Kreieren neuer Gerichte und dem Verhandeln mit Lieferanten bis hin zum Einkaufen auf dem Markt und wie man gute

Qualität erkennt. Nach meiner Ausbildung bei ihm und einer Weiterbildung an einem angesehenen Institut in Paris, habe ich mit einem Foodtruck angefangen, der durch gute Kritiken in der Presse recht berühmt geworden ist. Das wiederum hat mir einen Job als Chefkoch in einem aufstrebenden Restaurant eingebracht. Emmanuelle, die Besitzerin, hatte sehr ehrgeizige Pläne. Sie wollte es zu einem der besten Restaurants des Landes machen und hat mich zu Höchstleistungen motiviert. Ich war täglich von morgens bis abends in der Küche und nach ein paar Jahren hatten wir es geschafft."

„Wahnsinn!" Sophies Augen leuchten. „Da wurde ich also heute von einem Spitzenkoch bekocht?" Sie schmunzelt. „Wahrscheinlich hätte ich mir bei euch nur die Vorspeise leisten können."

„Vielleicht. Aber da du sowieso monatelang im Voraus hättest reservieren müssen, hättest du ja sparen können." Ich zwinkere ihr zu, werde aber gleich darauf wieder ernst. „Ehrlich gesagt war das alles Emmanuelles Idee. Je abgehobener und teurer alles wurde, desto mehr betuchte und berühmte Gäste hat das Restaurant angezogen. Mir wäre es anders lieber gewesen. Ein Restaurant für jeden, der gutes, ehrliches, bodenständiges Essen schätzt und es genießen kann, ohne horrende Preise zahlen zu müssen, aber Emmanuelle hatte bestimmte Vorstellungen und ich habe sie gewähren lassen." Ich räuspere mich. „Wir sind auch privat ein Paar geworden und vielleicht wollte ich mir lediglich Streitigkeiten ersparen, die sich auch auf unsere Beziehung ausgewirkt hätten. Ich wollte einfach nur kochen. Ich war am liebsten in meiner Küche und wenn Emmanuelle mich gezwungen hat, besonders wichtige oder berühmte Gäste an ihrem Tisch zu begrüßen, wäre ich am liebsten geflüchtet. Aufgesetzte Schmeicheleien und Smalltalk über Klatsch und Tratsch liegen mir einfach nicht – das war ihr Ding. Mich hat eigentlich nur interessiert, ob den Gästen mein Essen schmeckt. Ob sie VIPs waren oder nicht, war mir vollkommen einerlei. Emmanuelle nicht. Ständig hat sie mich zu ihnen gezerrt und jemand vom Personal musste ein Foto machen, damit sie und ich mit Schauspielern, Rockstars, reichen Schnöseln oder Politikern abgelichtet werden und sie die Fotos im Restaurant aufhängen und der Presse zuspielen konnte."

Sophie verzieht das Gesicht. „Das wäre auch nichts für mich gewesen."

Ich nicke. „Anfang letzten Jahres tauchten dann Gerüchte auf, dass das Restaurant für einen Stern im Gespräch wäre. Ich habe mich noch mehr in die Arbeit gestürzt … und hatte schließlich einen Burnout."

Erschrocken sieht Sophie mich an. „Das ist ja furchtbar."

„Das war es. Es war eine schreckliche Zeit und ich bin noch nicht wieder ganz der Alte. Ich war ständig erschöpft und müde, hatte keine Energie mehr. Ich wollte mich nur noch zurückziehen und niemanden mehr sehen, aber das ging natürlich nicht. Deshalb war ich ständig gereizt oder traurig, konnte mich schlecht konzentrieren, konnte nichts mehr gleichzeitig erledigen wie früher. Ich hatte dauernd

Kopfschmerzen, ehrlicherweise hat mir alles wehgetan. Ich hatte das Gefühl, nichts mehr richtig zu machen und nie gut genug zu sein. Und ich hatte das Gefühl, innerlich taub zu sein und den Boden unter meinen Füßen nicht mehr zu spüren. Ich war mir völlig fremd. Als würde ich mich die ganze Zeit von außen betrachten. Dennoch habe ich weitergemacht, habe in der Küche funktioniert, aber schließlich habe ich nach allem anderen auch noch mein Herz fürs Kochen verloren. Es war mir plötzlich alles so egal. Emmanuelle war das natürlich nicht egal. Sie hat mir ständig gesagt, dass ich mich nicht so anstellen und meine Krise mal in den Griff kriegen soll, doch das ging natürlich nicht. Also hat sie mich rausgeschmissen und mir gleichzeitig den Laufpass gegeben."

„Was?" Sophie starrt mich entsetzt an. „Du hast das Restaurant zu dem gemacht, was es geworden ist, und dann lässt sie dich einfach in jeder Beziehung fallen?"

Ich zucke mit den Schultern. „Offensichtlich war ich ihr nicht wichtig. Sie hat mich einfach ausgetauscht und einen anderen Koch engagiert. Meinen schärfsten Konkurrenten. Gerard ist gut und genau so, wie ich in Emmanuelles Augen hätte sein sollen. Er genießt es, sich im Glanz von VIPs zu sonnen, ist auf jeder wichtigen Party und Veranstaltung und regelmäßig mit Fotos von irgendwelchen Eskapaden und Skandalen in den Klatschzeitungen. Ein Mann ganz nach ihrem Geschmack … beruflich und auch privat. Sie sind seit ein paar Monaten zusammen."

„Was für eine …" Sophie bricht ab und ihre Augen blitzen wütend. „Wie konnte sie dir nur so etwas antun?"

Ich lächle. „Dass die Beziehung gescheitert ist, muss dir nicht leidtun. Eigentlich haben wir nie zusammengepasst. Es hat sich aufgrund der langen gemeinsamen Arbeitszeiten irgendwie so ergeben, dass wir zusammengekommen sind. Ich bedauere nur, dass meine Karriere so den Bach runtergegangen ist. Die Presse hat natürlich ausführlich darüber berichtet, dass Emmanuelle mich rausgeschmissen und in allen Bereichen ersetzt hat. Die Gerüchte über mich – es gab jeden Tag neue. Dass ich drogensüchtig bin, weil ich so krank und abgemagert aussah. Dass sie mich gefeuert hat, weil das Personal mich hasst. Dass ich sie mit anderen Frauen betrogen habe. Das alles und mein Burnout haben dazu geführt, dass ich zusammengebrochen bin."

„Oh Lucien … wie schrecklich. Das tut mir so leid."

„Ich danke dir. Meine Eltern haben mich sofort zu sich geholt und ich konnte endlich anfangen, wieder gesund zu werden. Es hat lange gedauert, bis ich mich einigermaßen erholt habe, und noch länger, um überhaupt einen ersten Schritt in die Küche meines Vaters zu wagen. Doch das Kochen hat mir geholfen. Jeden Abend, wenn das Restaurant geschlossen war und die Angestellten weg waren, habe ich wie früher mit meinem Vater zusammen gekocht. Er hat sich wirklich jeden Abend Zeit genommen, ohne Ausnahme, egal wie erschöpft er von der Arbeit war. Und meine Mutter saß immer dabei und hat uns zugesehen. Sie haben mich nie ausgefragt. Sie haben mich reden lassen, wenn ich wollte, und mich zu nichts gedrängt, wenn ich nicht reden wollte. Ich bin ihnen so unendlich dankbar. Ich habe wieder gelernt, mich lebendig zu fühlen und nicht nur zu leben. Ohne sie weiß ich nicht, wie ich es hätte schaffen sollen, aus der Dunkelheit wieder herauszufinden."

Sophie streckt die Hand aus und legt sie für einen Moment sanft auf meine. Sie sagt nichts, aber sie muss auch nichts sagen. Ich spüre ihr Mitgefühl ganz deutlich und mein Herz öffnet sich ganz weit für sie.

„Irgendwann habe ich meinen Vater wieder auf die Wochenmärkte und zu den Fischern und Lieferanten begleitet", fahre ich fort, „und langsam aber stetig ging es mir besser. Auch mit Hilfe eines Therapeuten. Ich bin noch nicht über den Berg, ich habe auch meine Leidenschaft fürs Kochen noch nicht ganz wiedergefunden, es braucht Zeit, aber ich *fühle* mich langsam wieder." Ich sehe Sophie unsicher an. „Weißt du, was ich meine?"

Sie wiegt den Kopf. „Ich habe das zum Glück nicht erlebt und nur den Hauch einer Ahnung, wie schlimm es gewesen sein muss, aber vielleicht kann ich es mir wenigstens im Ansatz vorstellen. Du hattest dich verloren, du hattest alles verloren, was dich ausgemacht hat, aber jetzt bist du wieder in Kontakt mit dir. Du lernst, dich selbst wieder kennenzulernen. Vielleicht ist es, als würde man einem alten Freund vorsichtig die Hand schütteln, den man lange nicht mehr gesehen hat. Trifft es das ungefähr?"

„Das tut es. Und genau deshalb wollte ich hierherkommen. Nicht nur, um die Gegend, in der ich aufgewachsen bin, wiederzusehen, sondern auch

Olivia. Natürlich haben wir uns nie ganz aus den Augen verloren, aber in den letzten Jahren war ich immer so beschäftigt, dass wir uns nur vor den Computern gesehen haben. Das letzte Mal richtig gesehen habe ich sie bei ihrer Hochzeit vor fünf Jahren. Jetzt aber wirklich Zeit mit ihr zu verbringen, ist schön. Es tut gut, Erinnerungen auszutauschen. Abgesehen von meinen Eltern, kennt mich wirklich niemand so gut wie sie. Wahrscheinlich kennt sie mich sogar besser, weil Freunde sich Dinge erzählen, die man vor seinen Eltern lieber nicht thematisieren will." Ich schmunzle. „Außerdem kennt sie das Geschäft und den Stress des Berufs. Sie ist Patissière mit einem eigenen Laden in Redruth, den ihr jüngerer Bruder Matthew managt. Und … na ja … ich wollte auch hierherkommen, um zu sehen, wie es läuft, wenn ich mich in einem abgelegenen Haus nur auf mich konzentriere und wieder auf eigenen Füßen stehe. Und natürlich auch, um darüber nachzudenken, wie es bei mir weitergehen soll."

„Es tut mir leid, dass ich da reingeplatzt bin, Lucien. Ich bin sicher, George und Shirley finden schnell etwas für mich. Jetzt, wo ich deine Geschichte kenne, sollst du auf jeden Fall das Cottage haben. Du brauchst es wirklich dringender als ich. Wie wäre es, wenn ich mir morgen ein Hotel oder ein Bed & Breakfast suche, bis ich ein neues Häuschen habe, damit du wieder alleine sein kannst?"

Sofort schüttle ich den Kopf. „Das ist wirklich rücksichtsvoll von dir, aber das muss nicht sein. Es ist … also, ich bin froh, dass du hier bist. Es hat gut getan, dir alles zu erzählen."

„Und ich freue ich, dass du so viel Vertrauen hattest, um es zu tun.“ Sophie nimmt sich auch noch eine zweite Portion und isst ein paar Happen, bevor sie mich aufmerksam ansieht. „Darf ich dich etwas fragen?“

„Klar.“

„Wieso glaubst du, dass deine Karriere den Bach runtergegangen ist? Du bist doch immer noch ein fantastischer Koch! Ich bin natürlich kein geschulter Feinschmecker, aber dieser Pie ist unglaublich! Ich habe eigentlich gar keinen Hunger mehr, doch ich kann nicht aufhören.“

Ich lache. „Danke! Aber Tatsache ist, dass niemand vergessen wird, was die Presse über mich geschrieben hat. Und selbst, wenn sie tatsächlich die Wahrheit geschrieben hätten – niemand engagiert einen Koch, der einen Burnout hatte.“

„Das glaube ich nicht, dafür bist du viel zu begnadet, aber selbst wenn … wie wäre es, wenn du dein eigenes Restaurant eröffnest? Du kochst, was du willst, holst dir in der Küche Leute an die Seite, die zu dir passen, bestimmst deine Arbeitszeiten selbst und achtest auf dich?“

„Daran habe ich auch schon gedacht. So ein kleines Restaurant wie zuhause, irgendwas direkt am Meer oder wenigstens in einem Ort in der Nähe, wäre wirklich schön.“ Ich seufze. „Doch erst muss ich wieder fürs Kochen brennen. Ohne die unbedingte Liebe dafür, sollte man so etwas gar nicht erst anfangen. Aber heute, Sophie … heute hat es mir richtig Spaß gemacht, für uns zu kochen. Und es hat mir Spaß gemacht, dir beim Essen zuzusehen. Deine leuchtenden Augen und deine Begeisterung waren wirklich wundervoll!“

„Dann stelle ich mich selbstverständlich weiterhin zur Verfügung, mich von dir bekochen zu lassen.“

Ich schmunzle. „Deine Selbstlosigkeit ist nicht von dieser Welt.“

„So ist es.“ Sie grinst und isst mit Genuss weiter.

Die Waschmaschine piept und Sophie will aufstehen, doch ich winke ab. „Lass nur. Du genießt dein Essen weiter und ich erledige das. Es sei denn, du hast Sorge wegen deiner Unterwäsche.“

„Die ist, wie gesagt, wirklich nichts Besonderes. Mach ruhig.“

„Kann alles von dir in den Trockner?“

Sophie nickt und ich mache mich auf den Weg.

Als ich wieder zurückkomme, ist Sophies Teller leer und sie reibt sich genüsslich den Bauch. „Satt?“

„Übersatt. Ich wünschte, ich könnte nur ansatzweise so kochen.“

„Da trifft es sich ja gut, dass ich mir etwas überlegt habe.“

Neugierig sieht sie mich an. „Was denn?“

„Ich habe beschlossen, dich nicht zu bekochen.“

„Huch?“

Ich lache. „Wir werden zusammen kochen. Ich bringe es dir bei. Wäre doch gelacht, wenn du am Ende deines Urlaubs kein Drei-Gänge-Menü im Halbschlaf zaubern könntest."

Zweifelnd sieht sie mich an. „Vielleicht ist ein Drei-Gänge-Menü ein bisschen sehr ambitioniert."

„Na gut. Dann vielleicht so – was würdest du denn gerne kochen können?"

Sophie überlegt einen Moment, dann springt sie auf, rennt nach oben und kommt einen Moment später mit einem dicken Buch wieder, das mit dunkelblauem Samt bezogen ist.

„Was ist das?", frage ich neugierig.

„Ein Kalender." Sophie zieht einen Stuhl heran und setzt sich neben mich. „Na ja, eigentlich ist es ein Notizbuch, aber meine Oma hat es zu einem Kalender umfunktioniert. Seit ich ein Kind war, kriege ich immer einen zu Weihnachten. Für jeden Tag hat sie etwas Schönes oder Nützliches reingeschrieben. Praktische Tipps, kleine Weisheiten oder Ratschläge, Zitate von großen Denkern, Hausmittelchen gegen alles Mögliche, Tipps für Bücher und Filme. Und es gibt auch Einträge, was wir alles gemeinsam erlebt haben, wenn ich meine Sommerferien bei ihr verbracht habe, und manchmal auch ein Foto von mir oder von uns aus der Zeit."

„Die Fotos würde ich ja gerne mal sehen. Du sahst bestimmt auch früher schon bezaubernd aus."

Sophie sieht mich tadelnd an. „Wenn du weiterhin so charmant bist, muss ich meine Meinung, was dich angeht, komplett über den Haufen werfen."

Abwehrend hebe ich die Hände. „Das kann ich auf gar keinen Fall zulassen. Dann werde ich dich nicht überfordern und Komplimente nur noch wohldosiert einstreuen und eine gewisse Tagesdosis nicht überschreiten."

„Sehr aufmerksam von dir." Sie kichert. „Aber wieso ich den Kalender überhaupt geholt habe – in dem stehen auch immer eigene Rezepte von meiner Oma. Sie hat nie die Hoffnung aufgegeben, dass ich eines Tages doch noch den Dreh rausbekomme und eine Meisterin am Herd werde. Und natürlich will sie auch, dass die Rezepte in der Familie erhalten bleiben. Deshalb hat sie sie aufgeschrieben. Vielleicht könntest du mir eines von ihren Gerichten beibringen?"

„Na klar! Es wäre mir eine Ehre. Zeig mal."

Sophie blättert durch das Buch und hält mir schließlich eine Seite hin. „Das hier zum Beispiel habe ich immer gerne gegessen. Gefüllte Hähnchenbrust. Dazu hat Oma immer eine passende Sauce gemacht, Kartoffelpüree und grüne Bohnen."

Schnell überfliege ich das Rezept. Es ist sehr ausführlich beschrieben und die Füllung aus Zwiebeln, Kräutern, Brotstückchen, Speck und Äpfeln klingt vielversprechend.

„Und? Was meinst du?", fragt Sophie aufgeregt.

Ich lehne mich grinsend zurück. „Ich meine, da werden wir beide morgen gleich mal zusammen einkaufen gehen. Ist ein wirklich inspirierendes Rezept und ich habe große Lust, es nachzukochen!"

„Toll!“ Sophie strahlt.

Sie hebt ihr Glas, stößt mit mir an und wir trinken aus. „Soll ich noch eine Flasche öffnen?“

„Lieber nicht. Ich spüre den Alkohol schon. Wie wäre es, wenn wir hier klar Schiff machen und nochmal kurz rausgehen? Es hat aufgehört zu regnen. Vielleicht haben sich auch die Wolken verzogen und man kann die Sterne und den Mond sehen?“

„Gute Idee.“

Als ich Sophie nach draußen folge, schnappe ich mir im Vorbeigehen eine Wolldecke vom Sofa und lege sie ihr über die Schultern. „Damit dir nicht kalt wird“, raune ich ihr ins Ohr, bevor ich mich neben sie stelle.

„Danke, Lucien.“ Sie wickelt sich darin ein.

Der Mond ist fast voll, die Sterne funkeln miteinander um die Wette und man kann das Rauschen des Meeres hören. Alles ist perfekt.

„Wunderschön“, flüstert Sophie.

Ich werfe ihr einen kurzen Blick zu. „Absolut.“

„Meine Eltern und ich haben früher lustige Namen für neue Sternenkonstellationen erfunden. Das dort“, sie deutet nach oben, „sieht aus wie ein Fahrrad fahrendes Huhn.“

Ich kneife die Augen zusammen. „Ich glaube, es ist eher ein Motorrad.“

Sophie lacht. „Jetzt du!“

Ich lasse meinen Blick über den Himmel schweifen. „Ich sehe einen Delfin mit einem Hula-Hoop-Reifen.“

„Wo?“

„Links von dem Huhn.“

Sophie schüttelt den Kopf. „Ich sehe keinen Delfin. Ob mit oder ohne Hula-Hoop-Reifen.“

„Also, der ist sowas von auffällig.“ Ich trete hinter sie, gehe ein wenig in die Knie, um auf Augenhöhe zu kommen, und lege mein Kinn auf ihre Schulter. Dann greife ich nach ihrem rechten Arm und hebe ihn sanft an. „Bitte den Zeigefinger ausstrecken.“

Während Sophie meiner Anweisung folgt, bin ich ihr so nah, dass ich den Duft ihrer Haut und ihres Haars einatme. Beides riecht wundervoll.

„Du bläst mir ins Ohr“, beschwert Sophie sich lachend.

Schmunzelnd verdrehe ich die Augen. „Entschuldige, dass ich atme. Ich werde damit aufhören.“

„Ich bitte doch darum. Also, wo ist jetzt dieser Delfin?“

„Na da!“ Ich dirigiere ihre Hand.

„Du meinst die hellen Sterne rechts von Kermit?“

„Kermit, dem Frosch?“

„Klar. Siehst du den etwa nicht?“

Ich lache, lasse ihre Hand los und richte mich auf. „Sag mal, bist du ein bisschen verrückt, Sophie?“

„Vielleicht.“ Schmunzelt dreht sie sich zu mir um und schaut zu mir auf.

Wir sind uns sehr nah. Das Licht aus dem Wohnzimmer erhellt ihr Gesicht und ihre grauen Augen strahlen. Ich schlucke. „Du hast Sommersprossen auf der Nase“, flüstere ich und auf einmal erscheint mir der Gedanke unerträglich, dass Sophie vielleicht schon morgen nicht mehr da sein könnte, wenn die Taylors etwas für sie finden. Wenn ich mich am Anfang nicht wie ein Idiot benommen hätte, hätten wir jetzt einfach zusammen hier wohnen und Zeit miteinander verbringen können, wann immer uns danach ist. Vielleicht frage ich sie einfach, ob sie bleiben will?

„Ein paar. Als Kind habe ich immer versucht, sie mit Seife wegzurubbeln, weil ich sie nicht leiden konnte.“

„Ich bin froh, dass du es nicht geschafft hast.“ Ich sehe ihr tief in die Augen. „Ich mag sie.“

Sophie lächelt verlegen, gähnt plötzlich herzhaft und schlägt sich schuldbewusst die Hand vor den Mund. „Entschuldige. Wie unhöflich. Ich glaube, mein Bett ruft so langsam.“

„Meins auch, aber du kannst gerne zuerst ins Bad gehen. Ich bleibe noch hier unten, bis der Trockner fertig ist. Dürfte nicht mehr lange dauern.“

„Danke. Und danke für den wundervollen Abend, Lucien. Für das fantastische Essen und den Wein und die schönen Gespräche. Ich habe wirklich jede Sekunde genossen.“

„Ich auch. Sehr sogar."

„Wer hätte das gedacht nach unserer ersten Begegnung?" Sie schmunzelt. „Gute Nacht."

„Gute Nacht, Sophie. Träum schön."

„Du auch."

Sie geht ins Haus zurück und ich sehe noch einmal hoch in den Sternenhimmel, wo ich nun tatsächlich Kermit entdecke, der mir zuzuzwinkern scheint, was ich als gutes Zeichen werte.

KAPITEL 8

LUCIEN

Ich will gerade die letzte Portion Teig in das Waffeleisen füllen, als es an der Haustür klopft. Wenig neugierig stelle ich die Schüssel beiseite und öffne die Tür. George steht davor und strahlt mich an.

„Guten Morgen, Lucien. Wie geht's, wie steht's?"

„Sehr gut. Danke. Was kann ich für dich tun?"

„Du eigentlich nichts. Ist Sophie da?"

„Sie schläft noch. Kann ich ihr etwas ausrichten?"

„Gerne. Ich habe ein Cottage für sie gefunden."

„Ach." Mir wird ganz flau im Magen und meine Gedanken rasen. Ich will nicht mehr, dass Sophie geht! „Wo denn?"

„In der Nähe von Wadebridge."

„Das ist ja ganz schön weit weg von hier. Bestimmt eine Stunde mit dem Auto, oder?"

George nickt. „Stimmt. Und leider steht das Cottage nicht am Meer und ist auch nicht so hübsch wie unseres, aber sie kann es sich heute noch ansehen und dann entscheiden. Und Shirley und ich werden die Hälfte der Kosten übernehmen. Richte ihr das bitte ebenfalls aus. Sie kann ja nichts für diese ganze verfahrene Situation."

Entschlossen sehe ich ihn an. „Ich denke, das wird nicht nötig sein."

„Natürlich ist das nötig! Das ist ja wohl das Mindeste! Wenn mir nicht dieser blöde Fehler unterlaufen wäre, dann –"

„Du verstehst nicht", unterbreche ich ihn hastig. „Ich meine, es ist nicht nötig, weil Sophie bleiben kann."

„Kann sie?"

„So ist es. Wir wollen beide hierbleiben und haben uns bereits aneinander gewöhnt. Es wäre nicht fair, sie wegzuschicken."

Georges Strahlen wird breiter. „Ach, wie sehr mich das freut! Ich wusste gleich, dass das zwischen euch gut laufen wird. Das habe ich sofort bemerkt."

„Weil wir uns gegenseitig angefaucht haben?", frage

ich grinsend.

Lachend schüttelt er den Kopf. „Da war noch etwas anderes. Shirley und ich haben das gleich gespürt."

„Wenn du es sagst …"

„Das tue ich!" Er tätschelt mir freundlich die Schulter. „Nun denn, dann ist ja alles geklärt. Einen schönen Tag und grüß Sophie herzlich von mir!"

„Werde ich ausrichten. Dir auch noch einen schönen Tag." Ich schließe die Tür und lehne mich dagegen. Was wohl Sophie dazu sagen wird? Will sie wirklich bleiben? Habe ich in das Essen gestern zu viel reininterpretiert? Klar, sie hat sich für den wundervollen Abend bedankt, aber vielleicht sieht das heute Morgen schon ganz anders aus und es war doch zu übergriffig, einfach das Haus abzulehnen. Nun ja, ich werde es herausfinden. Hoffentlich habe ich keinen Fehler gemacht.

Seufzend gehe ich in die Küche zurück und kümmere mich wieder um die Waffeln.

SOPHIE

Frisch und ausgeruht wache ich auf. Die Sonne scheint mir ins Gesicht, da ich gestern vergessen habe, die Vorhänge zu schließen. Aber das macht nichts! Es ist wunderbar, dass es heute offenbar doch nicht regnen wird!

Ich greife nach meinem Handy und sehe auf die

Uhr. Es ist schon fast elf. Einen Moment lausche ich, doch im Haus ist nichts zu hören. Lucien ist wohl nicht da. Ich spüre, dass ich enttäuscht bin, und schüttle über mich selbst den Kopf. Gestern um diese Zeit konnte ich Lucien nicht einmal leiden und jetzt das?

Aber das ist ja auch kein Wunder. Erst war er mein Retter in der Not und danach hat er mir ohne Scheu von seinen Problemen erzählt. Dazu gehört viel Mut. Die Männer, die ich bisher kannte, hätten wahrscheinlich das Gefühl, es würde sie schwach wirken lassen, über einen Burnout zu sprechen. Aber Lucien hatte diese Vorbehalte nicht und das zeigt mir, was für ein Mann er ist. Das hat komplett verändert, wie ich ihn sehe und was ich von ihm halte. Und ich mag seinen Humor und er ist wirklich charmant.

Und dann später draußen auf der Terrasse … wie er mir beim Gute-Nacht-Sagen so tief in die Augen gesehen hat, dass meine Knie ganz weich geworden sind und ich dachte, er küsst mich gleich. Wenn ich dann nicht gegähnt hätte – wer weiß, was passiert wäre? Aber hätte ich das gewollt? Keine Ahnung. Und vielleicht hat es sowieso nur am Wein gelegen und ich habe mir alles nur eingebildet.

Ich stehe auf, hole Unterwäsche, ein dunkelblaues Sommerkleid und Flip Flops aus dem Schrank und öffne die Tür.

Fast wäre ich über einen kleinen Wäschekorb gestolpert, in dem fein säuberlich gefaltet meine Sachen von gestern liegen. Und darauf liegt ein Zettel, auf dem in schwungvollen Buchstaben neben der

Uhrzeit 10.15 ein paar Zeilen stehen.

Guten Morgen, Sophie!

Ich gehe jetzt an den Strand – komm doch nach, wenn du magst. Ich würde mich sehr darüber freuen!

Und ich habe uns Waffeln gebacken. Greif ruhig zu. Ich habe schon gefrühstückt. Ich hoffe, sie schmecken dir!

Frischer Kaffee ist in der Thermoskanne. Und nimm dir gerne von meiner Milch, wenn du Milch brauchst. Wir kaufen später frische, wenn wir die Zutaten für das Gericht deiner Großmutter besorgen.

Lucien

Früher bekannt als: der unritterliche, nicht galante Franzose, der arrogante Mr. Darcy und der – bitte wenig schmeichelhaftes Adjektiv einsetzen – Mistkerl sowie die vielen weiteren Beschimpfungen, von denen ich nichts weiß

Ich grinse. Nichts, was ich zu ihm gesagt habe, hat er vergessen.

Und er hat auch nicht vergessen, dass wir heute kochen wollen!

Und er hat *uns* Waffeln gebacken!

Und er würde sich sehr freuen, wenn ich auch an den Strand komme!

Glücklich seufzend bringe ich den Wäschekorb ins Zimmer, bevor ich mich auf den Weg ins Bad mache.

Mit einem Thermosbecher, den ich in einem der Küchenschränke gefunden und mit Kaffee und Milch gefüllt habe, gehe ich übers Grundstück hinunter an den Strand.

An einer flachen Stelle ein Stück abseits entdecke ich Lucien, der barfuß in einer weiten, weißen Leinenhose und einem weißen gerippten, verboten eng sitzendem Tanktop Tai-Chi-Übungen macht.

Er sieht sehr konzentriert dabei aus, während er die fließenden Bewegungen ausführt, die weich und gleichzeitig kontrolliert aussehen.

Ich will ihn nicht stören, schlüpfe aus den Flipflops, setze mich in den Sand und beobachte ihn. Nach ein paar Minuten dreht er sich in meine Richtung, entdeckt mich und hält lächelnd inne.

„Lass dich von mir nicht abhalten", rufe ich. „Ich sehe dir gerne zu."

„Und weil du das tust, ist es jetzt mit meiner Konzentration dahin." Lucien grinst und kommt zu mir rüber. „Wahrscheinlich würde ich nur noch darüber nachdenken, ob ich auch sexy dabei aussehe, und das verfehlt den Zweck der Übung."

„Du willst also, dass ich dich sexy finde?"

„Vielleicht …" Er zwinkert mir zu und setzt sich neben mich. „Wie hast du geschlafen?"

„Wie ein Koala."

Lucien runzelt die Stirn. „Festgekrallt auf einem Baum?"

Ich kichere. „Koalas schaffen locker über 20 Stunden Schlaf pro Tag. Deshalb. Meine Eltern haben mich als Baby so genannt, weil ich immer so lange geschlafen habe, dass sie besorgt mit mir zum Arzt gerannt sind. Aber ich habe eben einfach gerne lang geschlafen. In den letzten Jahren allerdings nicht so, aber seit ich hier bin, finde ich langsam wieder zu alter Stärke zurück."

„Verstehe." Er schmunzelt.

„Und danke übrigens für den Wäscheservice, den Kaffee und die Waffeln."

„Es war mir ein Vergnügen. Hast du die Waffeln schon probiert?"

„Das kann man wohl sagen. Drei Stück habe ich bereits verdrückt. Ich habe noch nie Waffeln gegessen, die so leicht und fluffig und lecker waren. Danke fürs Teilen."

„Gern geschehen."

Ich nehme den Becher mit Kaffee und trinke einen Schluck, bevor ich Lucien neugierig ansehe. „Wie lange machst du schon Tai Chi?"

„Ein paar Monate. Ich habe auf Anraten meines Therapeuten einen Kurs gemacht. Das hat mir sehr dabei geholfen, meine innere Ruhe wiederzufinden und mich zu erden. Und auch meinen Körper hat es wieder gestärkt."

„Bringst du mir ein bisschen was bei?"

„Klar. Ich bin zwar kein Profi und muss noch viel lernen, aber was ich kann, kann ich dir zeigen."

„Toll! Da kann ich nur hoffen, auch wegen des Kochkurses, den du mir angeboten hast, dass mein neues Cottage nicht zu weit weg von hier ist."

Lucien wiegt den Kopf. „Also, was das angeht … ich muss dir etwas gestehen."

„Uiii! Du siehst ja sehr schuldbewusst aus. Was hast du Schlimmes angestellt?"

„Gar nichts Schlimmes. Na ja, ich finde es nicht schlimm. Es ist nur so … George war kurz da, als du noch geschlafen hast. Er hat ein Häuschen für dich gefunden, allerdings ist es ziemlich weit weg, steht auch nicht direkt am Meer und ist nicht so hübsch wie das hier. Deshalb müsstest du auch nur die Hälfte bezahlen, aber ich habe gesagt, dass du kein anderes Cottage mehr brauchst."

Verwundert sehe ich ihn an. „Ich brauche keines mehr?"

Lucien schüttelt den Kopf. „Es sei denn, du willst nicht hierbleiben. Das Cottage ist groß genug für uns beide und es wäre doch eigentlich kein Problem mehr, jetzt da wir Frieden geschlossen haben. Aber Sophie, wenn das übergriffig war, dann tut mir das aufrichtig leid. Wir können das natürlich sofort rückgängig machen. Ich bin sicher, das Häuschen ist immer noch frei, wenn wir die Taylors gleich anrufen."

„Du willst, dass ich bleibe?", frage ich erstaunt.

„Will ich." Er grinst. „Du gehst mir nämlich nicht mehr halb so viel auf die Nerven, wie ich anfangs gedacht habe."

Ich fächle mir übertrieben Luft zu. „Wow! Ihr Pariser seid also doch charmant!"

„Wir haben unsere Momente." Lucien lacht. „Also,

was meinst du? Willst du bleiben?“

„Ich bleibe. Schließlich wäre ich komplett bescheuert, einen Kochkurs bei einem sterneverdächtigen Meister zu versäumen.“

Lucien legt den Kopf schief. „Nur deswegen?“

Tief sehe ich ihm in die Augen. „Nicht nur deswegen.“

„Sondern?“, flüstert er und seine Stimme klingt rau.

„Weil ich auch Tai Chi lernen will.“

Lucien verdreht lachend die Augen. „Okay. Das muss fürs Erste reichen.“

„So ist es.“

Er steht auf und zieht sein Tanktop aus. „Kommst du mit schwimmen?“

Abwehrend hebe ich die Hände. „Das ist der Atlantik. Der ist eiskalt. Ich bin doch nicht lebensmüde.“

„Hast du nicht gesagt, dass kalte Duschen gut zum Abhärten sind?“

„Ich bin abgehärtet genug.“

„Nur mal kurz reinspringen“, versucht Lucien, mich zu überreden. „Hier kommen fast jeden Tag drei ältere Damen an den Strand, die sich todesmutig ins Wasser stürzen.“

„Dann versuche ich das, wenn ich eine ältere Dame bin. Aber lass dich von mir nicht abhalten.“ Ich hebe den Becher. „Und ich habe heißen Kaffee übrig, falls ich dich auftauen muss.“

„Also gut.“

Er schlüpft aus seiner Hose und ich verbeiße mir ein Kichern. Wenn er es langsamer gemacht hätte, hätte er bei Magic Mike in der Truppe punkten können. Doch gleich darauf verwandelt sich mein mühsam unterdrücktes Kichern in etwas anderes, als er in einer hellblauen Badeshorts vor mir steht. Sein Körper ist wirklich nicht von dieser Welt. Und dieses Gesicht …

„Du siehst mich an, als wäre ich ein verdammt appetitlicher Leckerbissen, was mir als Koch natürlich entgegenkommt.“ Lucien grinst breit. „Willst du vielleicht mal anfassen?“

Ich schnaube. „Was du dir immer einbildest! Geh jetzt schwimmen!“

Immer noch grinsend dreht er sich um, rennt über den Strand und wirft sich ins Wasser. Ich kann meinen Blick immer noch nicht von ihm abwenden, also lasse ich mich nach hinten fallen, lege mich in den Sand, schließe die Augen und versuche, an etwas anderes zu denken.

Aber das funktioniert nicht! Wie soll das denn funktionieren, wenn mein Herz so schnell klopft und mich nur meine Verlegenheit davon abgehalten hat, ihn tatsächlich zu berühren und mit meinen Fingerspitzen seine Muskeln zu erkunden? Die Chance, so ein durchtrainiertes Prachtexemplar zu berühren, hatte ich bisher noch nicht. Das war wirklich zu verführerisch! Solche Körper kenne ich nur aus

Filmen, Zeitschriften oder Leichtathletikübertragungen im Fernsehen. Meine Ex-Freunde waren zwar auch sportlich, aber keiner von ihnen war auch nur annähernd so definiert.

Ich schimpfe mit mir selbst, wie ich so oberflächlich sein kann, aber weiß gleichzeitig, dass es nicht nur das ist. Es ist das Gesamtpaket, das mich fasziniert! Was ich gestern Morgen noch nicht für möglich gehalten hätte, ist jetzt eine Tatsache. Lucien ist nicht nur äußerlich schön, sondern auch innen drin. Er ist witzig, mitfühlend und ehrlich, er kann Fehler eingestehen und sich entschuldigen, und er ist so sehr Mann, dass es ihm nichts ausmacht, Schwächen zuzugeben. Nie hätte ich das nach unserer ersten Begegnung gedacht! Doch es hat sich wirklich alles verändert!

Ich höre Stimmen und setze mich auf. Lucien steht am Strand, umringt von drei älteren Damen in Badeanzügen und Badekappen. Das sind wohl die todesmutigen Schwimmerinnen! Ich kann nicht verstehen, was sie sagen, aber sie schäkern eindeutig mit ihm. Lucien lacht laut und wechselt ein paar Worte mit ihnen, bevor er sich mit einem Winken verabschiedet und zu mir zurückkommt, während die Frauen ins Wasser waten.

Ich sehe zu ihm auf. Aus seinen Locken rinnt das Wasser, sein nasser Körper glänzt im Licht der Sonne und sein Sixpack ist zum Greifen nah. Ich müsste wirklich nur die Hände ausstrecken. „Wollten sie dich zu einer weiteren Runde im Meer überreden?“ Ich nicke in Richtung der Frauen.

„Ich fürchte, die wollten mich zu ganz anderen Dingen überreden." Lucien grinst. „Sie sehen vielleicht harmlos aus, aber sie machen sich einen großen Spaß daraus, mich in Verlegenheit zu bringen."

Schmunzelnd stehe ich auf, schnappe mir meine Schuhe und den Kaffeebecher, und betrachte Lucien ausgiebig von oben bis unten. „Wie kalt war das Wasser eigentlich?" Ich strecke den kleinen Finger meiner rechten Hand aus und wackle grinsend damit. „So kalt?"

Lucien lacht. „Fast, aber ich denke, es ist unten herum alles in Ordnung und ich habe keinen Schaden davongetragen. Wollen wir ins Cottage zurück, uns fertigmachen und einkaufen gehen? Und wäre es okay, wenn wir dafür nach Redruth fahren? Ich war noch nicht dort, seit ich hier bin."

„Klar. Dann kannst du mir zeigen, wo du dich als kleiner Junge so herumgetrieben hast."

KAPITEL 9

LUCIEN

Es ist schön, mit Sophie durch die Straßen der kleinen Stadt zu schlendern. Ich erzähle ihr ein bisschen davon, wie Redruth im 18. Jahrhundert durch die Gewinnung von Kupfererz an Bedeutung gewann, und dass alle sehr stolz darauf sind, dass die Schauspielerin Kristin Scott-Thomas und Mick Fleetwood, der Schlagzeuger von Fleetwood Mac, hier das Licht der Welt erblickt haben.

Ich zeige Sophie die Schule, die ich besucht habe, und das Haus, in dem ich gewohnt habe, das bis auf einen neuen Anstrich so aussieht wie früher.

„Es erleichtert mich irgendwie, dass es sich kaum verändert hat. Dann fühlt es sich so an, als wäre ein Teil von uns noch Teil der Geschichte des Hauses." Ich werfe Sophie einen Blick zu. „Klingt das seltsam?"

Lächelnd schüttelt sie den Kopf. „Wir sind in meiner Kindheit und Teenie-Zeit insgesamt viermal umgezogen, weil meine Eltern als Unternehmensberater für verschiedene Firmen gearbeitet haben. Deshalb habe ich diese Bindung nicht, aber zu dem Haus meiner Oma schon. Ich hatte ein bisschen Angst, dass sie es jetzt während der Renovierung komplett verändern würde und alles Vertraute vielleicht weg wäre, aber sie lässt alles so, wie es ist, und nur ein bisschen auf Vordermann bringen."

„Das ist gut. Apropos Oma … was stand heute eigentlich in deinem Kalender?"

„Bleib offen für alles und sieh, was Schönes und Unerwartetes passiert", erwidert Sophie. „Das kann ich auswendig, weil sie das oft zu mir sagt."

„Und wie recht sie hat!" Ich breite die Arme aus. „Sieh doch, was dir Schönes und Unerwartetes passiert ist!"

Sophie runzelt die Stirn. „Äh … was genau?" Sie lugt um mich herum und blickt sich suchend um.

Ich schnaube. „Na, ich bin dir passiert!"

„Ach so. Das."

Ihre Augen blitzen dabei schelmisch und ich schnalze tadelnd mit der Zunge. „Ganz schön frech. Da überlege ich es mir nochmal, ob ich dich zu einem kleinen Abstecher in Olivias Patisserie einlade."

Jetzt leuchten ihre Augen. „Da will ich aber unbedingt hin! Gibt es dort auch Eclairs und Madeleines?"

„Selbstverständlich." Ich biete ihr meinen Arm an. „Dann schlagen wir uns mal den Bauch voll."

Sophie hängt sich bei mir ein und wir schlendern weiter.

Vor Olivias Patisserie, die auch genau diesen Namen trägt, der ebenfalls auf der dunkelblauen Markise mit goldener Schrift steht, die den Eingang und die beiden Schaufenster links und rechts überspannt, bleiben wir stehen und sehen hinein.

Ich habe Olivias Laden, seit er letztes Jahr renoviert wurde, bisher nur auf Fotos gesehen, aber live wirkt er noch schöner. Er sieht aus, als wäre er direkt aus Paris importiert worden. Die dunklen Holzvertäfelungen an den Wänden, die Bistrotische mit weißen Marmorplatten und die mit bordeauxfarbenem Samt bezogenen Stühle lassen alles elegant wirken. Mächtige Kristalllüster hängen von der Decke und geschmackvolle Blumenarrangements, ganz in Weiß gehalten, sind im Raum verteilt.

Rechts befindet sich eine breite Glastheke mit Auslage und der Kasse. Links vom Eingang gibt es einen Kleiderständer aus dunklem Holz und auf einem Tischchen daneben liegen Tageszeitungen sowie Magazine, die sich mit Design, Architektur und der schönen Art des Lebens befassen.

Kein Wunder, dass die Patisserie gut besucht ist und Walter, ganz klassisch à la Paris gekleidet mit schwarzer Hose, weißem Hemd mit schwarzer Fliege, schwarzer Weste und einer langen weißen Schürze, ordentlich zu tun hat, um seiner Pflicht als Kellner nachzukommen und alle Gäste zu bedienen.

„Wollen wir reingehen?“, frage ich Sophie.

„Kann es kaum erwarten!“

Ich löse sanft meinen Arm von ihr, öffne die Tür, die unsere Ankunft mit einem melodischen Klingeln ankündigt, und verbeuge mich leicht. „Bitte nach dir.“

SOPHIE

Sofort umgibt mich der süße Duft von frischem Gebäck und ich atme tief ein. „Wie wundervoll es hier riecht! Hier könnte ich glatt wohnen.“

Der Kellner, den ich auf Ende fünfzig schätze, begrüßt Lucien mit Namen und signalisiert uns, dass er gleich für uns da ist, und wir nicken ihm freundlich zu.

Neugierig gehe ich zur Auslage und bin fast überfordert von all den Leckereien. Croissants, Eclairs, Madeleines, Tartes, Macarons in zarten Pastellfarben, Pains au Chocolat, Choquettes, Petits Fours und Mille-Feuilles, so weit das Auge reicht. Neben jedem Gebäck ist ein kleines Täfelchen angebracht, auf dem der Name steht und genau erklärt ist, wobei es sich dabei handelt, wofür ich dankbar bin, denn alles kenne ich nicht.

Lucien stupst mich an. „Was hättest du gerne?"

„Keine Ahnung. Eigentlich war ich auf Eclairs und Madeleines eingestellt, aber jetzt … es sieht alles so unglaublich lecker aus."

„Ist es auch. Ich sollte es nicht laut sagen, dass ausgerechnet die Patisserie einer Engländerin alle Patisserien in Paris übertrifft, es ist schon fast ein Affront, aber es ist eben auch die Wahrheit."

Olivia lugt plötzlich aus der Tür, die links von der Theke in den hinteren Bereich des Ladens führt. „Lucien! Hallo! Habe ich mir doch gedacht, dass ich deine Stimme gehört habe." Sie wischt sich die leicht mit Mehl bestäubten Hände an ihrer Schürze ab, kommt zu uns und umarmt Lucien, bevor sie mir die Hand schüttelt. „Herzlich willkommen, Sophie!"

„Danke. Dein Geschäft ist wirklich traumhaft schön."

Olivia lächelt. „Das freut mich."

Lucien nickt. „Ich finde dein Geschäft auch traumhaft schön. Da hat sich die Investition schon rein optisch sehr gelohnt." Er deutet unauffällig hinter sich. „Und das Ladengeschäft nebenan zu kaufen und durchzubrechen, um mehr Sitzplätze zu schaffen, war eine gute Idee. Es ist ja ganz schön voll hier."

„Und nicht nur heute, weil Sonntag ist. Eigentlich ist es jeden Tag mindestens so voll wie jetzt und das Geschäft brummt. Ich habe viele neue Stammgäste, die jeden Tag hierherkommen. Zum Frühstücken oder um sich nachmittags noch etwas Süßes zu gönnen. Und es haben sich unter ihnen auch schon einige

Freundschaften entwickelt und auch mehr. Vor drei Monaten haben zwei von ihnen geheiratet.“

Lucien lacht. „Das lag wohl eher an dir als an der Renovierung. Du hattest schon immer ein Händchen dafür, Leute zusammenzubringen.“

Olivia winkt ab. „Ich hatte nichts damit zu tun.“

„Wer’s glaubt! Apropos zusammenbringen – ist dein Göttergatte in der Backstube? Ich würde Richard gerne Hallo sagen.“

„Ist er nicht.“ Olivia seufzt.

Lucien runzelt die Stirn. „Du hast doch gesagt, er wäre ab heute eine ganze Woche hier, um zu helfen, weil er Urlaub hat.“

„So war es geplant, aber sein Urlaub wurde gestrichen.“ Olivia wendet sich mir zu. „Richard ist Anästhesist. Eine Kollegin ist krank geworden und er musste einspringen. Dafür habe ich natürlich absolutes Verständnis.“

Ich sehe sie bedauernd an. „Trotzdem schade für dich, wenn er dir helfen wollte.“

„Na ja, es wäre schön, wenn er hier wäre, aber ich brauche ihn eigentlich nicht wirklich, um mir zu helfen. Seine Hilfe besteht meistens nur darin, mir Gesellschaft zu leisten, dabei hübsch auszusehen, mich die ganze Zeit anzuschmachten und die Leckereien zu futtern, die nicht schön genug für die Auslage sind.“

Ich grinse.

Der Kellner eilt herbei. „So, jetzt bin ich für dich da, Lucien. Schön, dich mal wiederzusehen!“

„Das finde ich auch. Geht es dir gut?“

„Alles bestens!“

„Sophie, das ist Walter. Er hat früher in dem Restaurant gearbeitet, in dem mein Vater gekocht hat.“

Wir schütteln uns die Hände.

„Also, Lucien, möchtest du mit deiner Freundin schon mal Platz nehmen? Ich würde den Tisch dort hinten empfehlen. Da seid ihr ungestört. Ich komme dann gleich, um die Bestellung aufzunehmen.“

Freundin … irgendwie klingt das gut. Wie es wohl wäre, tatsächlich Luciens Freundin zu sein? Innerlich schüttle ich den Kopf. Es ist besser, sich über so etwas erst gar keine Gedanken zu machen. Ich wohne in Chicago, Lucien in Paris. Das ist viel zu weit weg und sich in nicht einmal drei Wochen so gut kennenzulernen, dass die Entfernung keine Rolle spielen würde, kann ich mir nun wirklich nicht vorstellen.

Olivia schüttelt den Kopf. „Lass nur, Walter. Das übernehme ich selbst.“

„Sehr wohl.“ Ein Gast erfordert seine Aufmerksamkeit und er entfernt sich wieder.

„Also, ihr Zwei, was darf es sein?“, will Olivia wissen.

„Wir können uns beide nicht entscheiden.“ Lucien wendet sich mir zu. „Wie wäre es, wenn wir von allem etwas nehmen und teilen? Und was wir nicht aufessen, nehmen wir mit ins Cottage für später oder für morgen zum Frühstück?“

Ich strahle. „Gute Idee!“

Olivia schmunzelt. „Ihr nehmt es mit ins Cottage? Und Frühstück? Heißt das, ihr wohnt jetzt doch zusammen?“

Lucien nickt. „Das alternative Häuschen für Sophie war nichts und ich habe auch gar nichts mehr dagegen, dass sie bleibt. Sie findet mich nämlich unglaublich toll und ich mag ihre schmachtenden Blicke.“

Lucien zwinkert mir übertrieben zu und ich verdrehe die Augen, bevor ich mich an Olivia wende. „Er hatte schon längst entschieden, dass ich bleiben soll, weil er mich unwiderstehlich findet, und ich habe inzwischen gelernt, ihn zu tolerieren. Er kocht schließlich gut. Da wäre ich ja bescheuert, wenn ich so eine exzellente Vollpension sausen lassen würde.“

Olivia lacht. „Dann setzt euch und ich bringe gleich alles. Was wollt ihr dazu? Ich habe einen ganz hervorragenden Tee, der wunderbar passen würde.“

Ich nicke. „Gerne.“

Lucien lächelt Olivia an. „Für mich auch.“

LUCIEN

Nachdenklich rühre ich in meinem Tee. Als Walter Sophie als meine Freundin bezeichnet hat, ist mir für einen Moment ganz heiß geworden. Nicht, weil es mir unangenehm war, sondern weil mir die Vorstellung gefallen hat. Es hat sich gut angefühlt.

Natürlich haben wir erst seit einem Tag das Kriegsbeil begraben, aber unser Erlebnis in den Gardens und das Gespräch gestern Abend haben uns nähergebracht. Näher, als es bei einem normalen Date wahrscheinlich möglich gewesen wäre. Und Walters Worte haben plötzlich etwas in mir ausgelöst, mit dem ich nicht gerechnet habe. Klar habe ich schon mit Sophie geflirtet, auch wenn sie darauf nicht richtig eingegangen ist, aber das gerade hat sich ganz anders angefühlt. Irgendwie inniger und ganz natürlich. Als wäre es jedem klar und eine Wahrheit, die nur wir beide noch nicht erkannt haben.

Ich stutze. Du meine Güte! Da gehen die Gäule gerade aber gewaltig mit mir durch! Wo kommen denn auf einmal diese kitschigen Gedanken her? Denk woanders hin, Lucien, und reiß dich gefälligst zusammen!

Ich versuche es und konzentriere mich auf den halben Eclair auf meinem Teller, während eine angenehme Wärme sich in meiner Brust breitmacht, die ich nicht unterdrücken kann.

„Oh Gott", stöhnt Sophie glückselig nach dem ersten Bissen. „Das schmeckt göttlich! Versuch doch mal!"

Ich probiere ebenfalls. Gespannt sieht sie mich an und ich nicke. „Ich habe keine Ahnung, wie Olivia das hinkriegt. Meine Eclairs sind auch nicht übel, aber das hier ist eine ganz andere Liga."

„Und ich werde dir nie verraten, woran das liegt." Olivia ist plötzlich neben uns aufgetaucht und setzt sich auf den freien Stuhl.

„Aber wir kennen uns seit über dreißig Jahren“, protestiere ich. „Ich bin dein ältester und bester Freund. Wie kannst du nur so grausam sein? Was ist dein Geheimnis? Sag's mir doch endlich! Bitte!“

Olivia lacht. „Wow! Deinen Hundeblick hast du echt nicht verlernt! Vor dem musst du dich in Acht nehmen, Sophie. Der ist gefährlich.“

„Ich denke, ich habe mich im Griff. Da rufe ich mir nur sein rüpelhaftes Benehmen bei unserer ersten Begegnung ins Gedächtnis und er kann seinen Hundeblick vergessen.“

„Das sind doch längst alte Geschichten“, mische ich mich ein und sehe Olivia auffordernd an. „Also, was ist die geheime Zutat?“

„Du willst es wirklich wissen?“

„Unbedingt.“

„Okay, aber nur, weil ich mir deine Bettelei nicht mehr länger anhören kann. Die geheime Zutat ist Liebe.“

„Liebe? Ich liebe es auch, Eclairs zu backen, und trotzdem schmecken sie nicht so“, wende ich ein.

„Nicht die Art von Liebe, sondern die, die ich für Richard empfinde.“

„Ah … okay. Verstehe. Dann kann das ja nichts werden. Die Art von Liebe ist mir noch nicht begegnet.“

„Ganz bestimmt irgendwann“, versichert Olivia. „Weil du es verdient hast.“

„Und was ist mit mir?", fragt eine tiefe Stimme. „Ich habe es auch verdient, aber bin ein hoffnungsloser Fall in Sachen Liebe. Na ja, vielleicht nicht ganz so hoffnungslos wie Lucien. Da hilft ihm auch dieser charmante französische Akzent nicht, den er sich durch die Jahre fernab der Heimat so hart erarbeitet hat."

Ich drehe mich um und Matt grinst mich an. Sofort springe ich auf und umarme Olivias kleinen Bruder. Der kleine Bruder, der nur drei Jahre jünger ist und mich mit seinen zwei Metern überragt. „Ach herrje! Wie groß du doch geworden bist!"

„Ha ha ha. Das sagst du jedes Mal." Matt setzt sich auf den letzten freien Stuhl und reicht Sophie die Hand. „Hi, ich bin Matthew, aber für dich Matt. Der kleine große Bruder und auf der Suche nach der wahren Liebe. Bist du zufällig Single?"

Sophie grinst breit. „Ich bin Sophie, Single und nicht auf der Suche, aber lasse mich gerne überraschen."

„Das hört sich doch vielversprechend an."

Sophie ist also nicht auf der Suche und die Art, wie Matt sie ansieht und sie ihn, passt mir gar nicht. Matt hat BWL studiert, weshalb er Olivias Laden managt, aber trotz der eher trockenen Materie und seiner Begeisterung für Zahlen besitzt er unerklärlicherweise diese gefährliche Ausstrahlung eines Abenteurers, die sehr anziehend auf Frauen wirkt. Okay, er sieht zugegebenermaßen auch ziemlich gut aus mit seinen Muskeln, die fast die Ärmel seiner Lederjacke sprengen, und seinen wilden, schulterlangen, schwarzen Haaren. Aber ich muss ihn da gleich mal ausbremsen, bevor Sophie auf dumme Gedanken kommt. „Sophie ist mit mir hier. Sie macht wie ich Urlaub und wir wohnen zusammen in einem Cottage."

„Nicht ganz freiwillig", ergänzt Sophie. „Es gab eine Doppelbuchung."

Wieso musste sie das jetzt klarstellen? Sie wird doch nicht auf Matt abfahren?

„Und wo wohnt ihr?", will Matt wissen.

„In Galhill Bay", antwortet Sophie.

„Kenne ich nicht, aber wenn du mal jemanden brauchst, der dir die schönsten Stellen Cornwalls zeigt, stehe ich dir gerne zur Verfügung."

Sophie lächelt. „Danke. Sehr nett von dir."

Zu nett! Ich räuspere mich. „Musst du nicht arbeiten, Matt?"

„Ich würde mir die Zeit dafür nehmen." Er schnappt sich ein Macaron und verputzt es auf einen Bissen.

„Du hast aber keine Zeit", rügt Olivia ihn. „Du hast noch jede Menge zu erledigen und wir haben Abgabetermine. Außerdem stehen Gespräche mit der Bank an, für die du alle Unterlagen vorbereiten musst. Ich bin sicher, dass Lucien Sophie liebend gerne herumführen wird, wenn sie das möchte."

„Ich bin überhaupt nicht in Verzug. Ich kann mir auf jeden Fall mal ein paar Tage freinehmen."

„Ich bin die Chefin und ich bestimme. Es wird sich

nicht freigenommen.“

Seufzend lehnt Matt sich auf dem Stuhl zurück und wirft Sophie und mir einen traurigen Blick zu. „Seht ihr, womit ich mich herumschlagen muss? Sie ist dermaßen streng, dass ich manchmal vor Angst nachts nicht einschlafen kann. Dann liege ich schweißgebadet und zitternd im Bett und rechne immer wieder aus, wie lange ich noch in Sicherheit bin, bevor ich dem Drachen wieder begegne.“

„Du bist so ein Spinner!“ Olivia lacht. „Du schläfst nachts höchstens nicht, weil du dich herumtreibst und Touristinnen schöne Augen machst.“

„Solange ich noch knackig bin, muss ich das ausnutzen.“ Matt zuckt mit den Schultern. „Ich habe mich schon darauf eingestellt, mein Leben solo zu verbringen. Da mache ich mir keine Illusionen. Aber das ist okay. Dann trete ich in einem gesetzten Alter einem Herrenclub bei, rauche den ganzen Tag Zigarre, lese Zeitung und trinke Whisky.“

Olivia runzelt die Stirn. „Wieso solltest du solo bleiben? Du bist doch ein guter Fang.“

„Weil ich mir einfach nicht vorstellen kann, dass es mir jemals so ergehen könnte wie dir. Dass ich jemanden sehe und mein Herz für einen Schlag aussetzt und ich einfach weiß, dass das die Frau ist, mit der ich den Rest meines Lebens verbringen will.“

Olivia streckt die Hand aus und tätschelt liebevoll seine. „Du musst Geduld haben, kleiner Bruder. Eines Tages wird es geschehen und es wird dir sofort klar sein.“

„Vielleicht. Aber bis dahin kann ich auch Spaß haben.“ Er wendet sich an Sophie. „Oder? Ist doch nichts Schlimmes dabei?“

„Gar nicht, aber für so eine Art Spaß bin ich nicht zu haben. Schlag dir das gleich aus dem Kopf. Ich habe nicht vor, in meinem Urlaub etwas mit dem einheimischen Casanova anzufangen.“

„Nicht?“ Matt schlägt sich theatralisch auf die Brust. „Du brichst mir das Herz!“ Sophie kichert und er stimmt in ihr Lachen ein. „Okay, aber den Versuch kannst du mir nicht verübeln.“

„Tue ich nicht. Ich fühle mich geschmeichelt. Das war irgendwie niedlich, kleiner Bruder von Olivia.“

Matt seufzt abgrundtief. „Und da geht sie hin, meine Männlichkeit.“

Wir müssen alle lachen und mir fällt ein Stein vom Herzen! Sophie ist offensichtlich nicht interessiert!

„Wolltest du eigentlich etwas Bestimmtes, Matt?“, fragt Olivia.

„Nur ein paar Sachen aus der Theke stibitzen. Ich muss gleich noch über einigen Zahlen brüten und da hilft der Zuckerschock, damit ich bei Laune bleibe.“

„Nimm dir, was du willst. Kommst du heute Abend zum Essen zu uns?“

„Da sage ich nicht Nein.“ Matt steht auf. „Lucien, ich hoffe, wir sehen uns nochmal, bevor du wieder abreist.“

„Ganz bestimmt.“

Er beugt sich zu Sophie hinunter. „Wenn du es dir doch überlegst, rufst du einfach hier an und Olivia gibt dir meine Nummer. Du würdest es nicht bereuen. Am besten sagst du Lucien aber nichts. Wir wollen ja nicht, dass er eifersüchtig wird und mich zum Duell fordert. Ich will ihn nicht bloßstellen."

Sophie zwinkert ihm zu. „Alles klar."

Ich stöhne laut. „Du bist wirklich unverbesserlich, Matt."

„Teil meines Charmes. Bis bald, Leute."

Schmunzelnd sieht Olivia ihm nach, bevor sie sich wieder an uns wendet. „Hört mal, habt ihr vielleicht Lust, übernächste Woche auf ein Fest zu gehen?"

„Welches Fest?", will Sophie wissen.

„Auf Rosewood Hill House, einem der größten Landsitze hier in der Gegend, wird jedes Jahr der Geburtstag von Reginald III, dem Begründer der Dynastie gefeiert, der den Grundstock für den Reichtum der Familie gelegt und das Manor gebaut hat."

„Klingt sehr nobel", sagt Sophie beeindruckt.

„Ist es." Olivia nickt lächelnd. „Aber keine Sorge, obwohl der Gastgeber und seine Freunde und Bekannte alle in Geld schwimmen, sind sie sehr nett und überhaupt nicht eingebildet. Es werden jedes Jahr auch viele normale Leute eingeladen, die sich besonders für Cornwall engagieren. Ob karitativ, in den Gemeinden oder im Naturschutz. Das Spektrum ist breit gefächert. Es ist so etwas wie die royale

Gartenparty im Buckingham Palace, nur ein wenig bescheidener. Die Gäste mischen sich gut und keiner sieht auf den anderen herab. Ab 18 Uhr ist Einlass und man kann sich auf dem Grundstück umsehen. Da gibt es einen wunderschönen Garten und auch einen hübschen Wald. Zwei Stunden später wird das Büffet eröffnet und danach wird getanzt. Ich bin schon seit Jahren für die süßen Leckereien des Büffets zuständig und darf deshalb immer Leute mitbringen. Richard wird ebenfalls dort sein, wenn er nicht arbeiten muss."

„Matt auch?", frage ich hastiger, als mir lieb ist.

„Wahrscheinlich nicht. Er hat gesagt, er kennt keine Frau, die er gerne als Begleitung mitnehmen würde. Übrigens, was den Dresscode angeht – von den Herren wird ein Smoking oder ein formaler dunkler Anzug mit Krawatte oder Fliege erwartet, von den Damen ein langes Abendkleid oder ein eleganter Hosenanzug. Das nur schon mal als Info. Also, habt ihr Lust?"

Ich sehe Sophie fragend an. „Hast du?"

Ihre Augen leuchten. „Und wie! Ich meine, ich werde wahrscheinlich nie wieder die Gelegenheit bekommen, auf einem Landsitz zu feiern. Ich habe zwar kein Kleid für so einen Anlass dabei, aber dafür würde ich mir etwas kaufen. Wann genau ist das Fest?"

„Donnerstag in einer Woche." Olivia lächelt. „Ein Donnerstag ist vielleicht ein wenig exzentrisch, aber das Fest findet immer am Geburtstag des Ahnen statt. Egal welcher Wochentag es ist."

Sophie strahlt. „Da habe ich ja noch genug Zeit."

„Dann ist es entschieden." Ich nicke Olivia zu. „Wir kommen gerne."

„Schön! Dann lasse ich euch auf die Gästeliste setzen und schicke dir noch die genaue Adresse."

„Perfekt."

„Und jetzt lasst es euch schmecken. Ich muss ein bisschen arbeiten."

Als Olivia wieder in der Backstube verschwunden ist, strahlt Sophie immer noch. „Da freut sich aber jemand sehr!", necke ich sie.

„Ich flippe fast aus vor Begeisterung! Ich muss unbedingt Anne nach ein paar Tipps fragen, wo ich ein passendes Kleid finden könnte."

„Wenn du willst, können wir zusammen einkaufen gehen", schlage ich vor. „Ich brauche auch etwas Passendes."

„Danke, aber das mache ich lieber allein. Ich werde bestimmt unzählige Kleider anprobieren, bevor ich etwas finde, womit ich glücklich bin. Das kann ewig dauern. Da würde dir nur langweilig werden."

„Ganz sicher nicht. Ich würde deine Modenschau genießen. Aber in Ordnung, dann jeder für sich. Und jetzt futtern wir uns durch Olivias Kreationen und danach gehen wir für deinen ersten Kochkurs-Tag einkaufen."

„Bin dabei."

KAPITEL 10

SOPHIE

Ungläubig starre ich auf die gefüllte Hähnchenbrust, die sehr appetitlich vor mir auf dem Teller liegt. Ich habe sie extra mit einem Zahnstocher markiert, um zu wissen, welche ich gemacht habe. Unauffällig schiele ich auf Luciens Teller, dann wieder auf meinen. „Ich fasse es nicht! Meine sieht fast aus wie deine!“ Ich reiße die Fäuste hoch. „Ich bin eine Meisterköchin!“

Lucien lacht. „Ich kann dir definitiv Talent bescheinigen. Da scheinen sich die Gene doch langsam durchzusetzen.“

Ich lächle ihn verlegen an. „Na ja … ehrlich gesagt

habe ich dir nur jeden Handgriff völlig stupide nachgemacht und um die Beilagen hast du dich gekümmert, aber ich bin trotzdem begeistert." Rasch hole ich mein Handy vom Couchtisch und mache ein Foto von meinem Essen. „Das schicke ich jetzt meinen Eltern und meiner Oma – die werden staunen!" Plötzlich kommt mir eine Idee und ich halte inne. „Nein, das mache ich nicht."

„Wieso nicht?", fragt Lucien.

„Mir ist gerade etwas eingefallen, aber dafür brauche ich deine Hilfe! Genauer gesagt – ich habe einen Anschlag auf dich vor."

Gespielt entsetzt hebt Lucien abwehrend die Hände. „Wird es wehtun?"

Kichernd schüttle ich den Kopf. „Also, meine Oma hat im August Geburtstag, sie wird 85, und wir wollen groß feiern. Ich habe schon die ganze Zeit überlegt, was ich ihr Besonderes schenken könnte und jetzt weiß ich es!" Aufgeregt sehe ich Lucien an. „Ich könnte ihr auch einen Kalender machen. Also, nicht so einen, wie sie mir welche macht, sondern einen Kalender mit einem ihrer Gerichte für jeden Monat. Mit einem Foto und dem Rezept, und den könnte ich dann auch meinen Eltern schenken und ich würde mir natürlich auch selbst einen schenken. Meine Oma hat sich immer gewünscht, dass ihre Rezepte nicht verlorengehen, und das wäre doch ein guter Anfang. Aber ohne dich schaffe ich das nie, deshalb … also … wärst du eventuell bereit, mit mir weitere Gerichte meiner Oma zu kochen, solange wir beide hier sind? Wenn es nur ein paar wären, wäre das schon toll.

Dann hätte ich schon mal einen Grundstock und vielleicht lerne ich dadurch von dir so viel, dass ich dann zuhause alleine etwas hinkriege, um den Rest des Kalenders zu füllen. Ich weiß, es ist viel verlangt, du bist schließlich aus anderen Gründen hierhergekommen und nicht, um mit einer Anfängerin zu kochen, aber vielleicht –"

„Das ist eine ganz wundervolle Idee und es wäre mir eine Freude!", unterbricht Lucien mich.

„Wirklich?"

Er nickt ernst. „Es hat mir schon Spaß gemacht, gestern für dich zu kochen und heute Morgen die Waffeln zuzubereiten … aber vorhin zusammen mit dir zu kochen und zu sehen, mit welchem Feuereifer du bei der Sache bist, das hat mir noch mehr Spaß gemacht. Ich habe mich so wohlgefühlt, mit dir in der Küche zu stehen, dir etwas übers Kochen zu erzählen, dir Tricks und Kniffe zu zeigen oder wieso man eine Sache so macht und nicht so und worauf man achten muss. Das hat mir gutgetan, Sophie. So richtig gutgetan. Wir haben also beide etwas davon – mit dir fühle ich mich dem Kochen wieder näher und du lernst etwas und wirst ein super Geschenk haben!"

Ein glückliches Lächeln breitet sich auf meinem Gesicht aus. „Danke, Lucien! Das ist fantastisch! Und ich verspreche dir, dass wir uns ganz nach deinem Zeitplan und deinem Wohlbefinden richten. Wenn du Ruhe brauchst und alleine sein willst, mache ich einen Ausflug oder gehe auf mein Zimmer und störe dich nicht. Oder wenn du abends weggehen willst, ist auch das in Ordnung. Und wenn du mal keine Lust aufs

Kochen hast, ist das selbstverständlich auch kein Problem."

Lucien lächelt. „Du machst dir zu viele Gedanken, Sophie. Hast du nicht gehört, was ich gesagt habe? Es war so schön, mit dir zu kochen, und es hat mir gutgetan. Wir kriegen locker noch elf weitere Gerichte hin. Und jetzt lass uns endlich essen, bevor alles kalt wird." Er grinst. „Mit dem Foto bist du zufrieden? Willst du zur Sicherheit erst noch ein paar Bilder machen, bevor wir uns aufs Essen stürzen?"

Ich werfe noch einmal einen Blick aufs Handy und schüttle den Kopf. „Ist super geworden. Ist es für dich auch in Ordnung?" Ich halte ihm das Display hin.

„Sieht toll aus! Du bist eben doch eine gute Fotografin."

„Schmeichler." Ich kichere und lege das Telefon weg. „Guten Appetit, Lucien!"

„Dir auch, Sophie."

LUCIEN

Das Essen schmeckt wie erwartet ausgezeichnet. Das Fleisch ist zart und die Füllung saftig. Das Kartoffelpüree ist buttrig und fluffig, genau wie es sein soll, die Sauce dazu perfekt und die grünen Bohnen sind genau richtig. „Wirklich sehr lecker! Außer, dass ich persönlich noch in Calvados flambierte Apfelspalten dazu anrichten würde, ist das die Art von Gericht, die ich in meinem eigenen Restaurant servieren würde.“

Sophie schluckt ihren Bissen herunter, bevor sie mich anstrahlt. „Du meine Güte! Wenn ich Oma erzähle, dass ein Pariser Spitzenkoch ihr Rezept gelobt hat, wird sie völlig fassungslos sein. Ich muss ihr das unbedingt schonend beibringen und auf jeden Fall sichergehen, dass sie erst sitzt, bevor ich die Bombe platzen lasse.“

Ich lache. Es tut so gut, mit Sophie zu lachen. So gelöst war ich schon ewig nicht mehr. „Was hast du morgen vor?“, frage ich zwischen zwei Bissen.

„Wenn das Wetter gut ist, werde ich zum St. Michael’s Mount fahren. Ich habe schon herausgesucht, wann man morgen zum Inselberg über den kleinen Damm laufen kann, ohne nasse Füße zu bekommen. Von halb elf bis drei Uhr nachmittags ist es möglich, bevor der Weg wieder überflutet wird.“

„Gute Idee. Da ist es wirklich schön. Ich war zwar mit acht oder neun das letzte Mal dort, aber habe nicht vergessen, wie toll ich es immer fand.“

„Du kannst mitkommen, wenn du willst“, platzt Sophie heraus. „Äh … also … wenn du das Cottage für dich haben oder etwas anderes machen willst, ist das auch okay. Wirklich. Es macht mir nichts aus, alleine unterwegs zu sein. Wäre ich sonst ja auch, wenn wir keine Doppelbuchung gehabt hätten.“

„Oder Matt begleitet dich. Er fand dich ja offensichtlich umwerfend.“

Sophie verdreht schmunzelnd die Augen. „Nur weil ich die einzige Frau am Tisch war, die nicht seine

Schwester ist."

Ich wiege den Kopf. „Ich denke, du wärst ihm auch an einem Tisch mit vielen anderen Frauen aufgefallen."

„Seit du angefangen hast, charmant zu sein, hörst du ja gar nicht mehr damit auf." Lachend schüttelt sie den Kopf. „Das war sehr süß, aber ich glaube nicht, dass es so gewesen wäre."

„Mir wärst du aufgefallen, Sophie", versichere ich ihr und ihre Augen weiten sich überrascht. Kann sie das jetzt echt noch überraschen? Ihr müsste doch schon längst klar sein, wie anziehend ich sie finde. Immerhin halte ich mit meinen Komplimenten nicht gerade hinterm Berg. Aber vielleicht nimmt sie mich einfach nicht ernst oder sie findet mich einfach nur nett und nichts weiter? Ich räuspere mich. „Und was den morgigen Ausflug angeht – ich würde dich gerne begleiten. Und danach könnten wir alles für die nächsten Rezepte deiner Großmutter einkaufen und abends wieder zusammen kochen. Du suchst einfach aus, was du lernen willst. Was meinst du?"

„Klingt perfekt! Ich hole nachher gleich den Kalender und schreibe eine Einkaufsliste."

***

Nachdem wir das Essen bis auf den letzten Krümel verputzt und die Küche wieder auf Vordermann gebracht haben, ziehen wir auf die Couch um, damit

Sophie die nächsten Rezepte aus dem Kalender heraussuchen kann.

Mehr als einmal stoppe ich sie beim Durchblättern, weil ich mir die eingeklebten Fotos von ihr als Kind und Teenager ansehen will. Gerade betrachte ich ein Bild, auf dem sie hoch auf einem Ast eines mächtigen Baums sitzt, mit den Beinen baumelt und über das ganze Gesicht lacht. „Du siehst so glücklich und unbeschwert aus."

Sophie nickt. „Ich dachte, ich hätte das zum Teil für immer verloren, aber ich glaube, es ist alles noch da. Ich muss es nur wiederentdecken. Aber das kann ich nicht, wenn ich weiter Jobs annehme, die mich nicht erfüllen und bei denen ich schon am Morgen nur noch an den Feierabend denke, weil alles so uninteressant und langweilig und kein bisschen fordernd ist. Ich muss das dringend ändern."

Ich nicke. „Vielleicht doch die Sache mit der Fotografie mal angehen?"

„Vielleicht." Sophie schnappt sich ihr Handy und beginnt, die Zutaten für die nächsten drei Gerichte aufzuschreiben.

Ich lehne mich auf dem Sofa zurück und merke, wie entspannt ich bin. Ich genieße die Stille und vermisse kein bisschen das Tempo und den Trubel der Großstadt. Alles ist so friedlich und es kommt mir fast so vor, als wären wir aus der Zeit genommen worden und völlig allein auf der Welt – hier auf unserer kleinen Insel der Behaglichkeit. Und für einen Moment überkommt mich die Sehnsucht, das für immer zu bewahren. Die Taylors zu überreden, mir das Cottage zu verkaufen, und für immer hierzubleiben … zusammen mit Sophie.

„Die Einkaufsliste ist fertig!“

Ich schrecke aus meinen träumerischen Gedankengängen. „Prima“, erwidere ich.

„Hast du Lust, noch etwas mit mir zu machen? Oder willst du schlafen oder alleine sein?“

„Was genau soll ich denn mit dir machen?“, raune ich ihr zu.

Sophie verdreht die Augen.

„Okay, okay.“ Ich grinse breit. „Also, wonach steht dir der Sinn?“

„Hm … ich bin immer dafür zu haben, zu puzzeln oder zu rätseln oder zu lesen oder einen Film zu schauen. Brettspiele mag ich auch.“ Sie kichert. „Wie du siehst – ich führe ein Leben auf der Überholspur!“

Schmunzelnd hebe ich den Daumen. „Dann sind wir schon Zwei. Das mag ich ebenfalls alles. Worauf hast du am meisten Lust?“

„Also, wenn ich ganz ehrlich bin … würdest du mir auf Französisch etwas vorlesen? Ich werde zwar kaum ein Wort verstehen, außer es kommt Gebäck darin vor, aber die Sprache klingt so schön.“

Ich lache. „Klar können wir das machen. Was soll ich dir vorlesen? Ich habe auf meinem Reader jede Menge Bücher.“

„Da es ein französischer Autor sein sollte – hast du etwas von Jules Verne?“

„Einiges. Welches ist dein Lieblingsbuch?"

„Die Reise zum Mittelpunkt der Erde."

„Voyage au centre de la Terre – kommt sofort. Und um es noch französischer zu machen, sollten wir als Nachtisch noch ein bisschen was von Olivias Köstlichkeiten naschen."

Sophie reibt sich genüsslich über den Bauch. „Ich stelle uns gleich etwas zusammen."

Kurz darauf nehme ich auf einem der Sessel Platz, während Sophie es sich auf dem Sofa bequem macht, und beginne zu lesen. „Le 24 mai 1863, un dimanche, mon oncle, le professeur Lidenbrock, revint précipitamment vers sa petite maison situeé au numéro 19 de Königstrasse …"

SOPHIE

Luciens Stimme klingt heller, während er auf Französisch liest. Ob er auch im Französischen einen kleinen englischen Akzent hat, so wie er im Englischen einen leichten französischen hat, kann ich nicht heraushören. Für mich klingt es wunderbar und genauso kultiviert wie sein Britisches Englisch in meinen amerikanischen Ohren, obwohl es diesen kleinen französischen Einschlag hat. Nachdenklich beiße ich in ein Petit Four und lasse mir das Gebäck auf der Zunge zergehen. Schon witzig, welche Eigenschaften man einer Person zuweist, nur weil sie eine bestimmte Sprache spricht.

Ich konzentriere mich wieder auf Lucien, der mit übereinandergeschlagenen Beinen im Sessel sitzt und trotz Jeans, T-Shirt und mit Wollsocken elegant aussieht. Was aber nicht nur an der Sprache liegt, sondern an ihm. Alles an ihm wirkt immer zumindest einen Hauch elegant.

Ich kann zum Glück der Geschichte gut folgen, da ich das Buch als Kind oft gelesen und mich in das aufregende Abenteuer hineingeträumt habe. Manchmal bilde ich mir sogar ein, genau zu verstehen, was gerade gesagt wurde oder in der Szene passiert, aber das ist natürlich Quatsch. Bis auf die Namen der Personen und der Orte verstehe ich nicht besonders viel, aber das macht mir überhaupt nichts aus. Auf dem Sofa zu liegen und Luciens Stimme zu lauschen, könnte ich stundenlang machen.

Nach zwei Stunden bemerke ich, dass Lucien immer häufiger versucht, ein Gähnen zu unterdrücken, und schließlich habe ich Mitleid mit ihm. Schmunzelnd setze ich mich auf. „Du darfst jetzt aufhören, bevor du mir noch über dem Buch einschläfst und ich dich die Treppe hoch in dein Bett zerren muss."

Er grinst schief und legt den Reader zur Seite. „Tut mir leid. Das wird der Geschichte nicht gerecht, aber ich bin ganz schön müde geworden. Wir lesen morgen weiter, wenn du magst."

„Das wäre toll! Ich liebe es, dir zuzuhören, auch wenn definitiv viel zu wenig Gebäck oder Baguette,

Camembert, Ratatouille, Crêpes und Crème Brûlée in der Geschichte vorkommen.“ Ich lache. „Aber es macht trotzdem Spaß.“

„Und ich lese dir gerne vor. Wenn wir mit Professor Lidenbrocks Expedition fertig sind, können wir ‚Le Tour du monde en quatre-vingts jours‘ angehen.“

Ich runzle die Stirn. „Reise um die Erde in achtzig Tagen?“

„Perfekt übersetzt. Du bist ein Sprachgenie, Sophie Arden!“

„Na ja, tour und monde haben ausgereicht, um es mir zusammenzureimen.“ Ich seufze. „Ich wünschte, ich könnte in der Zeit zurückreisen und Monsieur Verne sagen, dass auch 150 Jahre später seine Bücher noch geliebt werden und es Filme und Serien und Hörbücher davon gibt. So wie ich es auch gerne Jane Austen sagen würde. Sie würde bestimmt aus allen Wolken fallen, wenn ich ihr auch noch Fotos von Kaffeetassen, T-Shirts, Postern und Puzzles mit ihren Buchcovern und Zitaten aus den Büchern zeige und ihr von der Begeisterung und Liebe erzähle, die ihre Werke auf der ganzen Welt in jeder Generation auslösen.“

„Ein wunderbarer Gedanke, Sophie.“

Lucien sieht mich auf eine Art an, die ein Kribbeln in meinem Bauch verursacht. Rasch stehe ich auf. „Also gut, gehen wir schlafen. Wann sollen wir morgen aufbrechen? Ich muss mir unbedingt den Wecker stellen – du weißt ja … Koala und so.“

„Der St. Michael's Mount ist nicht weit von hier. Vielleicht eine halbe Stunde mit dem Auto. Wollen wir so um 10 los und uns vorher Sandwiches und Kaffee bei Anne holen?"

„Guter Plan." Lucien steht ebenfalls auf und wir stehen voreinander. Ziemlich nah voreinander. Mein Mund wird trocken, ich schlucke nervös und mein Herz schlägt so rasch und laut, dass ich Angst habe, er könnte es hören. „Äh … gute Nacht und danke fürs Vorlesen und für den schönen Tag."

„Ich danke dir, dass ich dir Gesellschaft leisten durfte. Gute Nacht. Bis morgen."

„Bis morgen." Ich schlängle mich an ihm vorbei und überlege einen winzigen Augenblick, ob ich absichtlich stolpern soll, damit er mich mit seinen starken Armen auffängt, aber lasse es dann doch sein. Ich will keine Komplikationen und auch nicht mit Herzschmerz nach Chicago zurückfliegen, wenn der Urlaub vorbei ist.

Denn Potential für Herzschmerz besitzt Lucien geradezu im Übermaß!

KAPITEL 11

SOPHIE

Als Lucien und ich das Dancing Seagull betreten, ist das Café leer bis auf acht ältere Herrschaften um die Siebzig, die den langen Tisch in Beschlag genommen haben. Sie unterhalten sich lebhaft und überall sind große Platten mit Sandwiches und Kuchen verteilt sowie etliche Kannen mit Kaffee und Tee.

Anne sitzt bei ihnen und hält gerade ein Schwätzchen, als sie uns entdeckt und heranwinkt.

„Guten Morgen, ihr beiden! So eine schöne Überraschung, euch zusammen hier zu sehen!"

Sie sieht mich dabei schmunzelnd an und ich

verdrehe die Augen.

Wir begrüßen sie ebenfalls sowie die anderen Gästen, die uns neugierig mustern.

Anne grinst. „Okay, Lucien kennt ihr ja fast alle schon. Aber heute stelle ich euch auch Sophie aus Chicago vor. Sie wohnt mit Lucien im Ferienhaus meiner Eltern. Und das sind meine treuen Stammgäste. Die wunderbaren Damen sind Rosie, Tracy und Harriet." Sie deutet nachaufeinander auf die Frauen, die nebeneinander sitzen.

Rosie hat etwas von einer Hippiebraut an sich mit ihren rotgefärbten wilden Haaren und der ebenso roten Latzhose, kombiniert mit einem Batikshirt und vielen bunten Halsketten und Armreifen.

Harriet wirkt ein bisschen wie Miss Marple aus den Schwarz-Weiß-Filmen mit grauen Löckchen, einem Rock aus einem praktischen Wollstoff und der passenden Kostümjacke dazu.

Tracy ist der Typ strenge Bibliothekarin. Die weißen Haare sind straff zu einem Knoten zusammengesteckt und sie trägt eine Brille mit einem altmodischen schwarzen Gestell, dazu einen dunkelblauen Faltenrock und ein hellblaues Twinset.

„Und die stattlichen Männer sind von links Colin, Nigel, Rupert, Hamish und Ranjid", fährt Anne fort.

Ganz Gentlemen der alten Schule, stehen sie auf, um uns zu begrüßen. Und ich kann sie in all ihrer Pracht bewundern.

Colin erinnert mich an einen früheren Lehrer mit

seinem weißen Hemd, der gestreiften Fliege, der Glatze und Nickelbrille. Nur rosa Bermudashorts hatte Mr. Miller nie an.

Nigel ist der Typ Altrocker mit schwarz gefärbten Haaren und einer imposanten Tolle, Lederjacke, T-Shirt und Jeans.

Rupert hat wilde graue Haare wie Einstein und sieht piekfein in seinem dreiteiligen, braunen Tweed-Anzug mit grüner Krawatte aus.

Hamish ist der perfekte Weihnachtsmann mit seinen schulterlangen weißen Haaren und dem Rauschebart, nur der fliederfarbene Pullover und die gelbe Cordhose passen nicht ganz ins Bild.

Der Letzte im Bunde, Ranjid, hat nur ein paar graue Strähnen in seinem schwarzen Haar, trägt eine beige Stoffhose und ein bis zum Hals zugeknöpftes kariertes Hemd mit einem bunten Pullunder darüber.

„Schön, Sie kennenzulernen“, sage ich und lächle in die Runde.

Lucien nickt allen freundlich zu, nachdem die Herren sich wieder gesetzt haben.

„Wir Ladys kennen den knackigen Burschen … äh … ich meine natürlich Lucien, schon länger, Anne. Wir haben ihn bereits mehrmals am Strand getroffen.“ Rosie lächelt Lucien kokett an. „Und unseren Charme spielen lassen.“

„Und ich bin jedes Mal ganz verzaubert“, versichert Lucien.

„Sehr gut. Ganz sicher sehen wir uns noch öfter

und selbstverständlich werden wir weiterhin versuchen, dich zu uns ins Wasser zu locken."

Lucien streckt gespielt erschrocken die Hände aus und kreuzt die Zeigefinger. „Hinfort, ihr verführerischen Sirenen!"

Wir müssen alle lachen.

„Er ist ja wohl offensichtlich vergeben, Rosie", meldet Rupert sich zu Wort. „Also stell das Flirten ein. Das gehört sich nicht vor seiner Freundin."

„Ach, wir sind nicht zusammen", werfe ich ein, „und ich habe nichts dagegen, wenn er mit den Ladys schwimmen geht oder was immer sie mit ihm vorhaben. Wir wohnen nur zufällig zusammen in dem Cottage."

„Es war eine Doppelbuchung", erklärt Anne. „Lucien hat ganz normal übers Internet bei Mum gebucht, Sophie hat in Chicago zufällig Rachel kennengelernt und telefonisch bei Dad gebucht. Ihr wisst ja, wie vergesslich er manchmal ist. Deshalb kam es zu diesem Durcheinander."

„Ach Rachel …" Tracy seufzt. „So ein nettes Mädchen. Ich wünschte, Harry wäre hierhergezogen und nicht umgekehrt."

Anne nickt. „Das wünschte ich auch, aber Harry hat eine erfolgreiche Karriere als Anwalt in Chicago und kümmert sich um seine Eltern. Ich verstehe, dass er deshalb nicht weg kann. Na gut, sonst noch Fragen an unsere Feriengäste?"

Colin hebt die Hand.

Anne grinst. „Du musst dich nicht wie in der Schule melden. Du darfst einfach sprechen."

„In Ordnung." Er lässt die Hand wieder sinken. „Ach ja, bevor ich frage, was ich eigentlich fragen will – seid ihr beiden einverstanden, dass wir uns duzen?"

Lachend nicke ich und auch Lucien nickt zustimmend.

„Prima! Und meine Frage geht an Lucien – spielst du Boule?"

„Äh … ja. Wieso?"

„Wir sind auf der Suche nach einer Sportart, die uns ein wenig Bewegung verschafft und an die frische Luft bringt. Normalerweise ist unser bevorzugter Sport Bridge, aber wir brauchen unbedingt einen aktiveren Ausgleich. Dr. Mortimer, unser Hausarzt, besteht darauf. Es muss aber etwas sein, das wir jederzeit hier im Dorf machen können. Und da du Franzose bist, dachte ich gleich an Boule."

„Die ärztliche Empfehlung gilt übrigens nur für die Männer", wendet Harriet ein und zwinkert Lucien zu. „Wir Damen sind noch sehr aktiv und rüstig."

„Davon bin ich überzeugt", erwidert Lucien schmunzelnd.

„Würdest du uns Boule beibringen?", will Nigel wissen.

„Es wäre mir eine Ehre. Allerdings nennen wir es Pétanque. Boule ist eher der Überbegriff und schließt auch Boccia und das britische Bowls mit ein."

Colin nickt. „An Bowls hatten wir auch gedacht,

aber das Spielfeld ist einfach zu lang. Dafür haben wir hier keinen Platz. Und Boccia wäre natürlich möglich, aber wenn wir schon mal einen echten Franzosen hier haben, sollten wir das ausnutzen. Außerdem mag ich persönlich das Klacken von Metallkugeln lieber als von Holz oder Kunststoff. Aber welche Kugeln brauchen wir denn genau?“

Lucien lächelt. „Darum kümmere ich mich. Ich kaufe alles ein, was wir benötigen. Ihr müsst nur einen Platz besorgen, auf dem wir spielen können. Er sollte eben sein und nicht zu weich. Ein Belag wie Split oder Kieselsteinchen wäre gut. Fällt euch da etwas ein?“

„Wie wäre es hinterm Pub?“, schlägt Hamish sofort vor. „Dann verdienen Terry und Geraldine noch ein bisschen was an uns, wenn wir bei ihnen auch was trinken.“

„Super Idee!“ Anne nickt. „Terry und Geraldine sind nicht mehr so rüstig“, erklärt sie uns, „und öffnen deshalb nur noch abends. Hinter dem Pub gibt es aber eine große angelegte Fläche mit einem Belag aus Schotter oder sowas, wo früher Tische und Stühle standen, als sie tagsüber noch draußen serviert haben. Jetzt findet da nichts mehr statt und ich denke auch, das wäre ideal zum Boule spielen. Wir reden heute Abend gleich mal mit ihnen. Sicherlich haben sie nichts dagegen. Sie wohnen inzwischen ein paar Ortschaften weiter bei ihrer Tochter und deren Mann und unterstützen die beiden ein wenig mit den Enkeln. Sie kommen immer erst abends wieder her, aber bestimmt geben sie uns die Schlüssel. Wir führen dann einfach eine Strichliste mit allem, was wir getrunken haben, und legen das Geld in ein Kästchen.“

„Außerdem … äh …“, Ranjid räuspert sich umständlich, „… äh … wären auch Waschräume vorhanden.“

Rosie tätschelt seine Hand. „Da musst du nicht so herumdrucksen. Dafür sind wir alle dankbar.“

„Dann ist es also abgemacht.“ Anne lächelt zufrieden. „Wann wollen wir spielen? Wann hast du Zeit, Lucien?“

„Ich muss erstmal kurz recherchieren, ob ich die Kugeln in der Umgebung irgendwo kaufen kann oder sie bestellen muss. Moment.“ Er zückt sein Handy und tippt. „Der nächste Laden, der gute Kugeln hat, mit denen man auch wirklich etwas anfangen kann, ist in Exeter. Das ist ein bisschen umständlich. Dann werde ich welche bestellen. Kann ich sie zu dir liefern lassen, Anne? Und sobald sie da sind, legen wir los?“

„Guter Plan. Ich gebe dir gleich meine Visitenkarte mit der Adresse. Wollt ihr jetzt etwas essen und trinken?“

„Wollen wir, aber zum Mitnehmen bitte“, erwidere ich. „Ich hätte auf jeden Fall gerne einen großen Latte Macchiato, Sandwiches und etwas Süßes.“

„Dann kommt mit rüber zur Theke.“ Anne steht auf und zieht mich mit.

„Einen schönen Tag noch“, rufe ich und winke kurz in die Runde.

„Ebenfalls“, erwidern alle durcheinander.

„Dann gehe ich auch mal. Wir sehen uns dann zum Boule spielen. Meine Herren … bis dahin.“ Lucien nickt den Männern zu und lächelt Tracy, Rosie und Harriet an. „Ladies … wir Hübschen sehen uns ja vielleicht vorher schon am Strand."

Den letzten Satz hat er mit einer derart tiefen, verführerischen Stimme geraunt, dass mir ein angenehmer Schauer über den Rücken läuft.

„Du meine Güte!" Rosie schnappt sich eine Serviette, breitet sie aus und fächelt sich übertrieben Luft zu, bevor sie es bei ihren Freundinnen wiederholt. „Diese Stimme wird uns hoffentlich heute Nacht in unsere Träume begleiten."

Ich wünschte, ich hätte auch etwas zum Luft zufächeln.

Lachend kommt Lucien zu uns. „Du hast wirklich tolle Stammgäste, Anne."

„Stimmt." Sie reicht Lucien eine Visitenkarte, bevor sie hinter die Theke geht und anfängt, meinen Latte zuzubereiten. „Sie sind fantastisch und packen auch immer mit an, wenn ich sie brauche. Den Treibholz-Leuchter hat Tracy angefertigt. Vorher hing da eine ziemlich langweilige Lampe. Und die Stuhlkissen hat Rupert für mich genäht, der früher als Schneider gearbeitet hat. Und der Rest von ihnen bringt mir oft frische Blumen aus dem Garten für die Vasen mit. Sie sind für mich wie Familie und mein Café ist für sie der tägliche Anlaufpunkt, um sich zu treffen, zu quatschen, Aktivitäten zu planen oder Bridge zu spielen. Jeder von ihnen ist alleinstehend. Ob freiwillig oder leider verwitwet. Rosie, Hamish und Colin sind von hier und kennen sich schon von Kindesbeinen an. Der Rest ist zugezogen. Was jetzt aber auch schon wieder Jahre her ist, sodass sie schon längst zu Galhill Bay gehören und nicht mehr wegzudenken sind. Und auch, wenn sie sich ständig gegenseitig ärgern oder auf den Arm nehmen, sind sie ein Herz und eine Seele. Sie verbringen ihre Zeit miteinander, helfen sich und passen aufeinander auf. Wenn auch nur einer von ihnen nicht pünktlich hier auftaucht und nicht vorher Bescheid gegeben hat, rennen sie sofort los, um nachzusehen, ob vielleicht etwas passiert ist. Und wenn einer von ihnen mal krank ist, kümmern sie sich um alles."

„Ich fände es wundervoll, so einen Freundeskreis zu haben." Ich grinse, als ich ihnen einen Blick zuwerfe. „Sie sind wie aus einer englischen Komödie. Lustig, leicht exzentrisch und so herrlich verschieden und doch ein eingeschworenes Team."

Lucien nickt. „Genau das habe ich auch gerade gedacht."

Anne reicht mir meinen Latte Macchiato. „Und was willst du trinken, Lucien?"

„Ich nehme das Gleiche wie Sophie. Essen sage ich dir gleich – deine Sachen sehen wie immer so lecker aus, dass ich mich kaum entscheiden kann."

„Das von einem Spitzenkoch zu hören, macht mich richtig stolz! Du kannst mir aber auch gerne noch Tipps geben, was ich besser machen könnte."

Lucien schüttelt entschieden den Kopf. „Das hast du nicht nötig. Deine Kuchen und Sandwiches sind perfekt."

„Wow! Jetzt brauche ich auch gleich eine Serviette,

um mir Luft zuzufächeln. Für dieses Kompliment geht heute alles aufs Haus."

„Das ist doch nicht nötig", wehrt Lucien ab.

„Ich weiß, aber mein Café, meine Regeln. Sucht euch aus, was immer ihr wollt."

Ich strahle Anne an. „Danke."

Lucien nickt. „Von mir auch danke! Aber kann ich erst einmal deinen … äh … Waschraum benutzen?"

Er setzt ein umständliches Räuspern hinterher, genau wie Ranjid vorhin, und wir müssen lachen.

„Einfach nach hinten durch und dann rechts." Anne deutet in die Richtung.

„Alles klar. Bin gleich wieder bei euch."

Als Lucien um die Ecke verschwunden ist, sieht Anne mich neugierig an. „Also, Sophie … Dad hat erzählt, dass ihr euch nun doch das Cottage für den Rest der Zeit teilen wollt. Das heißt wohl, ihr habt Frieden geschlossen?"

„Haben wir. Und Lucien zeigt mir jetzt, wie man kocht."

„So, so … tut er das …" Sie schmunzelt vielsagend. „Was zeigt er dir denn noch oder soll er dir noch zeigen?"

„Gar nichts. Wir verstehen uns nur gut."

„Klaaar."

Ich runzle die Stirn. „Wieso sagst du das so komisch?"

„Du willst mir weismachen, dass deine Hormone nicht in Wallung geraten, wenn du Zeit mit ihm verbringst? Ganz ehrlich, als ihr ins Café kamt, dachte ich sofort, ihr seid zusammen. Rupert hat das offensichtlich auch gedacht, weil er Rosie gleich zurechtgewiesen hat."

„Wie kommt ihr denn auf sowas?", protestiere ich. „Wie du weißt, sind Lucien und ich uns am Freitag das erste Mal begegnet. Wir kennen uns also seit nicht einmal vier Tagen und fast die Hälfte der Zeit haben wir versucht, uns gegenseitig aus dem Haus zu vertreiben."

Anne grinst. „Aber so richtig können die Fetzen ja nicht geflogen sein, wenn Lucien gestern Morgen Dad schon gesagt hat, dass du bleiben kannst. Da würde mich doch brennend interessieren, was am Samstag zwischen euch passiert ist, dass sich alles auf einmal geändert hat."

Ich zucke mit den Schultern. „Nichts weiter. Wir haben uns beide zufällig in den Lost Gardens getroffen. Ich war alleine dort, er mit einer alten Freundin. Und dann war da dieses Gewitter und er hat mich gesucht und mir geholfen."

„Geholfen? Mit einem Regenschirm?"

„Mit seiner Regenjacke. Dafür ist er ganz nass geworden."

„Wie romantisch!" Anne seufzt und legt sich dramatisch die Hand an die Stirn. „Hatte er zufällig ein weißes Hemd an? Da würden mir ja wirklich die Sinne schwinden. Seit Colin Firth als Mr. Darcy in der ‚Stolz und Vorurteil'-Miniserie aus dem See kam mit dem nassen weißen Hemd, geht mir das nicht mehr aus dem Kopf. Und mit den weißen Kniebundhosen. Oh mein Gott! Hatte Lucien etwa weiße Kniebundhosen an?"

„Hast du Fieber?" Ich kichere. „Er hatte ein weißes T-Shirt an, aber glaub mir, an der ganzen Sache war nichts romantisch. Er war einfach nur nett und ein Gentleman, aber zwischen uns läuft nichts." Ich bemühe mich, einen einigermaßen neutralen Ton anzuschlagen, um zu verbergen, dass Lucien durchaus meine Hormone in Wallung bringt, aber ganz ehrlich – ich würde mir selbst keine Silbe glauben. Und Annes Gesichtsausdruck gibt mir Recht. „Was gibt es da zu lächeln?"

„Lass es mich so sagen, Sophie … manchmal erkennt man es selbst als Letzte."

Ich schnaube. „Da irrst du dich aber gewaltig."

LUCIEN

„Wobei irrt Anne sich?", frage ich Sophie, als ich wieder zu ihnen stoße und ihre letzten Worte mithöre.

Sie zuckt zusammen. „Äh … dass du nur aus Höflichkeit gesagt hast, dass ihre Kuchen und Sandwiches perfekt sind."

„Da hast du dich wirklich geirrt, Anne. Das war mein voller Ernst."

„Dann danke nochmal. Dein Latte ist auch fertig.

Was wollt ihr zum Essen mitnehmen? Wohin eigentlich? Macht ihr einen Ausflug?"

Ich nicke. „Sophie will sich den St. Michael's Mount ansehen und ich darf mitkommen."

„Darfst du das?" Anne schmunzelt. „Sehr selbstlos von ihr."

Sophie räuspert sich. „Also, ich hätte gerne ein Eiersandwich und eins mit Schinken, getrockneten Tomaten und Pesto. Und eines von den Erdbeertörtchen. Oder lieber zwei."

„Sehr gerne. Und für dich, Lucien?"

„Ich nehme ein Avocado-Bacon-Sandwich und eins mit Salami, Salat und Käse. Und zum Nachtisch ein Stück Käsekuchen." Ich grinse. „Oder lieber zwei."

Anne holt ein paar Schachteln zum Einpacken aus einem Schrank. „Hört mal, ich habe übrigens noch einen Anschlag auf euch vor."

Ich grinse. „Das hört sich ja gefährlich an. Worum geht es?"

„Um unser Dorffest. Es findet am Samstag statt und alle tragen etwas dazu bei. Aufbauen, Selbstgemachtes zum Verkauf anbieten, Kinder bespaßen und so weiter. Für Essen und Getränke sorgen Geraldine, Terry und ich."

„Ist das eine Werbeaktion, um Touristen anzulocken?", will Sophie wissen.

Anne schüttelt den Kopf. „Wenn sich zufällig ein Tourist hierher verirrt, ist das okay, aber es ist ein Fest nur für uns. Und weil wir nicht nur unsere

Dorfgemeinschaft feiern, sondern auch anderen etwas zurückgeben wollen, gibt es eine Spendenbox. Die wird abends zum Abschluss geleert und das Geld feierlich gezählt und die gesamte Summe geht an einen guten Zweck in der Umgebung. Dieses Mal an einen Kindergarten in der Nähe, der dringend Geld für neue Spielgeräte und Musikinstrumente braucht."

„Das ist wirklich wundervoll", lobt Sophie.

„Finde ich auch", stimme ich zu.

„Ist es und schon lange Tradition. Jeder bringt sich bei dem Fest ein und da ihr gerade auch zum Dorf gehört, müsst ihr ebenfalls ran. Also, was wollt ihr machen?"

„Wo braucht ihr denn noch jemanden?", frage ich.

„Ihr könnt überall mitmachen, aber wir könnten in erster Linie gut jemanden gebrauchen, der sich Spiele für die Kinder ausdenkt. Das haben sonst immer die Harrisons gemacht, aber die sind Anfang des Jahres aus beruflichen Gründen nach Cardiff gezogen."

„Das übernehme ich gerne", biete ich mich an. „Ich kann aus einem reichhaltigen Fundus schöpfen. Als Kinder haben meine beste Freundin Olivia und ich uns oft die Spiele für die Geburtstagsfeiern ihres jüngeren Bruders ausgedacht. Und Matt und seine Partygäste waren immer begeistert."

„Toll! Da müssen wir uns damit schon nicht mehr stressen! Und du, Sophie?"

Sie zuckt mit den Schultern. „Ich helfe entweder Lucien oder ihr verplant mich einfach."

„Wie wäre es, wenn du Fotos machst?“, schlage ich vor. „Von dem Fest und den Leuten? Das wäre doch super!“ Ich wende mich an Anne. „Sophie hat eine Leidenschaft fürs Fotografieren.“

„Das wäre großartig!“, stimmt Anne sofort zu. „Wir machen zwar alle mit den Handys Fotos, aber so richtig professionelle Ergebnisse sind dabei nie herausgekommen. Nette Schnappschüsse – ja. Aber nichts, womit man auf der Weihnachtsfeier im Pub angeben könnte, auf der wir immer das Jahr Revue passieren lassen.“

Sophie hebt abwehrend die Hände. „Ich bin kein Profi!“

„Aber würdest du es versuchen?“, frage ich sanft. „Wenn du mit den Fotos nicht zufrieden bist, gibt es ja immer noch die Schnappschüsse und es macht nichts.“

„Genau!“ Anne sieht sie flehend an. „Bitte!“

Sophie lächelt. „Also gut. Meine Kamera habe ich dabei und auch meinen Laptop, um die Bilder zu bearbeiten. Wenn es okay ist, dass ich sie nicht zeigen muss, wenn ich sie nicht gut finde, dann mache ich es.“

„Fantastisch!“ Anne schiebt mir eine Papiertüte mit dem Essen rüber. „Dann habt einen tollen Tag! Und ich gebe Bescheid, wenn das Boule-Equipment da ist. Mum hat ja deine Handynummer, Lucien.“

„Alles klar! Dann bis bald!“

Sophie verabschiedet sich ebenfalls, schnappt sich die Getränke und wir winken nochmal dem

Stammtisch zu, bevor wir uns auf den Weg machen.

KAPITEL 12

SOPHIE

Lucien und ich haben eine schöne Stelle am Strand der kleinen Gemeinde Marazion gefunden, trinken Eistee und genießen den atemberaubenden Ausblick auf das Meer und den St. Michael's Mount mit seinem imposanten Schloss, das auf der Spitze thront. „Das war wirklich ein toller Ausflug. Und es war sogar ein bisschen abenteuerlich, dass wir es gerade noch über den Damm geschafft haben, bevor das Wasser zurückkam."

Lucien lacht. „Das stimmt. Was hat dir am besten gefallen?"

„Die tolle Gartenanlage. Das habt ihr Engländer einfach drauf. Das Schloss selbst war natürlich auch toll, aber da waren mir ehrlich gesagt zu viele Besucher. Aber zum Glück hat es sich in den Gärten wieder verlaufen und die vielen kleinen Wege waren so hübsch. Es war schön, mit dir dort herumzuschlendern. Wie hat es dir nach all der langen Zeit gefallen?"

„Ich fand es immer noch sehr schön, aber beim letzten Mal kam es mir größer vor. Alles war irgendwie größer."

Ich kichere. „Verständlich. Das letzte Mal hast du den Mount auf Hüfthöhe besichtigt."

„Höher als deine Hüfte war ich auf jeden Fall schon", erwidert er empört. „Ich war auch damals für mein Alter schon groß."

„Selbstverständlich warst du das." Ich tätschle seinen Arm. Luciens Mundwinkel zucken verräterisch, aber er schafft es noch, ein entrüstetes Schnauben von sich zu geben, bevor er selbst lachen muss.

„Was steht noch alles auf deiner To-Do-Liste für Cornwall?", will er wissen und trinkt einen Schluck.

„Faulenzen und das Meer und den Strand genießen. Und ich will vielleicht ein paar Wanderungen entlang der Küste machen. Und darüber hinaus …" Ich zücke mein Handy und scrolle durch meine Notizen. „Tintagel Castle würde ich mir gerne anschauen, egal ob es was mit Artus zu tun hatte oder nicht, aber es sah auf den Fotos spektakulär aus. Und ich will unbedingt nach St. Ives in das Barbara Hepworth

Museum und den Skulpturengarten, die zur dortigen Tate Gallery-Filiale gehören. Ich bin ein großer Fan. Das Minack Theatre und das Eden Project mit den großen Kuppel-Gewächshäusern sehen auch interessant aus."

Lucien nickt. „Gute Wahl. Tintagel ist wirklich einen Ausflug wert. In der Tate und im Hepworth-Museum war ich noch nicht, aber St. Ives selbst ist einfach ein schöner Ort. Der rentiert sich auf jeden Fall. Im Minack Theatre war ich mal als Kind auf einem Schulausflug. Ich kann mich nicht mehr erinnern, welches Stück aufgeführt wurde, aber ich kann mich noch erinnern, wie cool ich es fand, dass das Freilichttheater in den Felsabhang gebaut wurde. Und die Aussicht ist natürlich auch der Knaller. Das Eden Project habe ich noch nicht besucht. Das war damals noch nicht eröffnet."

„Nun ja, wenn du davon auch etwas sehen oder wiedersehen möchtest und Lust auf Gesellschaft hast, kannst du mich gerne begleiten." Rasche hebe ich die Hände. „Aber musst du natürlich nicht."

„Ich würde mich wirklich gerne anschließen, Sophie."

Lucien sieht mich dabei auf eine Art an, dass es in meinem Bauch heftig kribbelt. Wie recht Anne doch mit den Hormonen in Wallung hatte. Schnell nehme ich ebenfalls einen Schluck, um mir nichts anmerken zu lassen. Dann strahle ich Lucien an. „Prima. Kannst du als Ex-Einheimischer noch etwas empfehlen?"

Er überlegt einen Moment. „Wenn du auf Herrenhäuser stehst, ist Lanhydrock mit seinem

Garten einen Ausflug wert. Ich glaube sogar, Olivia hat mal erwähnt, dass man sich inzwischen entweder direkt dort oder gleich in der Nähe Fahrräder ausleihen und auf speziell angelegten Radwegen die Gegend erkunden kann."

„Das klingt super! Ich bin schon ewig nicht mehr Rad gefahren! Was können wir noch machen?"

„Alles, was du willst." Lucien schmunzelt vielsagend. „Ich stehe dir jederzeit zur Verfügung. Mit vollem Körpereinsatz."

Ich verdrehe die Augen und ignoriere das Prickeln, das seine Worte ausgelöst haben. „Ich meine, was Ausflüge angeht."

„Natürlich hast du das gemeint." Er zwinkert mir zu. „Ein weiterer Garten, den ich empfehlen kann, ist Trebah Garden. Exotische Pflanzen und Blumen, Palmen, Wasserflächen, kleine Brücken, Strand und Meer. Und da du gerne wandern willst, könnten wir nach unserem Besuch von Tintagel Castle noch durch das Rocky Valley laufen. Das ist quasi gleich um die Ecke. Zwischen Tintagel und Boscastle. Ein sehr idyllisches Tal mit Felsen, Wald, Bächen, Wasserfällen, steilen Klippen und am Ende kommt man am Meer heraus, wenn ich mich nicht täusche. Und auch das Bodmin Moor eignet sich hervorragend zum Wandern. Die hügelige Moorlandschaft hat ihren ganz eigenen Charme. Karg und rau mit zwei größeren Erhebungen, die man gut besteigen kann. Es gibt auch einen See und Steinkreise – und das Jamaica Inn aus Daphne du Mauriers gleichnamigen Roman, in dem es spuken soll."

Ich mache große Augen. „Wow! Der Tourismusverband sollte dich engagieren! Das klingt alles so unglaublich toll, dass ich am liebsten morgen schon alles sehen würde."

Lucien lacht. „Meine Eltern haben immer Ausflüge mit mir gemacht, wenn sie mal Zeit hatten. Olivia und Matt waren auch oft dabei. Und ich durfte fast immer dabei sein, wenn sie mit ihren Eltern Ausflüge gemacht haben und meine keine Zeit hatten. Deshalb bin ich in ganz Cornwall herumgekommen und habe viele Sehenswürdigkeiten auch mehrere Male besucht. Aber ich freue mich sehr darauf, alles wiederzusehen und Neues gemeinsam mit dir zu entdecken."

„Das wird wundervoll werden. Ich freue mich so, dass ich hierhergekommen bin … und mittlerweile sogar ein wenig darüber, dass du mein Haus besetzt hast."

„Es war zuerst mein Haus", korrigiert Lucien mich lachend. „Und das *sogar ein wenig* ist zwar eine kleine Frechheit, aber ich bin sicher, das lässt sich noch steigern."

Ich grinse breit. „Ganz bestimmt. Wenn ich nämlich als Topköchin wieder nach Hause fahre, werde ich dir auf ewig dankbar sein."

„Wenigstens das." Lucien legt den Kopf schief und mustert mich neugierig. „Vermisst du Chicago?"

Einen Moment horche ich in mich hinein. „Kein bisschen. Ich mag die Stadt, aber sie fühlt sich nicht nach meinem Zuhause an. Und enge Freundschaften habe ich dort auch nicht geschlossen und jetzt ja auch keinen Job mehr. Wenn ich ernsthaft darüber nachdenke, hält mich eigentlich nichts in Chicago. Und wenn ich mir sowieso irgendeinen Job suchen muss, kann das auch irgendwo anders sein."

„In der Nähe deiner Eltern vielleicht? Wo wohnen die eigentlich?"

„Sie sind vor zwei Jahren nach Washington umgezogen und wollen dort auch bleiben. Aber die Stadt ist nichts für mich. Zu viel Politik und zu viele Intrigen."

„Und was ist mit einem Job in der Nähe deiner Großmutter?", hakt Lucien nach.

„Das wäre eine Möglichkeit, aber sie hat dort ihr eigenes Leben und ich will nicht, dass sie das Gefühl bekommt, sich um mich kümmern zu müssen, weil ich praktisch niemanden kenne. Nur ein paar ihrer Freunde, wenn ich in den Ferien bei ihr war."

Er nickt. „Verstehe ich."

„Vermisst du denn Paris?", will ich wissen.

LUCIEN

Ich schüttle den Kopf. „Ich liebe Paris und die Stadt der Lichter wird immer meine Traumstadt bleiben, aber ich will dort nicht mehr wohnen. Zu viele Menschen, zu laut, zu hektisch, zu viele Altlasten und schlechte Erinnerungen. Das wäre im Moment also sowieso nicht besonders förderlich für mich."

„Und was hast du stattdessen vor? Wirst du in die Stadt ziehen, in der deine Eltern leben?“

„Nein. Versteh mich nicht falsch – ich liebe es, bei meinen Eltern zu sein, aber ich kann mir nicht vorstellen, dort auf Dauer zu wohnen. Gerade fühle ich mich ehrlich gesagt hier am wohlsten. In Cornwall. Zurückgekehrt zu meinen Wurzeln und der Unbeschwertheit von damals. Das tut mir gut. Und auch, dass ich Olivia wieder in meiner Nähe habe und unsere Freundschaft mehr pflegen und sie jederzeit sehen kann. Und ich habe mich spontan in Galhill Bay verliebt. Und in das, was Anne uns vorhin erzählt hat. An den Zusammenhalt von allen im Dorf. An ihre langsamere Art zu leben und sich Zeit füreinander zu nehmen. Ich denke, das ist genau das, was ich brauche und was ich mir für die Zukunft wünsche. Und es fühlt sich seltsamerweise gar nicht so an, als wäre ich erst eine Woche hier, sondern schon viel länger. Alles erscheint mir so vertraut.“

„Das verstehe ich nur zu gut. Geht mir genauso. Ich wünschte fast, ich könnte für immer hierbleiben.“

Ihre Worte hallen in mir nach und aufgeregt sehe ich Sophie an. „Wieso zum Teufel tun wir das dann nicht? Da wir beide nicht zurück wollen, sollten wir vielleicht wirklich einfach bleiben und uns hier einen Job suchen, der uns Spaß macht. Vielleicht ist das die Gelegenheit! Und für den Anfang könnten wir uns erst einmal ein Haus zusammen mieten. Immerhin kommen wir jetzt ja fantastisch miteinander aus. Was meinst du?“

Ungläubig starrt sie mich an. „Das ist vollkommen

verrückt, Lucien! Als ob das so einfach wäre!"

Sophie mag es für verrückt halten, aber ich habe in ihren Augen für einen kleinen Moment ein sehnsuchtsvolles Leuchten bemerkt. „Wieso sollte es nicht einfach sein? Ganz im Ernst, bestimmt ist der behördliche Kram irgendwie machbar, um länger hierbleiben zu können. Auch für dich. Und …" Ich zucke mit den Schultern. „Jetzt, wo ich es tatsächlich ausgesprochen habe, kommt es mir so vor, als wäre es mir vorherbestimmt, hierzubleiben. Als ich in unserem Cottage ankam und das erste Mal auf der Terrasse stand, den Strand und das Meer gesehen und die frische Luft eingeatmet habe, war mein erster Gedanke, dass ich hier wohnen möchte. Es hat sich so angefühlt, als wäre ich angekommen. Als wäre das der richtige Ort für mich."

Sophie sieht zum Mount hinüber und nickt langsam, aber dann seufzt sie. „Ich weiß wirklich nicht, wie das gehen soll, hierbleiben zu können. Bestimmt muss man tausend Unterlagen ausfüllen und zig Dokumente anschleppen und spezielle Voraussetzungen erfüllen und -"

„Sophie …", unterbreche ich sie sanft, lege meine Hand auf ihre und sie wendet sich mir wieder zu. „Das findet sich alles. Wenn du das wirklich auch willst, schaffen wir das. Zusammen. Und ich bin halber Engländer – zur Not heirate ich dich. Dann wird es bestimmt einfacher, dass du hierbleiben kannst."

Kichernd zieht Sophie ihre Hand weg und presst sie schmachtend auf ihr Herz. „Du bist wirklich so ein Romantiker! Ich wollte schon immer *zur Not* geheiratet werden."

„Dann ist es ja gut, dass du mich getroffen hast." Grinsend presse ich nun meinerseits schmachtend die Hand aufs Herz. „Ich bin sicher, auch daraus kann die ganz große Liebe entstehen." Sophie errötet und sieht so bezaubernd aus, dass mein Herz einen kleinen Sprung macht. Wow! Vor drei Tagen wollte ich sie noch so schnell wie möglich loswerden und jetzt will ich nicht, dass sie geht, will mit ihr zusammen ein Haus mieten und fasele etwas von Heiraten und der großen Liebe!

„Ich werde darüber nachdenken. Nicht übers Heiraten, sondern übers Hierbleiben." Sophie trinkt ihren Eistee aus. „Wollen wir dann los? Wir müssen noch für meine nächsten Kochlektionen einkaufen. Und hast du eigentlich die Boulekugeln schon bestellt?"

Ich nicke. „Vorhin im Café, als du in den … äh … Waschräumen warst. Sollen übermorgen oder den Tag darauf ankommen."

„Darauf freue ich mich schon. Auch etwas, das ich noch nie gemacht habe."

Ich lächle. „Was hast du eigentlich für morgen geplant? Machen wir einen Ausflug?"

Sophie schüttelt den Kopf. „Morgen will ich ausschlafen, faulenzen und das Cottage und den Strand genießen, aufs Meer schauen, leckere Sachen essen und entspannen und was mir sonst noch einfällt. Hast du etwas vor? Falls nicht, habe ich nichts dagegen, wenn du mich beim Faulenzen unterstützt."

„Sehr gerne. Faulenzen klingt himmlisch. Und wenn du Lust hast, hätte ich noch zwei Vorschläge."

„Welche?"

„Wie wäre es, wenn wir den Strand mit einem Mittagessen kombinieren? Ich kenne da einen schönen, abgeschiedenen Platz, an den sich bisher noch niemand verirrt hat, wenn ich da war."

Sophie schmunzelt. „Du willst dich wohl verstecken, weil du Angst hast, dass dich Rosie, Harriet und Tracy entdecken und ins Meer zerren?"

„Das kannst du laut sagen." Ich lache. „Diese Drei sind die reinste Naturgewalt und haben es faustdick hinter den Ohren."

„Ich kann es ihnen nicht verdenken, dass sie den knackigen Burschen, wie Rosie dich genannt hat, abschleppen wollen." Sophie stupst mich lachend an. „Und was ist dein zweiter Vorschlag?"

„Wir könnten, wenn du ausgeschlafen hast, mit Tai Chi anfangen und danach gemütlich frühstücken."

„Klingt beides super! Genauso machen wir es!"

KAPITEL 13

SOPHIE

Hungrig mache ich mich über das Abendessen her. Das Omelette mit Pilzen und Speck ist mir mit Luciens Hilfe richtig gut gelungen. Den gemischten Salat hat er allerdings alleine zubereitet. Ich kriege eine schmackhafte Vinaigrette nur hin, wenn ich eine fertige Mischung aus getrockneten Kräutern habe, zu der ich nur noch Wasser und Öl geben muss. Bestimmt schaffe ich eines Tages auch eine richtige Vinaigrette, aber ich muss ja jetzt nicht gleich übertreiben.

„Sophie, ich muss dir noch etwas sagen."

Lucien sieht mich dermaßen zerknirscht an, dass ich das Besteck sinken lasse und fragend die Augenbrauen hochziehe. „Hast du letzten Samstag noch einen Plan angeleiert, um mich zu vergraulen, den du jetzt nicht mehr rückgängig machen kannst und es wird etwas Schlimmes passieren?"

„Wie? Nein! Quatsch!" Lucien lacht. „Als wir bei Anne waren und über das Dorffest gesprochen haben … ich hoffe, ich habe dich mit den Fotos nicht zu sehr überrumpelt. Es war eine spontane Idee. Wenn das ein Fehler war, tut es mir wirklich leid."

Ich seufze. „Mach dir keine Gedanken. Ich habe zwar ein bisschen Angst, aber es tut mir vielleicht auch gut, ins kalte Wasser zu springen und es einfach zu machen. Dass ich die Fotos nicht zeigen muss, wenn sie mir nicht gefallen, ist allerdings beruhigend."

„Sie werden bestimmt großartig werden! Das Foto von dem Omelette ist auch fantastisch geworden."

„Das kann man doch nicht vergleichen", widerspreche ich. „Das ist nur eine Frage des Winkels und des Lichts und dass alles appetitlich aussieht. Aber ich soll ja auf dem Fest die Dorfbewohner fotografieren. Richtig fotografieren und keine Schnappschüsse machen. Ich kann nicht nur auf den Auslöser drücken, sondern muss die Stimmung einfangen. Einfangen, wer sie sind und was sie gerade denken und fühlen." Ich schüttle den Kopf. „Ich weiß nicht, ob ich das kann."

„Hast du denn schon mal Portraits gemacht?", hakt Lucien nach.

Ich zögere, dann zucke ich mit den Schultern. „Ja, allerdings nicht viele. Ein paar von meiner Familie und von Freunden aus der Uni. Und ein paar heimliche Fotos von Leuten, die ich interessant fand, wenn ich irgendwo unterwegs war."

„Hast du die Fotos dabei?"

„Auf meinem Laptop."

„Und würdest du sie mir zeigen?"

Ich sehe Lucien zweifelnd an. „Was ist, wenn sie dir nicht gefallen?"

„Haben sie denn deinen Freunden und deiner Familie gefallen?"

„Ja, schon. Sehr sogar. Aber die hätten das bestimmt auch gesagt, wenn sie ihnen nicht gefallen hätten."

Lucien mustert mich prüfend. „Bist du zufrieden mit den Fotos?"

„Eigentlich ja. Sie könnten natürlich noch besser sein. Wahrscheinlich hätte einer der Top-Fotografen der Welt mit einer Wegwerfkamera viel bessere gemacht."

Tadelnd schnalzt Lucien mit der Zunge. „Haben wir nicht gesagt, dass du dich nicht vergleichen sollst?"

Unwillkürlich muss ich lächeln. „Wir haben das nicht gesagt. Du hast das gesagt."

„Und welch weise Worte das waren. Da muss ich mich selbst mal loben." Lucien grinst. „Okay, ich will dich zu nichts drängen. Ich bin sehr gespannt auf deine Fotos, aber respektiere es natürlich, wenn du sie mir nicht zeigen willst."

Ich seufze. „Na gut. Ich zeige sie dir nach dem Essen."

„Toll! Kann es kaum erwarten."

***

Lucien sitzt auf dem Sofa, meinen Laptop vor sich und sieht sich Bild für Bild an. Er lässt sich viel Zeit dabei und sagt keinen Ton, während ich in der Küche bin und uns einen Milchkaffee mache. Ich lasse mir ebenfalls extra viel Zeit, weil ich mich nicht traue, ihn anzusehen.

Vielleicht empfindet er gar nichts bei den Fotos? Überlegt er jetzt schon fieberhaft, wie er mir möglichst diplomatisch beibringen soll, dass er sie nicht besonders beeindruckend findet? Ja, ich weiß, dass ich noch viel lernen muss, aber so schlecht sind sie auch wieder nicht.

Nervös fülle ich unsere Tassen und bleibe an der Kücheninsel stehen, bis er sich endlich räuspert, aufsieht und mich ungläubig anstarrt.

„Jetzt sag doch was", dränge ich Lucien ungeduldig. „Du kannst ruhig ehrlich sein. Ich vertrage das schon. Ich weiß ja selbst, dass sie nicht perfekt sind."

„Nicht perfekt? Okay, man sieht seine eigenen Sachen immer überkritisch, aber meiner Meinung nach gehören diese Fotos in eine Galerie in London oder

Paris. In großen Formaten und gerahmt. Und dazwischen sollten deine Landschaftsaufnahmen hängen – genau in der Reihenfolge, wie du die Fotos in deinem Ordner abgespeichert hast. Sie passen so gut zu den Portraits und sind ebenfalls fantastisch. Aber die Portraits … Sophie … ich finde keine Worte."

Verblüfft starre ich zurück. „Ist das dein Ernst?"

„Mein voller Ernst. Du hast wirklich großes Talent." Er klopft neben sich. „Komm her. Ich will dir noch ein paar Dinge zu deinen Fotos sagen."

Fassungslos gehe ich mit den Tassen zu ihm, stelle sie auf dem Tisch ab und setze mich.

Lucien wendet sich mir zu und nimmt meine Hände in seine. „Sophie, ich bin komplett überwältigt. Die Portraits deiner Eltern und Großmutter und die deiner Freunde, auch das Foto von dem Straßenmusiker und das von dem älteren Pärchen an der Haltestelle der Hochbahn und all die anderen heimlichen Aufnahmen von Fremden, ihre Gesichter in Großaufnahme – du hast es geschafft, dass man völlig fasziniert ist. Sie sind so lebendig und da ist so viel Tiefe. Du hast nicht nur das Äußere dieser Menschen abgebildet, sondern ihre Persönlichkeit, ihren Charakter und ihre Seele eingefangen. Jedes Foto erzählt eine eigene Geschichte und gibt dem Betrachter einen Einblick in die Welt dieser Person. Man bekommt ein Gespür für die Menschen und weiß sofort, was sie im Moment der Aufnahme gefühlt haben. Es liegt an dem Ausdruck in ihren Augen, den du eingefangen hast. Man sieht Freude darin und Glück, Melancholie, Trauer, Überraschung, Neugierde,

Unsicherheit. Das ist wirklich absolut beeindruckend und hat mich sehr berührt."

Ich schlucke und kann nicht glauben, was Lucien da sagt.

„Und die Straßenaufnahmen der Menschen, die im Regen durch Chicago hetzen", fährt Lucien fort. „Man meint fast, den Regen und den Wind zu spüren, genau wie auf deinen unglaublichen Landschaftsaufnahmen. Aber was auf diesen Straßenfotos so faszinierend ist, ist die Tatsache, dass man darauf zwar viele Menschen sieht und doch auch jeden einzelnen. Das ist keine anonyme Masse. Das sind alles Individuen mit eigenen Persönlichkeiten und mit Geschichten, die man erfahren will."

Ich spüre, wie mir Tränen in die Augen steigen. Niemals hätte ich gedacht, dass meine Fotos solche Emotionen auslösen können.

„Und die Aufnahmen aus den Parks. Man hat das Gefühl, Kinderlachen zu hören, den raschen Atem der Jogger, das Weinen eines Babys aus einem der Kinderwagen, das Bellen von Hunden und den Gesang der Vögel. Als wären es gar keine Fotos, sondern Filme, die gerade vor einem ablaufen."

Lucien lässt meine Hände los, legt seine an mein Gesicht, wischt mir eine Träne weg und sieht mich eindringlich an.

„Zweifle nie wieder an dir, Sophie Arden. Du bist wirklich umwerfend."

„Danke", flüstere ich mit belegter Stimme und dann umarme ich ihn. „Danke, Lucien, danke für deine

Worte."

„Es ist nur die Wahrheit."

Sanft streichelt er meinen Rücken und hält mich fest. Es fühlt sich so gut an, so sicher und ein bisschen wie Zuhause. Wenn ich nicht aufpasse, verwandeln sich meine wallenden Hormone bald in etwas anderes und ich laufe Gefahr, mich Hals über Kopf zu verlieben.

„Und wenn du mal ein Modell zum Üben brauchst, stelle ich mich jederzeit völlig selbstlos zur Verfügung."

LUCIEN

Sophie löst sich von mir und sieht mich mit großen Augen an. „Wirklich?"

Ich lache. „Natürlich. Es wäre mir eine Ehre, von so einer Meisterin fotografiert zu werden."

Sie grinst breit. „Machst du auch, was ich will? Mit vollem Körpereinsatz? Wie du es heute Nachmittag in einem anderen Zusammenhang angedeutet hast?"

„Klar. Du hast das Sagen."

„Toll!" Begeistert klatscht Sophie in die Hände. „Ich habe mich schon immer brennend für Aktfotografie interessiert. Jetzt kann ich es endlich mal ausprobieren. Danke, Lucien! Das ist der Wahnsinn!"

Wie? Ach du meine Güte! Damit habe ich nicht gerechnet! Aber sie meint das offensichtlich ernst, so aufgeregt wie sie aussieht. Tief atme ich durch. „Okay, im Namen der Kunst auch das. Und es ist ja nicht so, als ob ich meinen Körper verstecken müsste. Also, alles an ihm, wenn du verstehst, was ich meine. Aber ich wäre dir dankbar, wenn diese Fotos dann nirgendwo jemals auftauchen würden, außer in geheimen Ordnern auf unseren Rechnern."

„Du würdest mir wirklich derart vertrauen?", fragt Sophie überrascht. „Du würdest mir wirklich einfach so nackt Modell stehen?"

„Na ja, einfach so nicht, aber für dich würde ich es tun, wenn es dich als Fotografin weiterbringt und deine Zuversicht stärkt, dass du wirklich verdammt gut bist. Dafür erwarte ich allerdings in deinem ersten Fotoband als Widmung eine wahre Lobeshymne auf mich."

„Kriegst du! Ich weiß gar nicht, was ich sagen soll. Du machst mich sprachlos, Lucien. Aber um dich gleich mal zu beruhigen – das mit der Aktfotografie war nur ein Scherz, aber das wusstest du ja nicht. Also hättest du es tatsächlich getan."

Er nickt. „Allerdings bin ich ziemlich erleichtert, dass es nur ein Scherz war. Es würde mich doch Überwindung kosten, völlig hüllenlos vor dir zu posieren, bevor du mich nicht in einer intimeren Situation bereits so gesehen hättest."

Sophie kichert. „Aber eigentlich wäre es ganz praktisch. Wer will schon die Katze im Sack kaufen?"

Ich verdrehe die Augen. „Keine Sorge. Du wärst nicht enttäuscht."

„Das hast du schon ein- oder zweimal erwähnt.“ Sie mustert mich. „Darf ich dich fotografieren? Jetzt? Dein Gesicht im Schein des Feuers sieht ein bisschen atemberaubend aus.“

„Ein bisschen also?“ Ich schmunzle. „Ja, du darfst mich fotografieren, aber muss ich mich nicht erst noch ein bisschen zurechtmachen und vielleicht etwas anderes anziehen?“

Sophie hebt die Hand und zupft leicht an einer meiner Locken. „Du bist perfekt, wie du bist“, flüstert sie. „Ich will, dass du genauso bleibst. Ich will diesen Moment festhalten, als du mir das Schönste gesagt hast, was irgendjemand jemals über meine Fotos sagen wird.“

Ich winke ab. „Die Kritiker werden noch viel schönere Worte finden.“

Sophie schüttelt entschieden den Kopf. „Niemals. Niemals so wie du. Das hat mir wirklich Alles bedeutet. Du hast keine Vorstellung, was du mir damit geschenkt hast.“ Sie springt auf. „Ich hole schnell meine Kamera. Rühr dich nicht vom Fleck.“

„Werde ich nicht. Versprochen.“

Ich bin ziemlich nervös, als Sophie ihre Kamera auf mich richtet. Sie hat mir gesagt, dass sie mir keine Anweisungen geben wird, was ich tun oder wie ich wirken soll, sondern dass sie einfach auf den richtigen Moment wartet.

Ich will unbedingt, dass ich es gut mache, damit sie

ein Foto bekommt, mit dem sie zufrieden ist. Aber ich will auch so gut wie möglich darauf aussehen, damit sie sich das Foto ausdruckt und auf ihren Nachttisch legt. Und vor dem Schlafengehen und nach dem Aufwachen nimmt sie es, streichelt darüber und küsst es heimlich. Ich weiß, dass das albern ist, aber das ändert nichts daran, dass sich bei der Vorstellung ein warmes Gefühl in meinem Inneren breitmacht – und Sophie drückt auf den Auslöser.

Sofort checkt sie das Foto auf dem Display. „Deine Augen! Woran hast du gerade gedacht?“

„An nicht viel“, improvisiere ich rasch. „Ich war einfach nur im Moment. Kann ich es mal sehen?“

„Warte kurz! Ich ziehe es auf den Laptop. Das müssen wir uns in groß anschauen. Ich glaube nämlich, dass ich gar nicht viel bearbeiten muss. Vielleicht den Kontrast noch ein bisschen erhöhen, aber ich denke, ich habe dich gut eingefangen.“

Gleich darauf starre ich mich selbst auf dem Monitor an. Der Schein der Flammen wirft ein interessantes Licht auf eine Gesichtshälfte, während Schatten die andere mit scharfen Konturen modellieren. Dennoch erkenne ich mich. Und ich erkenne auch, was der Ausdruck in meinen Augen bedeutet. Ich hoffe, Sophie kann ihn nicht lesen. Wahrscheinlich würde es sie abschrecken, denn was ich ganz eindeutig sehe, ist, dass ich dabei bin, mich Hals über Kopf in sie zu verlieben.

„Gefällt es dir?“, fragt Sophie.

Ich schlucke. „Sehr. Darf ich es mit meinen Eltern

und Olivia teilen? Ich habe einen privaten Account für Fotos, den ich für sie freigegeben habe."

„Klar. Ich schicke es dir gleich, wenn du willst."

„Und ob ich will! So gut werde ich nie wieder auf einem Foto aussehen! Und ich kann später immer damit angeben und sagen: ‚Das Foto hat damals Sophie Arden gemacht.' Und alle werden ehrfürchtig fragen: ‚*Die* Sophie Arden? Die berühmte Fotografin, die gerade diese große Ausstellung in New York hat?'"

„Quatschkopf!" Sie lacht. „Und was das gute Aussehen angeht … ganz sicher kann man von dir gar keine schlechten Fotos machen. Du bist doch immer gutaussehend und um dir das zu beweisen, werde ich ab jetzt für den Rest des Urlaubs Schnappschüsse mit dem Handy von dir machen. Dann wirst du es selbst sehen."

„Bist du dir da wirklich sicher?" Ich ziehe die Oberlippe ein, blecke die Zähne und schiele.

Sophie nickt ernst. „Wusste ich es doch. Du bist wunderschön! Immer!"

Ich entspanne mein Gesicht wieder und schüttle lachend den Kopf. „Also gut, dann werden wir das Experiment wagen. Fotografiere mich, so oft du willst." Ich trinke einen Schluck Kaffee. „Wollen wir dann zum Mittelpunkt der Erde vordringen oder hast du auf etwas anderes Lust?"

„Weiterlesen, bitte. Dann kann ich gleich noch ein paar Fotos von dir machen. Aber ich denke, in einer Stunde oder so muss ich ins Bett. Ich bin schon ganz schön müde, aber noch nicht zu müde, um dir nicht noch eine Weile zuhören zu können."

„Falls ich dich doch mit meiner Stimme einschläfere, trage ich dich in dein Bett und werde dich auch gut zudecken."

Sophie lächelt. „Ich glaube, das hat seit ungefähr fünfundzwanzig Jahren niemand mehr gemacht. Fast bin ich versucht, so zu tun, als wäre ich eingeschlafen, nur um es noch einmal zu erleben."

Ich schmunzle. „Ich kann das auf jeden Fall machen, selbst wenn du noch wach bist."

„Und wie trägst du mich? Wirfst du mich über die Schulter?"

„Ich bin doch kein Höhlenmann", protestiere ich. „Selbstverständlich auf meinen Armen und drücke die Klinke zu deinem Zimmer total geschickt mit dem Fuß herunter, bevor ich dich über die Schwelle trage."

Sophie kichert. „Das klingt schön, aber vielleicht ein anderes Mal. Ich würde gerne ein Bad nehmen, bevor ich schlafen gehe. Natürlich erst, wenn du im Bad warst, solltest du auch ins Bett wollen."

„Ist schon okay. Ich räume dann solange die Spülmaschine aus und setze mich ein bisschen nach draußen. Also kein Grund, dich zu hetzen."

„Alles klar. Und jetzt bitte zurück zu Professor Lidenbrock, Axel und Hans."

***

Ich habe es mir auf einem der Liegestühle bequem gemacht und sehe nach oben. Die Sterne blinken am Himmel und ich genieße die absolute Stille, die mich umgibt. Was ich heute spontan am Strand zu Sophie gesagt habe, erscheint mir immer verlockender – hierzubleiben und mir ein neues Leben aufzubauen. Und wenn dann noch Sophie ein Teil davon wäre …

„Ich bin fertig. Das Badezimmer ist frei."

Ich drehe den Kopf und da steht sie an der Terrassentür. Ihre Haare sind hochgesteckt und sie trägt ein weites, langes T-Shirt, das dennoch viel von ihren nackten Beinen zeigt. Mein Blick bleibt offensichtlich ein wenig zu lang daran hängen, denn Sophie zupft an dem Shirt herum und sieht mich verlegen an.

„Hast du gut entspannen können?", will ich wissen.

Sie nickt. „Es war traumhaft. Zuhause habe ich keine Wanne und genieße es deshalb doppelt, wenn ich mal die Gelegenheit habe, ein Bad zu nehmen."

„Ich bade auch gerne", sage ich und schlage mir innerlich auf die Stirn. Was für eine total überflüssige Information! Was soll sie denn damit anfangen?

Sophie grinst. „Gut zu wissen. Dann wäre es also am besten, wenn wir zwei Badezimmer mit Wanne in unserem Cottage zur Miete hätten. Darauf, einen Zeitplan fürs Baden aufzustellen, habe ich nämlich keine Lust. Ich will spontan baden können, wann immer mir danach ist."

Ruckartig setze ich mich auf. „In unserem Cottage zur Miete?"

„Na ja … ich habe beim Baden darüber nachgedacht, was du heute Nachmittag gesagt hast. Es klingt wirklich sehr verführerisch. Und klar, wir kennen uns kaum, aber wir haben ja bis zum Ende des Urlaubs noch ein bisschen Zeit, uns besser kennenzulernen. Und wenn bis dahin nichts Gravierendes zwischen uns vorfällt, das uns doch davon abhält, als WG ein Haus miteinander zu teilen …“ Sie bricht ab. „Ich meine, das war jetzt nur so ein Hirngespinst. Wahrscheinlich ist es nicht besonders realistisch und du hast ja auch noch nichts Definitives entschieden, aber …“ Sie lächelt. „Hierzubleiben könnte ein richtig verrücktes, aufregendes Abenteuer werden. Und Abenteuer hatte ich definitiv viel zu wenige, seit ich erwachsen bin.“

„Ich auch“, stimme ich ihr zu. „Und Sophie?“

„Ja?“

„Ich finde nicht, dass wir uns kaum kennen. Wir kennen uns bereits ziemlich gut, seit wir uns unsere persönlichen Geschichten erzählt haben. Hast du nicht auch das Gefühl?“

Sie nickt. „Habe ich. Ich bin wirklich froh über das Unwetter in den Gardens und dass deshalb alles so gekommen ist. Sonst würde ich jetzt in einem nicht so schönen Haus sitzen, das nicht am Meer steht, und würde mir mit dem Ärger auf Annes Vater und dem Neid auf dich den ganzen Urlaub vermiesen. Und jetzt könnte es der beste Urlaub meines Lebens werden mit einem Chefkoch, einem Fremdenführer, einem Vorleser und einem Model-Versuchskaninchen, alles in einer Person, an meiner Seite.“

Ich stehe auf und verneige mich grinsend. „Stets zu Diensten, Mylady."

„Vielen Dank." Sophie macht schmunzelnd einen kleinen Knicks. „Schlaf gut, Lucien. Bis morgen früh zum Tai Chi."

„Ich freue mich schon. Gute Nacht." Mit einem letzten Lächeln verschwindet sie im Haus und ich lasse mich wieder auf den Liegestuhl fallen. Ich kann es nicht fassen, dass sie darüber nachgedacht hat, in Cornwall zu bleiben. Mit mir. Okay, sie hat gesagt, es wäre nicht besonders realistisch, und okay, sie hat extra erwähnt, dass sie es als Wohngemeinschaft betrachten würde, aber letzteres wäre immerhin ein Anfang. Und wer weiß, was sich daraus entwickeln könnte.

Ein glückliches Lächeln umspielt meine Lippen.

Ja, wer weiß …

KAPITEL 14

SOPHIE

Nach einem kurzen Aufwärmtraining, um die Muskeln zu dehnen, Übungen, um den Energiefluss im Körper anzuregen und die Atmung zu regulieren, und einem kurzen Moment der Stille, zeigt Lucien mir jetzt sehr langsam die ersten Tai Chi Bewegungen, die ich heute lernen soll.

Die Sonne scheint dabei warm auf meine Haut, das Meer glitzert und ich vergrabe die Zehen im Sand, während ich ihn beobachte und ihm zuhöre, wie er jede einzelne Bewegung genau erklärt.

Lucien bewegt sich dabei fließend und mühelos, als

ob er einen Tanz tanzt, und ich ahne schon, dass es viel Zeit brauchen wird, bis es bei mir auch so harmonisch aussieht.

Hochkonzentriert versuche ich, mir alles zu merken. Wie ich stehen soll, wie ich Beine und Füße heben und gleichzeitig Arme, Hände und Finger bewegen soll. In welche Richtung ich meinen Kopf drehen, wann ich einatmen und wann ich ausatmen soll. Ich versuche wirklich mein Bestes, aber habe jetzt schon den Faden verloren. Als Lucien fertig ist, wendet er sich mir zu.

„Und jetzt du!"

Ich kann ein Kichern nicht unterdrücken. „Tut mir leid, aber ich weiß nicht einmal mehr, wie die erste Bewegung ungefähr ausgesehen hat."

Lucien schmunzelt. „Das dachte ich mir schon. Mir ging es damals genauso. Es braucht Zeit. Ich stelle mich jetzt vor dich und wir machen es zusammen."

„Okay." Ich sehe wohl nicht sehr überzeugt aus, denn Lucien nickt mir aufmunternd zu.

„Du schaffst das. Ganz bestimmt."

Er beginnt wieder von vorne und ich bemühe mich, seinen Anweisungen zu folgen und die Bewegungen nachzuahmen. Es ist wirklich schwierig. Jede Bewegung erfordert eine präzise Koordination.

Als wir die letzte Bewegung beendet haben, beginnen wir wieder von vorne. Ich hoffe, dass es jetzt besser läuft, aber meine Arme sind verspannt, ich bin etwas unsicher auf den Beinen und komme mir total unbeholfen vor. Ich bin froh, dass er mich nicht sehen kann.

Nach dem vierten Durchgang dreht Lucien sich zu mir um. „Und jetzt du allein. Lass mich mal sehen."

Verdammt! „Äh … also … ich denke nicht, dass ich das kann, ohne dass du es mir vormachst."

„Du musst nicht perfekt sein, Sophie", beruhigt er mich. „Lass es uns einfach versuchen. Entspann dich und konzentriere dich auf deine Atmung. Ich verspreche, ich werde mich nicht über dich lustig machen. Dafür weiß ich noch zu gut, wie ich mich am Anfang angestellt habe."

Ich atme tief ein und nicke. „Na dann." Während ich mich von Luciens Anweisungen leiten lasse, geht er um mich herum, korrigiert mal meinen Stand oder die Haltung meiner Arme.

„Genau so. Ein bisschen mehr in die Knie gehen. Ganz locker. Und versuch, die Bewegungen nicht mit deinen Muskeln zu kontrollieren. Lass einfach los." Er legt eine Hand auf meine Wirbelsäule. „Den Rücken ein wenig gerader. Stell dir vor, dass ein Faden an deinem Scheitel befestigt ist, an dem sanft gezogen wird. Und bei den Handbewegungen stellst du dir am besten vor, du wärst unter Wasser. Wie bewegen sich deine Finger, wenn du das Handgelenk nach oben bewegst? Die Finger zeigen automatisch ganz locker nach unten. Senkst du das Handgelenk wieder, drückt das Wasser die Finger leicht nach oben. Die Handgelenke geben also den Takt vor. Nicht die Arme. Vielleicht versuchst du es gleich noch ein paarmal."

Ich mache, was er gesagt hat, und mit dem Bild in meinem Kopf funktioniert es plötzlich tatsächlich besser.

„Sehr gut, Sophie. Das sieht super aus. Es ist eine ganz sanfte Wellenbewegung. Hoch und runter. Die Arme dabei leicht gebogen lassen. Nach oben einatmen, nach unten ausatmen. Und jetzt den linken Fuß anheben und weit zur Seite strecken, Ferse aufsetzen und Fußspitze anheben …“

Nach einer Stunde, nachdem wir die Übungen noch ein paarmal gemeinsam Seite an Seite durchgeführt haben und es für meine Begriffe schon ziemlich synchron und ähnlich ausgesehen hat, beendet Lucien das Training.

Ich wische mir den Schweiß von der Stirn. „Das war anstrengend, hat aber wirklich Spaß gemacht. Ich habe jedoch keine Ahnung, ob ich morgen noch irgendetwas von dem weiß, was du mir heute so geduldig beigebracht hast.“

„Das ist egal. Wiederholung ist der Schlüssel zu allem.“ Lucien macht eine knappe Verbeugung, wie man sie aus Kampfsportszenen in Filmen kennt. „Danke für die gute Mitarbeit, Sophie. Ich bin stolz auf meine Schülerin.“

Ich verbeuge mich ebenfalls. „Ich danke dir, Sensei.“

„Nichts zu danken, Karate Kid. Du kannst dich gleich um unsere Wagen kümmern.“ Er hebt die Hände und macht erst mit der einen, dann mit der anderen Hand kreisende Bewegungen. „Auftragen und polieren.“

„Aber nicht mehr vor dem Frühstück, Mister Miyaki. Mir knurrt schon der Magen und Durst habe ich auch und ich sehne mich nach einer Dusche.“

„Dann nehmen wir das nächste Mal Snacks und etwas zu trinken zum Training mit. Und was das Frühstück angeht – wie wäre es mit Porridge und Früchten oder ein paar Sandwiches?“

Ich strahle. „Beides.“

„Ich liebe Frauen, die gerne essen.“ Lucien schmunzelt. „Da ich auch dringend duschen will, machen wir einen Wettlauf. Wer zuerst im Haus ist, darf auch zuerst das Badezimmer benutzen. Oder ist das zu unfair? Immerhin bist du ziemlich klein. Vielleicht sollten wir lieber Stein, Schere, Papier spielen.“

„Ich stelle mich gerne der Herausforderung.“ Ich wende mich Richtung Cottage und gehe in Stellung.

„Also gut. Wie du willst. Ich zähle bis drei. Eins –“

Lachend schubse ich Lucien zur Seite und spurte los. Aus seinen empörten Rufen wird schnell ein lautes Lachen, das ich noch höre, als ich bereits breit grinsend die Terrasse erreiche.

***

Der kleine durch Felsen windgeschützte Platz am

Strand, zu dem Lucien mich für unser Mittagessen bringt, ist tatsächlich sehr versteckt und wirklich idyllisch. Das Rauschen der Wellen, das Kreischen der Möwen, der warme Sand – alles ist perfekt. Die Luft schmeckt salzig und eine sanfte, angenehm frische Brise sorgt für eine willkommene Kühle, da die Sonne ganz schön viel Kraft hat.

„Wie traumhaft schön dieser Platz ist. So etwas hätte ich als Kind auch geliebt.“ Wohlig seufzend stelle ich den Picknickkorb ab, der in einem Schrank in der Küche stand, und hole aus meinem Rucksack zwei Strandlaken, die zum Ferienhaus gehören. Ich breite sie nebeneinander aus, raffe mein langes, weißes Baumwollkleid ein Stück und mache es mir im Schneidersitz bequem. „Wie hast du ihn gefunden?“

„Durch Zufall gleich am allerersten Tag. Als hätte er mich zu sich gerufen.“

Ich beobachte Lucien dabei, wie er den Sonnenschirm abstellt, den er samt Ständer von der Terrasse hergetragen hat. Das Ding muss ziemlich schwer sein, denn die Muskeln an seinen Oberarmen, die ich wegen seines kurzärmeligen T-Shirts netterweise gut sehen kann, sind ein Augenschmaus. Genau wie der Rest, den die dunkelgraue Badeshorts betont. Dass Rosie Lucien als knackig bezeichnet hat, trifft sowohl ganz allgemein auf ihn als auch ganz speziell auf seinen Hintern zu.

Lucien spannt den Schirm auf und richtet ihn so aus, dass ich im Schatten bin und auch sein Platz geschützt ist, bevor er sich zu mir setzt.

Ich hole eine Flasche Wasser aus dem Korb und

reiche sie ihm. „Danke fürs Schleppen."

„Gern geschehen." Er trinkt einen Schluck, streckt sich dann auf seinem Laken aus und verschränkt die Arme hinter dem Kopf. „So sollte das Leben immer sein."

„Da hast du recht." Ich krame in meinem Rucksack, schnappe mir meine Spange, stecke die Haare hoch und blicke aufs Meer hinaus.

„Willst du dich nicht auch hinlegen und entspannen?"

„Ja und nein", erwidere ich.

Lucien schmunzelt. „Bedeutet?"

„Bedeutet, dass ich mich gleich hinlegen und entspannen werde, aber gar nichts zu tun, kann ich irgendwie nicht. Das wird mir meistens schnell langweilig. Aber lass dich bitte nicht davon abhalten. Ich habe Lesestoff mitgebracht und diese Kulisse hier erweitert definitiv meine Top 5 der besten Plätze, um in einem Buch zu versinken."

„Welche gibt es da noch?", will Lucien wissen.

„In einem kleinen Café, in das jeder zum Lesen geht, beziehungsweise in einer alten Bibliothek, wo einen niemand stört, weil alle mit lesen beschäftigt sind", beginne ich aufzuzählen. „Im Park unter einem Baum, während der Wind die Blätter flüstern lässt. Auf einer breiten gepolsterten Fensterbank mit einer wunderschönen Aussicht. Und in einem gemütlichen Bett mit Unmengen an Kissen."

„Klingt alles wunderschön." Lucien hält die Hand

hoch. „Das waren aber erst vier. Da fehlt wohl noch dein Lieblingsort?“

Ich nicke. „In einem Ohrensessel oder auf einem Sofa mit einer heißen Schokolade, eingekuschelt in eine weiche Decke, vor einem prasselnden Feuer im Kamin oder Bollerofen. Im Herbst oder Winter, wenn draußen der Wind pfeift oder es schneit. Im Raum sind nur ein paar Tischlampen eingeschaltet und es brennen jede Menge Kerzen. Das alles natürlich am liebsten in einem Cottage am Meer.“

LUCIEN

Ich lächle. „Bis auf die Jahreszeit können wir das in unserem Haus nachstellen. Und bis auf die Bibliothek und die Fensterbank die anderen Lieblingsorte auch. Wir können in Annes Café lesen, wenn sie uns sagt, wann nicht zu viel los ist, damit wir ungestört sind. Und wenn wir in den Gärten oder wandern sind, finden wir bestimmt alte, verwunschene Bäume, unter denen wir es uns gemütlich machen können. Und wir können alle Kissen im Haus zusammensuchen und sie in dein Bett legen, damit du dort gemütlich lesen kannst.“

„Machen wir das wirklich?“

Sophies Augen leuchten und ich will dieses Leuchten immer wieder in ihren Augen sehen und wissen, dass ich dafür verantwortlich bin. Dass ich es war, der sie glücklich gemacht hat. Solche Gedanken hatte ich noch nie bei einer Frau. Es hat mich richtig erwischt. Und ich weiß, dass das definitiv nicht gut ist, falls sie es nicht erwidert. Ich bemerke, dass sie auf eine Antwort wartet, und nicke. „Wirklich. Welche Bücher hast du dabei?“

„Stolz und Vorurteil. Ohne dieses Buch geht es einfach nicht. Und ein Buch mit Kurzgeschichten von Agatha Christie.“

„Klingt beides gut, aber ich habe uns auch ein Buch mitgebracht, weil mir nämlich auch schnell langweilig wird, wenn ich nur faul am Strand herumliege. Ich habe es im Bücherregal in meinem Zimmer gefunden.“

„Wo ist es denn?“ Fragend hebt Sophie eine Augenbraue. „Hast du es etwa in deiner Shorts geschmuggelt?“

Ich lache. „Es liegt ganz unten im Picknickkorb.“ Ich setze mich auf, hebe den Deckel an und ziehe unter den Lunchboxen mit unserem Essen ein Buch heraus. „100 Kreuzworträtsel aus der Times, bei denen man um die Ecke denken muss, um auf die Lösung zu kommen. Noch brandneu, aber da es in meinem Regal stand, dürfen wir es wohl benutzen. Hast du vielleicht Lust?“

„Und wie! Bin bereit!“ Strahlend zieht Sophie einen Kugelschreiber aus ihrem Rucksack.

Skeptisch deute ich darauf. „Äh … ich habe extra einen Bleistift mit Radiergummi im Korb verstaut. Das wäre vielleicht ratsamer. Die Rätsel sind echt knifflig.“

„Ach Quatsch.“ Sie grinst. „Lass uns gefährlich leben!“

Wir sind so vertieft ins Knobeln, dass wir beide zusammenschrecken, als Sophies Handy plötzlich piept und eine Nachricht ankündigt.

„Von Anne. Sie fragt, ob wir später noch etwas vorhaben. Falls nicht, soll ich sie anrufen. Was meinst du?"

Ich sehe Sophie schmachtend an. „Wenn du heute Abend nicht vorhast, mich nach allen Regeln der Kunst zu verführen, habe ich nichts vor."

„Dann haben wir also nichts vor."

Sophie wählt kichernd Annes Nummer, während ich mir innerlich wieder mal gegen die Stirn schlage. Was habe ich mir nur dabei gedacht, irgendwas von Verführung zu faseln? Wieso kann ich mich nicht zurückhalten, bis ich weiß, ob Sophie für mich Ähnliches empfindet?

„Hallo Anne, wir haben später nichts vor. Aber was könnten wir vorhaben?"

Gespannt sehe ich Sophie an.

„Warte kurz, Lucien ist auch da. Ich stelle dich auf Lautsprecher."

„Hi Lucien!"

„Ebenfalls hi. Hast du wieder einen Anschlag auf uns vor?"

„So ähnlich. Das wollte ich euch gestern schon sagen und habe es komplett vergessen. Heute Abend findet im Pub ein kleines Darts-Turnier statt, das

Geraldine und Terry jedes Jahr ausrichten. Jeder kann mitmachen. Es gibt sogar Preise für die besten zehn Spieler. Der erste Platz bekommt einen großen Pokal, Platz zwei bis vier bekommen verschieden große Körbe mit Leckereien aus der Region, Platz fünf darf im Pub auf Kosten des Hauses ein Abendessen zu zweit genießen und der Rest kriegt Getränkegutscheine. Habt ihr Lust, auch mitzumachen?“

„Ich habe keine Ahnung vom Darts spielen“, gibt Sophie zu, „aber das macht bestimmt Spaß. Lucien?“

„Ich bin auch dabei und werde ein gefürchteter Gegner sein. Als Teenie hatte ich eine Dartscheibe in meinem Zimmer – ich bin also ein heißer Anwärter für den Pokal.“

Anne lacht. „Da bin ich ja mal gespannt! Pünktlich um 6 geht es los. Ich freue mich auf euch. Bis nachher.“

KAPITEL 15

SOPHIE

Die Stimmung im White Whale Inn ist ausgelassen. Alle scherzen und lachen und sind mit voller Leidenschaft beim Turnier dabei, während im Hintergrund aus der Musikanlage die Beatles tapfer gegen den Geräuschpegel ansingen.

Es wird im K.O.-System gespielt und in einer speziellen Variante, die sie sich in Galhill Bay ausgedacht haben, damit die Spiele sich bei den vielen Teilnehmern und nur einer Scheibe nicht endlos hinziehen.

Irgendwie muss man nicht auf Null enden, sondern

es reicht, die Null zu unterschreiten, und es muss auch kein Doppelfeld sein. Und man startet bei einer nicht ganz so hohen Punktezahl. Ganz habe ich es nicht verstanden, aber das ist auch egal, weil ich sowieso nicht sehr erfolgreich war. Ich bin schon in der ersten Runde ausgeschieden, aber Lucien ist noch im Rennen. Mittlerweile hat er es unter die letzten sechs Spieler geschafft und ich drücke ihm die Daumen, dass er zumindest den Essensgutschein oder einen der Fresskörbe mit nach Hause bringt.

Mit nach Hause … ich muss unwillkürlich lächeln. Das klingt schön.

Geraldine, die Wirtin, betritt den Halbkreis, der sich um die Dartscheibe gebildet hat. Sie ist ziemlich groß und recht mollig, aber wie ihr Mann Terry, der kleiner und eher hager ist, unglaublich herzlich.

„Ruhe bitte", ruft sie und alle verstummen. „Wir schreiten zur Auslosung der nächsten Partie." Sie greift in ein Samtsäckchen, zieht eine der kleinen, runden Holzscheiben heraus, die mit den Nummern der übriggebliebenen Teilnehmer beschriftet sind, und hält sie hoch. „Es ist die 7."

Tracy gesellt sich zu ihr und winkt in die Runde.

„Und der Gegner oder die Gegnerin ist …", Geraldine greift erneut in den Beutel, „… die Nummer 19."

Lucien, der bei Ranjid gestanden hat, tritt nach vorne und macht vor Tracy eine kleine Verbeugung.

Sie lächelt ihn breit an. „Gib am besten gleich auf und hol dir deinen Getränkegutschein, Jungchen.

Dann vermeidest du eine Blamage.“

Die Menge johlt, als Tracy erstaunlich flott von einem Bein aufs andere tänzelt, die Fäuste hochnimmt und ein paar Boxhiebe andeutet.

Lucien verbeißt sich ein Grinsen, macht ein paar Kampfsportbewegungen, streckt den linken Arm aus und winkt Tracy mit den Fingern heran. „Gib alles, was du hast, Lady. Ich warte.“

Alle lachen.

Geraldine hebt die Hände und es kehrt wieder Ruhe ein. „Dann bitte ich nun die Kontrahenten um einen Wurf auf das Bullseye, um auszulosen, wer beginnen darf.“

Beide werfen und Tracys Dartpfeil gewinnt. Triumphierend lächelt sie Lucien an und legt los.

Er sieht zu mir herüber und ich strecke beide Daumen nach oben. „Du schaffst das!“

***

Lucien und ich stehen mit Anne und ihren Eltern zusammen, während wir gespannt das Finale zwischen Rosie, der Siegerin des Vorjahres, und Dr. Mortimer, dem Sieger der drei Jahre davor, verfolgen.

Lucien hatte es noch eine Runde weitergeschafft und ist dann gegen Colin ausgeschieden. Aber immerhin hat er den Gutschein für das Abendessen im Pub gewonnen und sieht sehr zufrieden mit sich aus.

„Los Rosie! Zeig's ihm!“, ruft Anne und pfeift laut durch die Finger.

Ich kichere. „Ich würde mein ganzes Geld auf sie setzen. Mit ihrer Taktik, den Gegner heftig anzuflirten, um ihn aus dem Konzept zu bringen, scheint sie Erfolg zu haben. Euer Arzt ist ja völlig durcheinander. In den Runden davor hatte er jedenfalls nicht so einen hochroten Kopf.“

Shirley schmunzelt. „Als überzeugter Junggeselle ist er der Situation offensichtlich nicht gewachsen.“

„Genau wie Lucien, wenn Rosie und ihre Freundinnen ihn am Strand abfangen und ins Meer locken wollen.“ Grinsend stupse ich ihn an.

Lucien wischt sich theatralisch imaginären Schweiß von der Stirn, dann lacht er. „Ich finde sie wunderbar! Alle drei!“

„Dann wirst du begeistert sein, wenn sie auf dem Dorffest gegen Ende als Höhepunkt Mamma Mia von Abba anstimmen und dazu in 70er Jahre Klamotten eine wirklich abgefahrene Choreo tanzen“, wirft Anne ein. „Das ist immer eins der Highlights!“

„Kann es kaum erwarten!“ Lucien grinst.

„Wie sieht es eigentlich mit den Spielen für die Kinder aus?“, will George wissen.

„Ich habe mir schon welche ausgedacht und werde alles besorgen, was wir dafür brauchen. Was ich noch fragen wollte – kann ich eigentlich zum Dorffest meine beste Freundin aus Redruth einladen und ihren Mann und vielleicht ihren Bruder? Oder wollt ihr lieber keine Fremden von außerhalb dabei haben?"

„Natürlich dürfen deine Freunde kommen. Das versteht sich doch von selbst."

Lucien lächelt. „Danke. Dann gebe ich ihnen gleich morgen Bescheid."

Wir konzentrieren uns wieder auf das Spiel, das in die entscheidende Phase geht. Es ist ein Kopf-an-Kopf-Rennen und der letzte Wurf zählt. Selbst Rosie ist sich dessen bewusst und lässt Dr. Mortimer in Ruhe.

Der Arzt tritt an die Linie, schließt kurz die Augen und wirft dann den Dart mit einem schnellen Schwung aus dem Handgelenk. Der Pfeil fliegt durch die Luft, trifft ein doppeltes Feld und holt 38 Punkte.

„Das war nicht schlecht", flüstert Lucien mir zu, „aber zu wenig, um sein Spiel zu beenden, und Rosie hat jede Menge Optionen, den Sack zuzumachen."

„Viel Glück", wünscht Dr. Mortimer seiner Gegnerin und macht ihr Platz.

Wir halten alle den Atem an, als Rosie zielt, wirft und die Triple 20 trifft. Selbst ich erkenne, dass das der absolut perfekte Wurf war und stimme mit allen anderen in den Jubel ein.

Dr. Mortimer und Rosie schütteln sich die Hände und gratulieren einander zu einem spannenden Spiel.

Nigel und Hamish heben die Gewinnerin hoch und hieven sie auf ihre Schultern, was derart schwankend aussieht, dass Lucien und zwei andere Männer rasch hilfreich zur Seite springen, um zu verhindern, dass

Dr. Mortimer heute Nacht noch einmal seine Praxis aufschließen muss.

Schließlich setzen sie Rosie wieder ab und Geraldine verkündet, dass jetzt die Siegerehrung stattfinden wird und bittet die Plätze eins bis zehn in die Mitte.

Terry schaltet die Beatles ab und gleich darauf erschallt Whitney Houstons ‚One Moment In Time' aus den Lautsprechern.

Jeder, der einen Preis bekommt, freut sich. Selbst die, die nur einen Getränkegutschein gewonnen haben. Und auch Lucien grinst über das ganze Gesicht, als er seinen Essensgutschein entgegennimmt.

Zum Schluss nimmt Rosie strahlend den großen goldenen Pokal entgegen, auf dem ein Dartpfeil und die Jahreszahl eingraviert sind, und wir lassen sie noch einmal mit einem heftigem Applaus und Pfiffen hochleben!

LUCIEN

Es ist schon nach Mitternacht, als Sophie und ich langsam zum Cottage zurückspazieren. „Das war ein wundervoller Abend, oder?"

„Ganz fantastisch! Ich könnte mich wirklich an so etwas gewöhnen." Sophie lächelt. „Nicht an das Darts spielen. Ich glaube, dafür bin ich nicht gemacht, aber an dieses Gefühl, das alle miteinander verbindet. In Annes Café oder in den Pub zu gehen und immer jemanden zu treffen, mit dem man ein kleines Schwätzchen halten kann. Es ist komisch … ich habe mich nach so etwas nie gesehnt. Ich habe immer die Anonymität der Großstadt geschätzt und es war unvorstellbar für mich, in so einem kleinen Ort zu leben, wo praktisch jeder alles mitkriegt. Aber ich habe in Galhill Bay nicht den Eindruck, als würde man hinter dem Rücken der Nachbarn ständig über sie herziehen. Ich habe eher das Gefühl, dass der Zusammenhalt mehr zählt und wenn einer aus dem Dorf Probleme hat, alle überlegen, wie sie helfen können."

Ich nicke. „Es hat irgendwie etwas Tröstliches, das man nicht alles alleine bewältigen muss, wenn mal schwere Zeiten anbrechen oder man kurzfristig Unterstützung braucht. Und ich denke, es tut einem selbst auch gut, anderen unter die Arme greifen zu können, wenn sie in Not geraten."

Sophie nickt. „Das stimmt. Aus der Perspektive habe ich es noch gar nicht gesehen."

Eine Weile gehen wir schweigend weiter, bis ich mich räuspere. „Sag mal, würdest du mir die Ehre erweisen, mit mir den Gutschein einzulösen? Morgen Abend vielleicht?"

„Ist das etwa ein Date?", fragt Sophie und zwinkert mir zu.

Wie sehr ich mir wünsche, dass es eines ist, sage ich ihr natürlich nicht. Stattdessen wiege ich den Kopf. „Vielleicht … immerhin werden wir abends auswärts essen. Also, erweist du mir die Ehre?"

„Das tue ich. Du kannst mich um acht Uhr abholen."

Ich stutze. „Äh … wir wohnen zusammen."

„Ich weiß, aber das sagt man eben so." Sophie kichert. „Werfen wir uns dafür in Schale?"

„Gerne." Ich lächle. „Und haben wir Pläne für tagsüber?"

Sie überlegt kurz. „Zum Frühstück machst du mir erst einmal Crêpes. Ich gehe davon aus, dass deine französische Hälfte das im Halbschlaf kann?"

„Was für eine Frage! Ich bin geradezu ein Meister darin!"

„Deine Bescheidenheit ist wirklich sehr anziehend." Sophie grinst. „Und danach vielleicht Trebah Garden? Deine Beschreibung klang schon so wundervoll und dann habe ich mir Fotos und Videos im Internet angesehen. Ich will da unbedingt hin. Hast du auch Lust?"

„Klingt perfekt."

„Dann machen wir das." Sie atmet tief durch. „Wie klar und frisch die Luft ist. Und hörst du das?"

Ich runzle die Stirn. „Was denn? Ich höre gar nichts."

„Genau. Ist das nicht himmlisch?" Sophie sieht nach oben. „Und so viele Sterne! Ich kann mir nicht vorstellen, dass ich mich jemals daran sattsehen könnte."

Ich schaue ebenfalls in den Nachthimmel. „Dort!

Eine Sternschnuppe! Wünsch dir was! Schnell!“

Sophie bleibt stehen und schließt die Augen.

Ich betrachte sie und über meinen Wunsch muss ich nicht lange nachdenken. Ich will, dass sie mich nicht nur als Freund sieht, sondern mir eine Chance gibt, dass mehr zwischen uns entstehen könnte. Dass sie mir irgendein Zeichen gibt. Dass ich hoffen kann. Zu hoffen würde mir erstmal schon reichen.

Ein Lächeln umspielt ihre Lippen.

„Was hast du dir gerade gewünscht, Sophie?“, flüstere ich.

Langsam öffnet sie die Augen. „Das darf ich nicht sagen, sonst geht der Wunsch nicht in Erfüllung. Und du?“

„Darf ich auch nicht sagen, aber es war ein richtiger Herzenswunsch. Kein oberflächlicher.“

„War meiner auch nicht.“ Sophie lächelt und biegt in den Weg zum Cottage ein.

Ich folge ihr und hoffe, dass es dabei um mich ging.

KAPITEL 16

SOPHIE

Gebannt beobachte ich, wie Lucien konzentriert den goldgelben Crêpe in der heißen Pfanne bewacht, als eine Bewegung im Augenwinkel meinen Blick auf die Terrasse lenkt. Eine Möwe sitzt auf dem Tisch und schaut neugierig durch das Fenster zu uns herein. „Oh mein Gott!", rufe ich. „Ob das Fred ist? Sieh doch!"

Lucien zuckt erschrocken zusammen und stellt die Pfanne beiseite. „Wer?"

„Fred! Annes tanzende Möwe!" Rasch schalte ich das Radio an. George Michael singt ‚Wake me up before you go-go' und ich drehe die Lautstärke hoch, sodass man den Hit von Wham bestimmt auch noch am Strand hören kann.

Die Möwe wippt ein erst bisschen hin und her und breitet schließlich die Flügel aus. Im Takt zum Lied flattert sie mit ihnen, hopst auf dem Tisch herum, mal von rechts nach links, mal umgekehrt, mal im Kreis und auch vor und zurück und wackelt dabei mit dem Kopf.

„Was zum Teufel?“, entfährt es Lucien ungläubig.

Zum Glück habe ich mein Handy griffbereit, um alles zu filmen. „Das muss Fred sein! Er muss es einfach sein!“

„Seit wann hat Anne eine Möwe?“

„Sie hat als Kind eine verletzte, junge Möwe gefunden und gepflegt und aufgezogen. Sie hat sie Fred genannt, nach Fred Astaire, weil der Vogel immer herumgehopst und geflattert ist, sobald Musik gespielt wurde. Und von ihm hat auch Annes Café den Namen. Und sie hat gesagt, dass er sie auch heute noch oft besucht.“

„Das kann doch nicht die Möwe von damals sein“, wirft Lucien skeptisch ein.

„Doch. Ich habe es recherchiert. Möwen können bis zu 30 Jahre alt werden.“

„Das habe ich nicht gewusst.“

Den ganzen Song lang legt der Vogel eine flotte Sohle aufs Parkett und sieht dabei so süß aus, dass ich mich gar nicht mehr einkriege. Als der Radiosender als nächstes Coldplays ‚Fix You‘ spielt, hüpft die Möwe auf eine der Stuhllehnen und nickt melancholisch mit dem Kopf, bevor sie am Ende des Lieds nach einem letzten Blick auf uns wieder davonfliegt.

„Das Video muss ich sofort Anne schicken! Ich bin so gespannt, ob das wirklich Fred war!“

Als wir auf der Terrasse beim Frühstück sitzen, piept mein Handy. „Eine Nachricht von Anne. Das war Fred! Sie schreibt, dass sie früher mit ihren Eltern hier gewohnt und ihn hier auch aufgezogen hat. Er sucht sie deshalb immer erst hier, bevor er zum Café fliegt, wo sie stets Leckereien für ihn griffbereit im Kühlschrank hat. Fisch und kleine Garnelen.“ Ich schicke Anne noch ein paar Herzchen-Smileys als Antwort. „Ich habe mir so gewünscht, Fred und seine Tanzkünste zu sehen! Das werde ich niemals in meinem ganzen Leben vergessen!“

Lucien nickt. „Das war auch unvergesslich! Wie er den Takt gehalten hat. Das Video musst du mir unbedingt auch schicken. Niemand würde mir das sonst glauben! Wenn ich es nicht selbst gesehen hätte, hätte ich es auch nicht geglaubt.“

„Schicke ich dir sofort. Und auch die Fotos, die ich von dir gestern beim Darts-Turnier, beim Picknick am Strand und vom Abend davor beim Vorlesen gemacht habe. Du kannst dir ja aussuchen, welche dir gefallen.“

„Die werden mir garantiert so gut gefallen, dass ich alle poste, und meine Eltern und Olivia mich auf einmal für einen eitlen Fatzken halten.“

Ich schmunzle. „Ist alles an dich raus.“

Lucien greift nach seinem Handy und checkt die Bilder. „Oh ja, sie werden mich definitiv für einen eitlen Fatzken halten. Die werde ich gleich hochladen. Sie sind unglaublich gut, Sophie. Wirklich."

„Danke." Ich bestreiche meinen dritten Crêpe mit Erdbeermarmelade und rolle ihn auf. „Wenn wir das nächste Mal einkaufen, nehmen wir auch etwas Leckeres für Fred mit, damit wir ihn verwöhnen können, sollte er nochmal auftauchen."

„Gute Idee." Lucien schüttelt den Kopf. „Ich kann immer noch nicht glauben, was wir da gesehen haben."

Ich grinse. „Ich auch nicht."

***

Trebah übertrifft meine Erwartungen! Der spektakulär angelegte Schluchtgarten prahlt mit einer überbordenden Pracht an exotischen Pflanzen aus aller Welt. Aber auch die heimischen Pflanzen und Bäume sind derart fantastisch in Szene gesetzt, dass ich alle paar Meter stehenbleibe und ein Foto mache oder mit Lucien auf einer der unzähligen Bänke Platz nehme und einfach nur den Anblick genieße.

„Wunderschön, oder?" Lucien holt eine Thermoskanne mit Kaffee heraus, füllt einen Becher und reicht ihn mir, bevor er sich selbst einschenkt.

„Das ist es. Das war eine gute Idee von dir. Alles ist so geschmackvoll und vielfältig angelegt und ich liebe auch hier die vielen, kleinen Wege. Und von so vielen

Pflanzen habe ich noch nie etwas gehört. Und ich habe vorher live noch nie Bambus gesehen, der zehn Meter hoch gewachsen ist. Und die kleinen Wasserfälle und der Tulpenbaum waren so hübsch. Und wie gut alles duftet. Es ist ganz sicher zu jeder Jahreszeit wunderschön hier."

Lucien mustert mich lächelnd. „Du siehst sehr glücklich aus." Er zückt sein Telefon. „Lass uns ein Selfie machen, um den Moment festzuhalten. Außerdem habe ich meinen Eltern natürlich schon von dir erzählt und sie sind sehr neugierig auf dich."

„Ehrlich gesagt fühle ich mich hinter der Kamera wohler als davor. Ich bin nicht so unglaublich fotogen wie du. Ich verkrampfe immer total."

„Hm … wie wäre es damit? Wir machen, wenn es sein muss, fünfzig Fotos und du suchst eines aus, mit dem du einverstanden bist, und darfst die anderen löschen. Deal?"

„Deal!" Kurzerhand legt Lucien den Arm um mich und wir sehen strahlend in die Kamera. Seine Nähe macht mich auf eine angenehme Art nervös. Es fühlt sich alles so leicht mit ihm an und ich kann einfach ganz ich sein. Ich glaube, wenn ich ihm nur ein entsprechendes Signal senden würde, würde er mich jetzt sofort küssen. Aber es wäre vielleicht nur eine Affäre und wenn ich wirklich mit ihm in ein Haus ziehen will, wie ich mir das so als Gedankenexperiment überlegt habe, und es funktioniert dann doch nicht zwischen uns, sitze ich mit einem gebrochenen Herzen in einem fremden Land fest. Das kann ich auf gar keinen Fall riskieren.

„Fertig!“ Lucien sieht sich die Fotos an und runzelt die Stirn.

„Oh je! So schlecht?“, frage ich. „Ich habe dir doch gleich gesagt, dass ich nicht fotogen bin.“

Er schüttelt den Kopf. „Die ersten Bilder sind hinreißend, aber danach hat sich etwas verändert. Das Strahlen aus deinen Augen ist weg. Du siehst fast traurig aus.“ Besorgt sieht er mich an. „Stimmt etwas nicht?“

„Ist alles okay. Ich glaube, ich bin nur immer unsicherer geworden und habe zu viel darüber nachgedacht, wie doof ich wahrscheinlich auf den Fotos aussehe. Zeig mal.“

Er reicht mir sein Handy und ich sehe sie mir an. Wir sind wirklich ein schönes Paar und strahlen beide um die Wette. Fast, als wären wir glücklich ineinander verliebt. Aber auf den letzten Bildern kann ich ganz genau erkennen, was mir durch den Kopf gegangen ist. „Das erste gefällt mir am besten. Das darfst du nehmen und mir auch als schöne Erinnerung an diesen tollen Tag schicken.“

„Mache ich und es gefällt mir auch am besten! Und der Tag ist ja noch nicht vorbei. Heute Abend führe ich dich groß aus und werde dir neue schöne Erinnerungen bescheren.“

Mein Herz macht einen Hüpfer und ich lächle. „Darauf freue ich mich jetzt schon.“

Lucien trinkt aus, steht auf und zieht mich hoch. „Dann laufen wir jetzt bis runter an den Strand und gehen auf der anderen Seite des Gartens wieder zurück zum Auto. Dann haben wir genug Zeit, um uns schick zu machen. Ich brauche im Bad mittlerweile auch immer länger, um gut auszusehen. Früher haben ein paar Spritzer Wasser ins Gesicht ausgereicht, inzwischen ist es die reinste Restaurierung."

„Du redest manchmal so einen Unsinn." Ich knuffe ihm kichernd in die Seite. „Also gut, gehen wir los, damit du genug Zeit hast, um dich für später vorzeigbar zu machen."

LUCIEN

Prüfend werfe ich einen letzten Blick in den Spiegel im Flur. Das weiße Hemd, das dunkelblaue Jackett und die Jeans sitzen wie angegossen. Die frisch polierten, braunen Lederschuhe runden mein Outfit perfekt ab.

Mit einem zufriedenen Lächeln gehe ich nach draußen, schließe die Haustür hinter mir und werfe einen Blick auf mein Handy. Punkt acht. Entschlossen klopfe ich dreimal laut. Erst höre ich Sophie von oben ein paarmal laut meinen Namen rufen, gleich darauf öffnet sie selbst die Tür und sieht mich überrascht an.

„Was treibst du denn vor der Tür?"

„Ich bin hier, um dich abzuholen", verkünde ich strahlend.

Sie kichert. „Auf welche Ideen du immer kommst."

„Du hast gesagt, dass ich dich abholen soll." Mit einer kleinen Verbeugung überreiche ich ihr einen bunten Strauß Blumen. „Die sind für dich."

„Danke! Sie sind wunderschön … und kommen mir irgendwie bekannt vor. Hast du die etwa aus unserem Garten?“

„Ja, es war auf die Schnelle praktischer so. Aber natürlich habe ich vorher von George die Erlaubnis eingeholt, die Beete zu plündern.“

Sophie lacht. „Ich stelle sie schnell ins Wasser. Komm doch kurz mit rein und fühl dich wie zuhause.“

Grinsend folge ich ihr und wir machen uns in der Küche zusammen auf die Suche nach einer Vase, in der Sophie die Blumen gekonnt arrangiert, bevor sie sie auf den Couchtisch stellt. „Dann können wir jetzt los.“

Mein Blick wandert über sie und mein Herz schlägt schon wieder schneller. Wenn das so weitergeht, sollte ich vielleicht dringend mal Dr. Mortimer aufsuchen!

Sophie sieht wunderschön aus in ihrem smaragdgrünem Seidenkleid, das bis zum Knie reicht. Ihre Taille hat sie mit einem schmalen, hellen Gürtel betont und als Schuhe cognacfarbene, hochhackige Pumps gewählt. Die blonden Haare wellen sich leicht und umschmeicheln ihr dezent geschminktes Gesicht. Den Abschluss des Outfits bilden eine schmale Clutch in der Farbe ihrer Schuhe, goldene Ohrstecker und eine feine goldene Gliederkette. „Du siehst umwerend aus, Sophie.“

„Danke.“ Sie lächelt und zwinkert mir zu. „Du bist auch nicht übel. Da hat sich das Restaurieren auf jeden Fall gelohnt.“

„Das erleichtert mich sehr.“ Ich biete ihr meinen

Arm an. „Darf ich Mylady jetzt zum Essen geleiten?“

„Sie dürfen, guter Mann. Sie dürfen.“

KAPITEL 17

LUCIEN

Das White Whale Inn ist bereits gut gefüllt, als wir ankommen, aber Geraldine hat uns einen kleinen Tisch in der Ecke reserviert, der möglichst weit weg von den anderen Gästen ist.

Sophie und ich bestellen beide ein Bier, da wir nicht mit dem Auto gefahren sind, und gleich darauf ist Geraldine mit den Getränken wieder bei uns.

„Normalerweise würde ich euch nun die Tagesgerichte aufzählen, aber mein Mann hat sich extra für euch ein dreigängiges Überraschungsmenü ausgedacht. Ich hoffe, das ist in Ordnung?“

Sophie strahlt. „Klingt toll! Ich freue mich schon darauf!"

„Ich bin auch sehr gespannt", stimme ich zu.

„Dann gebe ich ihm Bescheid, dass es Zeit für die Vorspeisen ist." Lächelnd nickt sie uns zu und verschwindet Richtung Küche.

Kurz darauf bringt Terry uns höchstpersönlich das Essen an den Tisch und bleibt gespannt stehen, bis wir von allem einen ersten Bissen genommen haben.

Die Cornish Pasties, traditionelle Teigtaschen mit einer Füllung aus Rindfleisch, Kartoffeln und Gemüse, schmecken fantastisch, genau wie die frittierten Krabbenküchlein mit Limettenmayonnaise.

Sophie gibt ein leises Seufzen von sich. „Das ist alles unglaublich lecker. Vielen Dank fürs Kochen, Terry!"

„Ich danke dir und ist gern geschehen."

Dann wendet er sich mir zu und sieht ziemlich nervös aus.

„Und was meinst du, Lucien? Ich weiß, es ist nur eine einfache Küche und nicht so extravagant wie das, was du in Paris gekocht hast, aber ich habe mich heute besonders angestrengt, um dich einigermaßen zufriedenzustellen."

„Ich bin mehr als zufrieden, Terry. Ich bin geplättet. Ganz ehrlich. Alles schmeckt ganz ausgezeichnet. Erahne ich bei der Füllung etwa einen Hauch Sojasauce?"

Terry nickt eifrig. „Ganz genau. Das war eine eher

zufällige Entdeckung, aber ich finde, es verleiht den Pasties einen gewissen Pfiff."

„Absolut", stimme ich zu. „Und die Chiliflocken in der Limettenmayonnaise sind auch sehr raffiniert."

„Das freut mich! Dann lasst es euch schmecken. Ich kümmere mich mal weiter um den Hauptgang. Bis dann."

Lächelnd sieht Sophie ihm nach. „Wie leicht und federnd er auf einmal geht. Terry ist ja fast geplatzt vor Stolz. Das war lieb von dir."

„Es war nur die Wahrheit. Solche Gerichte würde ich in meinem eigenen Restaurant auch servieren und ich glaube, sehr viel anders würde ich sie auch nicht zubereiten."

Neugierig mustert Sophie mich. „Heißt das, du hast bereits beschlossen, ein Restaurant zu eröffnen, solltest du in Cornwall bleiben?"

Ich zucke mit den Schultern. „Ich denke schon. Es ist nun mal mein Beruf und meine Leidenschaft. Aber die Location müsste stimmen. Und ich hätte auf jeden Fall nur abends und auch nicht täglich geöffnet. Den Stress von früher würde ich mir nicht mehr antun. Daraus habe ich gelernt. Ich will das Leben auch genießen."

„Klingt sehr vernünftig." Sie greift nach ihrem Glas. „Stoßen wir auf deinen Neubeginn auf. Möge alles so werden, wie du es dir erträumst, Lucien. Du hast es verdient. Cheers!"

Dass Sophie ein Teil dieses Traums ist, behalte ich

lieber für mich. „Danke! Cheers!“ Wir trinken einen Schluck. „Und was ist mit deinem Neubeginn?“, frage ich zögernd. „Denkst du noch darüber nach, ihn vielleicht hier zu haben?“

„Die Vorstellung ist super, aber es macht mir auch Angst“, gibt sie zu. „Was ist, wenn ich alle Zelte abbreche, über den großen Teich ziehe und es sich dann doch nicht mehr so toll anfühlt, wenn es eben kein Urlaub mehr ist?“ Sie seufzt. „Ich muss darüber wirklich gründlich nachdenken und darf keine übereilten Entscheidungen fällen.“

„Das verstehe ich natürlich“, versichere ich ihr, auch wenn sich für einen Augenblick mein Herz schmerzhaft zusammenzieht. „Es ist nun einmal eine größere Sache, als nur von Frankreich aus hierzuziehen. Aber vielleicht ist es auch genau der richtige Zeitpunkt in deinem Leben, um etwas Neues zu wagen. Vielleicht ist es Schicksal, Sophie.“

„Vielleicht.“ Sie nickt und konzentriert sich wieder auf ihr Essen.

„Zum Hauptgang serviere ich Fish & Chips mit Kartoffelspalten, Erbsenpüree und Tartarsauce. Guten Appetit!“

Auch dieses Mal rührt Terry sich nicht von der Stelle, bis wir probiert haben.

„Wie luftig und knusprig die Panade ist – das ist wirklich hohe Kunst“, lobe ich. „Mit einem Hauch Kurkuma verfeinert?“

Terry nickt.

„Und bei den Kartoffelspalten war Malzessig mit im Kochwasser?“

Terry grinst breit. „Auch richtig. So hat sie meine Mutter immer gemacht.“

„Es schmeckt alles absolut exzellent.“

Auch Sophie spart nicht mit Lob und Terry schwebt glücklich zurück in die Küche.

Sophie schmunzelt. „Ich glaube, heute Nacht wird er entweder schlafen wie ein Baby oder vor Aufregung kein Auge zutun. Es ist so offensichtlich, wie viel ihm deine Komplimente bedeuten.“

„Ich freue mich, wenn er sich freut, und bin auch sehr erleichtert darüber, dass ich ihn nicht anschwindeln muss. Was ich sonst natürlich getan hätte.“

„Ich weiß.“ Sophie lächelt. „Weil du ein guter Mensch bist, Lucien.“

„Na ja, das ist vielleicht ein wenig übertrieben. Ich mache viele Fehler wie jeder andere auch, aber ich denke, dass man mit Freundlichkeit und Höflichkeit glücklicher durchs Leben kommt. Für sich selbst und für andere.“

„Das sehe ich genauso.“

Auch beim Apple Crumble zum Dessert sparen Sophie und ich nicht mit Komplimenten. Wir genießen jeden Bissen und ebenfalls den Kaffee, den Geraldine uns dazu serviert hat.

Als wir fertig sind, tritt Terry wieder an unseren Tisch und ich überreiche ihm feierlich den Essensgutschein. „Ich bin wirklich froh, dass ich den fünften Platz belegt habe und deshalb in den Genuss dieses fantastischen Menüs gekommen bin."

„Und ich bin ganz schön erleichtert, dass es euch geschmeckt hat. Und ich habe mich gefragt, ob du vielleicht Lust hast, dir mal meine Küche anzusehen? Sie entspricht natürlich nicht den Standards eines Spitzenrestaurants, aber vielleicht interessiert es dich trotzdem, mal einen Blick hineinzuwerfen?"

„Das würde ich sehr gerne." Ich sehe Sophie an. „Ist das in Ordnung? Würdest du mich für einen Moment entschuldigen?"

„Nur zu. Ich gehe inzwischen zu Geraldine an die Theke. Harriet, Tracy und Nigel sitzen auch dort."

„Alles klar." Ich stehe auf. „Terry, führe mich in dein Reich. Sophie, ich bin gleich wieder bei dir. Lauf nicht weg, ja?"

Sie lächelt. „Niemals."

SOPHIE

„Darf es noch ein Bier sein?", fragt Geraldine mich, als ich auf einem der Barhocker Platz nehme.

„Gerne noch ein Glas von dem, das ich zum Essen hatte."

„Kriegst du." Geraldine hält ein Glas unter den Zapfhahn. „Wie hat euch das Essen geschmeckt? Terry war derart nervös, ob er vor Luciens Augen und seinem erlesenen Gaumen einigermaßen bestehen kann, dass er die halbe Nacht nicht geschlafen und immer wieder das Menü umgestellt hat. So habe ich ihn noch nie erlebt."

„Das tut mir natürlich leid, aber er hätte sich keine Sorgen machen müssen. Nicht nur ich war total begeistert. Lucien hat deinen Mann mit so vielen Komplimenten überschüttet, dass er von einem Ohr zum anderen gegrinst hat."

„Wie schön!" Geraldine lächelt mich sanft an. „Das bedeutet ihm wirklich viel. Wahrscheinlich muss ich morgen auf die Tafel mit den Tagesgerichten ‚Von einem Pariser Spitzenkoch empfohlen!' dazu schreiben oder sowas."

„Ich hoffe, das bedeutet nicht, dass ihr die Preise erhöht und die Portionen kleiner werden", wirft Nigel lachend ein.

Harriet nickt. „Rein optisch sind diese Haute-Cuisine-Gerichte ja unglaublich, aber es ist immer viel zu wenig."

„Ich vermute, das liegt daran, dass sie etwa acht Gänge servieren", wende ich ein, „und man ja auch für das Dessert noch Platz haben und nicht auf halber Strecke schlappmachen soll."

Tracy seufzt laut. „Ich habe im Fernsehen mal einen Bericht über ein französisches Sterne-Restaurant gesehen. Was die in der Küche gezaubert haben, sah unglaublich aus. Alles war so hübsch angerichtet und dekoriert. Ich habe mich die ganze Zeit gefragt, wie es wohl schmeckt. Es wäre mein Traum, so ein Essen mal zu probieren, aber das wird wohl nichts werden. Erstens könnte ich es mir von meiner Rente nicht leisten. Und zweitens käme ich mir in so einem Restaurant auch total deplatziert vor. Bestimmt würde man mir das sofort anmerken und mich deshalb die ganze Zeit von oben herab behandeln. Und ich hätte ständig Angst, dass ich das falsche Besteck benutze oder mich vollkleckere."

„Wenn du möchtest, könnte ich dir dieses Erlebnis nach Galhill Bay bringen und etwas für dich zubereiten."

Tracy dreht sich erschrocken um und entdeckt Lucien, der lächelnd mit Terry hinter ihr steht.

„Ich wurde zwar bisher nicht mit einem Stern ausgezeichnet, aber ich könnte versuchen, dir deinen Traum zu erfüllen."

„Wirklich?" Tracy schluckt. „Das würdest du tun?"

„Wie könnte ich Nein sagen, wenn sich jemand etwas so sehr wünscht."

„Danke", stammelt sie gerührt. „Ich weiß gar nicht, was ich sagen soll."

„Dass es dir geschmeckt hat, sollst du danach einfach sagen. Mehr brauche ich nicht."

Harriet räuspert sich. „Äh … ist das nicht zu umständlich, nur für eine einzige Person so etwas zuzubereiten?"

Nigel nickt. „Da wäre ja wahrscheinlich der Einkauf schon wahnsinnig kompliziert. Da bliebe doch von den Zutaten bestimmt jede Menge übrig."

„Das wäre wirklich sehr schade", stimmt Geraldine zu. „Essen zu verschwenden ist eine ganz schlimme Sache. Da wäre es doch besser, gleich für mehrere zu kochen. Wir würden uns selbstlos zur Verfügung stellen und dir selbstverständlich alle Einkäufe bezahlen. Das versteht sich ja von selbst. Du sollst dich für uns ja nicht in Unkosten stürzen, nur kochen. Also, wenn du willst und es dir nicht zu aufwändig ist."

Ich werfe Lucien einen besorgten Blick zu. Vielleicht wird es ihm zu viel werden? Vielleicht ist er noch nicht wieder so weit? Doch ich sehe ein Schmunzeln auf seinem Gesicht und bin sofort etwas beruhigter.

„In Ordnung. Wenn der Personenkreis überschaubar bleibt und Terry mir seine Profiküche und vor allem seine Hilfe beim Kochen zur Verfügung stellt, machen wir das möglich."

Terry starrt ihn ungläubig an. „Du willst, dass ich mit dir koche? Haute Cuisine? Aber ich bin nur ein ganz einfacher Koch vom Land."

„Du bist Koch. Punkt. Es sei denn, du hast keine Lust."

„Keine Lust? Doch! Natürlich habe ich Lust! Es wäre mir eine Ehre."

„Genau wie mir. Dann ist es also abgemacht."

„Hast du das gehört, Schatz?", ruft Terry. „Ich

werde Haute Cuisine kochen!“

„Ich habe es gehört, mein Liebster.“ Geraldine lächelt. „Und du wirst ganz wundervoll sein.“

Dankbar nickt sie Lucien zu. Ich bemerke einen feuchten Schimmer in ihren Augen und muss selbst fast heulen.

„Wann und wo soll das Ganze denn stattfinden?“, fragt Lucien. „Ich brauche auf jeden Fall etwas Vorlauf, um mir ein Menü zu überlegen und alles zu besorgen.“

„Wie wäre es mit nächstem Dienstag hier im Pub?“, schlägt Geraldine vor. „Der ist jeden zweiten Dienstag geschlossen. Wir könnten ein paar Tische zu einer langen Tafel zusammenstellen. Oder ist das zu kurzfristig für dich?“

Lucien schüttelt den Kopf. „Das ist ja noch fast eine Woche. Das passt und ist eine gute Idee. Dann also nächsten Dienstagabend. Jetzt müssen wir nur noch festlegen, wie viele Personen zu bekochen sind.“

„Wir und der Rest vom Stammtisch“, sagt Harriet. „Und Anne, George und Shirley. Und wir dürfen Dr. Mortimer nicht vergessen. Er ist ein absoluter Feinschmecker. Ist das okay?“

Lucien lacht. „Ist völlig okay.“

***

Eine Stunde später haben Lucien und ich es uns auf

den Liegestühlen auf unserer Terrasse bequem gemacht und sehen in den Sternenhimmel hinauf. „Lucien?"

„Ja?"

„Das mit dem Menü und was du für Tracy tust und jetzt auch für die anderen – das ist unglaublich lieb von dir, aber für insgesamt sechzehn Leute zu kochen, also inklusive dir und Terry … na ja, ich mache mir ein wenig Sorgen."

„Worüber denn?"

Ich betrachte ihn prüfend. „Du bist noch dabei, dich zu erholen. Ich sorge mich, ob es nicht vielleicht zu früh ist, es dich stresst und auch schlimme Erinnerungen zurückbringt."

Lucien sieht mich an. „Ich danke dir, aber du musst dir keine Sorgen machen. Ehrlich gesagt freue ich mich darauf. Tracys Worte haben mich wirklich berührt. Genau das war es, was mich im Restaurant immer gestört hat. Dass eben nicht jeder die Möglichkeit hatte, mein Essen zu probieren. Nur die, die Geld hatten. Aber jemand wie Tracy, die von so einem Essen träumt – ich denke, wenn ich es gut hinkriege, wird ihr das für immer in Erinnerung bleiben. Für den Großteil der Gäste, für die ich früher gekocht habe, waren meine Kreationen nichts Besonderes. Sie haben das Essen nicht geschätzt, es nicht zelebriert. Den meisten ging es nur darum, dass sie es sich leisten konnten und der große Rest eben nicht. Da hätte ich ihnen auch eine geöffnete Büchse Sardinen mit ein bisschen Goldflitter servieren können, solange es nur teuer gewesen wäre."

„Solche Leute sind schrecklich." Ich schüttle mich. „Umso mehr freue ich mich, dass du dich aufs Kochen für Tracy und den Rest freust. Und wie glücklich Terry war, dass er mit dir kochen darf. Geraldine hat das fast zum Weinen gebracht."

Lucien lächelt. „Das hat sie mir zum Abschied auch gestanden und gesagt, wie dankbar sie mir ist. Aber das ist Unsinn. Das mache ich nicht, um ihm einen Gefallen zu tun. Terry ist ein toller Koch und ich brauche ihn. Fertig."

„Wie schön. Und weißt du, Lucien … nach allem, was ich über dich erfahren und wie ich dich bisher erlebt habe, bist du ziemlich dicht dran an meinem Bild von einem absoluten Traummann."

„Dicht dran? Was fehlt denn noch? Sag's mir und ich werde daran arbeiten. Solange es nicht Schlittschuhlaufen ist. Eis, Kufen und ich sind keine Freunde. Ich würde es für dich natürlich versuchen, aber meine Performance wäre extrem weit von einem Traummann entfernt. Und ich weiß nicht, ob ich deine mitleidigen und peinlich berührten Blicke ertragen könnte."

Grinsend stehe ich auf und tätschle seinen Arm. „Vielleicht sage ich es dir irgendwann, aber heute nicht mehr. Gute Nacht, Lucien."

„Wie gemein von dir, aber dann warte ich eben geduldig." Er schmunzelt. „Gute Nacht, Sophie. Schlaf schön."

„Du auch." Innerlich seufzend gehe ich hoch in mein Zimmer. Ich habe Lucien eben angeschwindelt.

Er ist nicht dicht dran, mein Traummann zu sein. Er ist es schon. Und das ist nicht gut. Gar nicht gut, wenn ich auf mein Herz aufpassen will.

KAPITEL 18

SOPHIE

Ich lehne an der Kücheninsel und warte auf Lucien, der noch im Bad ist und sich fertig macht. In einer halben Stunde treffen wir uns vor dem Pub mit dem Stammtisch, weil die Boulekugeln angekommen sind. Anne schließt das Café heute auch schon um eins, weil sie dabei sein will, genau wie ihre Eltern. Zum Glück hatte sie das Lucien noch als Nachricht geschrieben, als wir auf dem St. Michael's Mount waren, bevor er die Boulekugeln bestellt hat.

Lucien ist vorhin extrem nochmal losgefahren und hat in einem Spirituosenladen ein paar Flaschen Pastis und die passenden Gläser dazu gekauft, damit auch das

Drumherum typisch Französisch ist. Was kein Problem war, da wir heute sowieso nur Tai Chi gemacht und gefaulenzt haben.

Schließlich höre ich Schritte auf der Treppe und Lucien taucht auf.

„Wir können los!“

Fassungslos starre ich ihn an. „Ein blau-weiß gestreiftes Bretonenshirt? Ernsthaft? Jetzt fehlen nur noch eine Baskenmütze, ein rotes Halstuch, eine Flasche Rotwein, eine Zigarette im Mundwinkel und dass du dir ein Baguette unter die Achselhöhle klemmst, um der absolute Klischeefranzose zu sein.“

„Kann ich alles besorgen, wenn es dich anmacht!“

Ich grinse. „Ach nee … lass mal. Ich finde es ja irgendwie niedlich, dass du das alles so ernst nimmst und zum Boule einen auf Franzosen machst. Jetzt lerne ich diese Hälfte von dir endlich auch mal kennen. Also dann – allons-y!“

Lucien macht große Augen. „Du sprichst doch Französisch?“

„Nein, aber ein paar Brocken kriegt man im Laufe seines Lebens durch Film und Fernsehen eben mal mit. Ich beherrsche auch noch fließend oui, non, bonjour, l’amour, merci, très bien und arrividerci.“

„Äh … das letzte Wort war Italienisch.“

Ich verdrehe die Augen. „Das war ein Witz. Und jetzt komm, Monsieur de Richaud. Lassen wir die Spiele beginnen!“

***

„Ist das Terrain gut?“, fragt Anne, als wir hinter dem Pub ins Freie treten.

Lucien nickt. „Es ist perfekt. Groß genug, dass drei Partien gleichzeitig laufen können. Und das kleine Mäuerchen außen herum verhindert, dass wir die Kugeln aufwändig suchen müssen, wenn sie mal wegrollen.“

„Prima.“ Anne und ihre Eltern stellen die Tüten ab, die sie mitgebracht haben. „Der Paketbote musste die Lieferung mit einer Sackkarre ins Café bringen, weil er den Karton nicht tragen konnte. Wir hätten uns auch fast einen Bruch gehoben, deshalb mussten wir es schon auspacken und aufteilen.“

Lucien schmunzelt. „Na ja, ich habe für zwölf Leute Kugeln bestellt. Die haben schon ein ordentliches Gewicht.“ Er lugt kurz in die Tüten hinein. „Jeder nimmt sich jetzt eine der Taschen mit jeweils drei Kugeln. Welche ihr aussucht, ist erstmal egal. Ihr werdet bemerken, dass die Kugeln Rillen haben und unterschiedlich aussehen. Dazu könnte ich euch einen stundenlangen Vortrag halten, aber wichtig ist für euch jetzt nur, dass euch das hilft, eure eigenen Kugeln zu erkennen. Und nehmt auch eines von den Tüchern. Damit könnt ihr die Kugeln abwischen, wenn sie staubig oder dreckig sind.“

„Wir sind aber dreizehn“, merkt Hamish an.

„Stimmt. Ich setze erst einmal aus, damit die Partien aufgehen. Dann kann ich euch auch mit Rat und Tat zur Seite stehen, bis ihr den Dreh raushabt, und eure Fragen beantworten."

„In dem Paket war übrigens keine Rechnung", sagt Shirley. „Du musst uns noch sagen, wieviel du von uns bekommst."

„Gar nichts. Das investiere ich in ein Stück Frankreich hier und in eure Gesundheit."

Keiner will das erst annehmen, doch als Lucien darauf besteht, bedanken sich alle überschwänglich, bis er verlegen abwinkt.

„Lasst uns loslegen. Ich erkläre und zeige euch erst einmal ein bisschen was."

George reicht ihm seinen Satz Kugeln und ein Tuch.

Rupert räuspert sich. „Äh … eine Frage habe ich noch." Er deutet auf Luciens T-Shirt. „Müssen wir uns dann zum Spielen auch so ein Franzosenoutfit besorgen? Es sieht natürlich hübsch an dir aus, aber für mich ist das nichts." Er zeigt auf seinen dreiteiligen Anzug. „Ich trage eigentlich nur sowas."

Ich werfe Lucien einen triumphierenden Blick zu.

Empört sieht er Rupert an. „Das ist doch kein Franzosenoutfit. Das ist ein ganz normales T-Shirt. Auf der ganzen Welt wird das getragen."

Rosie nickt. „Genau. Wenn man Französisch aussehen will."

Lucien sieht so frustriert aus, dass wir alle lachen müssen.

„Ja, ja, macht euch nur lustig über mich." Er geht aufs Spielfeld und zieht mit dem Fuß einen Kreis auf den Boden, in den er sich stellt. „Und jetzt aufgepasst! Man kann in drei Varianten spielen. Einer gegen einen, ein Tête-à-Tête, mit jeweils drei Kugeln. Oder zwei sind in einer Mannschaft mit jeweils drei Kugeln, das nennt man Doublette. Oder man kann ein Triplette spielen, sprich drei pro Mannschaft mit jeweils zwei Kugeln. Ziel ist es, möglichst viele Kugeln der eigenen Mannschaft näher an die Zielkugel", er hebt eine kleine farbige Kugel hoch, „die man Cochonnet oder Schweinchen nennt, zu bringen als die Gegner."

Lucien erklärt weiter die Regeln und wie man die Punkte zählt und schließlich, welche verschiedenen Arten es gibt, die Kugeln zu spielen.

„Ihr könnt entweder legen oder schießen. Legen bedeutet, seine Kugel so nah wie möglich an das Schweinchen heranzubringen. Schießen bedeutet, eine gegnerische Kugel mit der eigenen wegzuschießen, weil sie am nächsten an der Zielkugel liegt und den Punkt hat. Man kann natürlich auch schießen, wenn eine gegnerische Kugel ungünstig im Weg liegt oder auch, um das Schweinchen möglichst dahin zu verschieben, dass nun die Kugeln der eigenen Mannschaft plötzlich die Punkte haben. Oder auch, um eigene Kugeln, die bereits liegen, näher an das Schweinchen heranzubringen. Alles klar so weit?"

Alle nicken.

Lucien zeigt, wie man das Gelände liest, demonstriert, wie die Haltung beim Spielen ist und erklärt, wieso man manchmal aus der Hocke spielt.

Dann wirft er, stehend im Kreis, das Schweinchen, spielt ein paar Kugeln, zeigt den Unterschied zwischen legen und schießen und sagt immer an, welche Kugel oder Kugeln gerade den Punkt haben.

Als keine Fragen mehr kommen, zieht Lucien zusammengefaltete Zettelchen aus seiner Jeans, auf denen Zahlen stehen. Eins bis drei bilden beim Triplette die Gegner von Nummer vier bis sechs. Sieben bis neun spielen gegen zehn bis zwölf.

Als ausgelost ist und die Partien feststehen, kann es endlich losgehen und man spürt die Aufregung und Vorfreude!

***

Es ist herrlich! Seit zwei Stunden spielen wir nun schon und die Stimmung ist sehr ausgelassen, was nicht nur am Pastis liegt. Es wird viel gelacht und diskutiert und ein paarmal wurde sogar bereits ein Maßband herausgeholt, um Abstände von Kugeln zum Schweinchen zu überprüfen und herauszufinden, welche Kugel den Punkt gemacht hat.

Sobald die Spiele zu Ende sind, wird neu ausgelost. Gerade spiele ich mit Anne und Colin in einer Mannschaft. Wir führen 2:0, haben jetzt aber keine Kugeln mehr und unsere Gegner, Ranjid, Shirley und Tracy, noch drei und keine unserer Kugeln liegt besonders gefährlich. Während sie sich beraten, wie sie spielen wollen, und Colin nicht mit völlig abwegigen Tipps spart, um sie zu verwirren, stupst Anne mich an.

„Gibt es etwas Neues an der Pärchenfront?" Sie deutet unauffällig auf Lucien, der gerade Nigel begeistert zu einer perfekt gelegten Kugel gratuliert.

„Hör auf, mich verkuppeln zu wollen, Anne Taylor."

„Aber ihr versteht euch doch blendend. Das sieht jeder. Was hält euch denn zurück? Man muss nach dem Glück greifen, wenn es sich einem bietet. Du willst dich doch im Nachhinein nicht ständig fragen, was alles hätte sein können, wenn du mutig genug gewesen wärst."

Ernst sehe ich sie an. „Aber genau das ist es ja. Ich will nicht voller Sehnsucht und Herzschmerz in Chicago sitzen, weil ich ganz genau weiß, wie schön es mit Lucien war." Ich seufze. „Und … na ja … er bedeutet mir inzwischen schon zu viel, als dass ich es einfach locker als Urlaubsflirt abhaken könnte. Also muss ich mich selbst schützen."

„Verstehe." Anne sieht mich zerknirscht an. „Tut mir leid, dass ich immer so darauf dränge. Es ist nur so … ich denke, ihr seid perfekt füreinander, und will nicht, dass ihr euer Glück verspielt. Die Sache mit der Doppelbuchung ist wie der großartige Anfang einer kitschigen Liebesgeschichte, die man noch seinen Enkeln erzählen kann." Sie seufzt. „Vielleicht wünsche ich es dir nur so sehr, weil ich es mir selbst auch wünsche."

Ich hebe eine Augenbraue. „Mit Lucien?"

„Wie? Nein!" Sie lacht. „Mit irgendeinem Mann, der perfekt für mich ist."

„Und wie sollte der sein?“

Anne zuckt mit den Schultern. „Eine Mischung aus Pirat und Steuerberater. Wild, aber auch solide. Ich brauche Abenteuer und Stabilität.“ Sie kichert. „Ich denke, so jemanden gibt es gar nicht.“

Ich lächle. „Wer weiß …“

„Um nochmal auf dich und Lucien zurückzukommen … du willst also stark bleiben, obwohl du ganz anders fühlst?“

„Wie gesagt, ich denke, es bleibt mir nichts anderes übrig, wenn ich emotional heil aus der Sache herauskommen will.“

„Aber gibt es denn gar keine andere Möglichkeit?“, hakt Anne nach. „Könntet ihr euch nicht gegenseitig besuchen, wenn der Urlaub vorbei ist? Klar, ihr wohnt weit voneinander entfernt, aber es hat auch seine Vorteile, wenn man nicht ständig aufeinanderhängt. Man hat keinen langweiligen Alltag miteinander, zeigt sich nur von der besten Seite, wenn man sich dann endlich wiedersieht, und es schürt die Sehnsucht.“

Schmunzelnd nicke ich. „Stimmt. Nun … eine Möglichkeit hat Lucien schon vorgeschlagen.“

Neugierig sieht Anne mich an.

„Da ich mich in Cornwall, in Galhill Bay und euch alle verliebt habe und mich in Chicago nichts hält, so ohne Job und enge Bindungen, und er sich in seiner alten Heimat, speziell in eurem Dorf, momentan am wohlsten fühlt, hat er vorgeschlagen, dass wir beide einfach hierbleiben, uns ein Haus zur Miete suchen und dort zusammen wohnen."

„Das hat er gesagt?" Annes Augen werden groß. „Wie romantisch! Da siehst du doch, wie er für dich empfindet. Das schlägt er ja wohl nicht einfach so aus Lust und Laune vor. Und Sophie, das wäre fantastisch! Mach das! Zieh hierher! Dann könnten wir beide so viel zusammen unternehmen und im Dorf lieben euch auch alle und Lucien trägt jetzt schließlich die Verantwortung für einen Bouleclub. Das wäre so schön, wenn ihr beide hier wärt."

Ihre Begeisterung ist ansteckend und in meinem Kopf entstehen wieder Bilder, wie Lucien und ich in Annes Café und im Pub sitzen, mit den anderen Boule spielen, am Strand Tai Chi und Picknicks machen, wir Ausflüge unternehmen und zusammen kochen und er mir abends vorm Kamin vorliest. Die Vorstellung ist so wundervoll und fühlt sich so richtig an, dass mir ganz warm ums Herz wird. „Es wäre schön, aber es ist auch eine wirklich große Entscheidung und ich fürchte mich davor. So richtig! Ob wir nun zusammenkommen oder nicht … mal angenommen, ich würde hierherziehen, wir finden hier oder in der Gegend ein Haus, in dem wir zusammen wohnen können … aber dann merken wir nach Wochen oder Monaten, dass es zwischen uns doch nicht funktioniert. Egal, ob als Paar oder nur als Freunde. Was mache ich denn dann? Den Schwanz einziehen und in die Staaten zurückkehren?"

Anne drückt meine Hand. „Ich weiß es nicht, aber ich finde, du solltest euch eine Chance geben, Sophie."

„Ja … vielleicht."

„Drei Punkte haben sie gemacht, aber das wird ihnen nichts nützen!", ruft Colin uns plötzlich zu. „Wer 3:2 führt, der stets verliert. Das weiß doch wirklich jeder. Los, meine Damen, zeigen wir es ihnen!"

Anne und ich salutieren zackig. „Sehr wohl!"

LUCIEN

Nach zwei weiteren Stunden sind wir alle komplett erledigt und beschließen, für heute Schluss zu machen.

Annes Mum stützt die Hände in den Rücken. „Ich hätte nicht gedacht, dass das so anstrengend ist. Ich dachte immer, das wäre ein gemütlicher Rentnersport, aber die ganze Zeit auf den Beinen zu sein, das ständige Bücken nach den Kugeln und die permanente Konzentration schlauchen ganz schön."

Ich nicke. „Es ist eben ein richtiger Wettkampfsport mit Ranglisten, Turnieren und Weltmeisterschaften."

„Bis wir so weit sind, müssen wir wahrscheinlich noch ein bisschen trainieren." Nigel stöhnt. „Jetzt muss ich aber erstmal nach Hause und ein heißes Bad nehmen. Am besten vorbeugend mit einem Badezusatz gegen Muskelschmerzen."

Lachend packen wir unsere Sachen zusammen und verabschieden uns.

Während Sophie und ich zum Cottage zurückgehen, diskutieren wir über die Partien und wie gut jeder gespielt hat.

„Ich habe sogar dreimal eine Kugel weggeschossen“, erzählt Sophie stolz. „Okay, einmal war es meine eigene und bei den anderen beiden Malen kann es natürlich auch nur Zufall gewesen sein, aber ich habe das Gefühl, es liegt mir ein bisschen. Und ich liebe dieses satte, laute Klacken, wenn man eine gegnerische Kugel mit voller Wucht trifft.“

Ich grinse. „Ich auch.“

„Es hat wirklich großen Spaß gemacht, Lucien. Uns allen. Und ich bin sicher, dass sich Galhill Bay zu einer regelrechten Bastion des Boulesports in England entwickeln wird.“

„So soll es sein. Dann hat sich die Investition ja gelohnt.“

„Und eine Investition war es in der Tat.“ Sophie wirft mir einen bewundernden Blick zu. „Es war sehr großzügig von dir, ihnen alles zu schenken. Also richtig großzügig. Anne hat kurz im Internet nachgesehen, wieviel dich allein ein Satz Kugeln gekostet hat.“

Verlegen winke ich ab. „Ich habe über viele Jahre wirklich sehr gut verdient und hatte kaum Freizeit zum Ausgeben, da konnte ich ordentlich etwas zusammensparen. Es ist also nicht der Rede wert.“

„Finde ich schon“, widerspricht Sophie, „aber na gut. Dann ein anderes Thema – denkst du schon über das Menü nach?“

„Permanent im Hinterkopf.“ Ich tippe mir gegen

die Schläfe. „Viele Ideen, jedoch noch keine konkreten Pläne. Aber wenn ich es weiß, weiß ich es."

„Ich bin schon so gespannt und habe mir auch etwas überlegt … da ich dir beim Kochen ja nicht helfen kann, soll ich mir vielleicht etwas für die Tischdeko ausdenken? Also, nur wenn du willst. Eine weiße Tischdecke reicht natürlich auch."

„Das wäre toll, Sophie. Hast du schon etwas im Sinn?"

„Nur ganz grob. Im Prinzip würde ich gerne etwas Elegantes machen, aber schlicht, um dein Star-Menü in Szene zu setzen. Aber vielleicht doch auch ein bisschen spektakulär, weil das für alle ein einmaliger Abend werden wird. Ich denke, wenn du mir dann mehr über dein Menü verraten kannst, wird mir schon etwas Passendes einfallen. Aber du musst dich nicht hetzen. Ich bin gut im Improvisieren."

„Klingt hervorragend." Ich lächle sie an. „Ich denke, wir sind ein wirklich gutes Team."

„Sind wir." Sie nickt. „Was machen wir heute noch?"

„Zusammen das nächste Gericht deiner Großmutter kochen. Und zum Essen könnten wir es uns auf dem Sofa bequem machen, auf meinem Laptop einen Film anschauen, vielleicht ‚Die Braut des Prinzen', und später den Sternen und dem Mond wieder einen Besuch abstatten. Und wir könnten uns auf die Liegestühle legen und ein Hörspiel oder ein Hörbuch anmachen? Das habe ich früher oft gemacht, aber das letzte Mal ist schon so lange her, dass ich mich gar nicht mehr genau daran erinnern kann."

Sophie strahlt. „Du hast wirklich immer die besten Ideen!"

***

Sherlock Holmes ist gerade dabei, das Geheimnis um den Hund von Baskerville zu lösen, als ich plötzlich bemerke, wie ruhig und regelmäßig Sophies Atemzüge geworden sind. Sie hat auch schon eine ganze Weile keinen Kommentar mehr abgegeben. Weder zum Nachthimmel noch zu den Bemühungen des englischen Detektivs.

Ich drehe den Kopf zur Seite und lächle. Sie ist eingeschlafen. Einen Moment überlege ich, sie sanft zu wecken, aber dann erinnere ich mich daran, dass sie gesagt hat, sie wäre seit fünfundzwanzig Jahren nicht mehr ins Bett getragen worden.

So leise wie möglich klappe ich meinen Stuhl hoch und stehe auf. Vorsichtig schiebe ich einen Arm unter ihren Rücken und einen unter ihre Knie und hebe sie langsam hoch. Sie wacht nicht auf, aber ihr Gesicht kuschelt sich wie von selbst an meine Schulter. Ich kann gerade noch einen glücklichen Seufzer unterdrücken.

Zum Glück ist die Terrassentür auf, sodass ich mich damit nicht herumplagen muss, doch bei jeder knarrenden Stufe zucke ich auf der Treppe kurz zusammen und erstarre. Aber meine Sorge war umsonst. Sophie schläft tief und fest.

Die Türklinke zu ihrem Zimmer drücke ich doch mit dem Ellenbogen herunter und nicht mit dem Fuß, und gleich darauf lege ich sie behutsam in ihr Bett und decke sie zu.

Als ich mich wieder aus dem Zimmer schleichen will, zögere ich einen Moment, bevor ich mich nach unten beuge und einen Kuss auf ihre Stirn hauche.

„Schlaf schön, Sophie", flüstere ich. „Meine Sophie."

KAPITEL 19

LUCIEN

„Ich bin so glücklich, dass ich das erleben konnte.“ Sophie seufzt.

Wir sitzen in einem kleinen Café in St. Ives in der warmen Sonne, haben uns Scones schmecken lassen und genießen noch eine zweite Tasse Tee. Sophie scrollt dabei durch die Fotos, die sie im Barbara Hepworth Museum und im Skulpturengarten gemacht hat. Das Leuchten in ihren Augen lässt mich lächeln. „Was hat dir am besten gefallen?“, will ich wissen.

Sie sieht auf. „Der Garten. Er war wie ein Sanktuarium. So friedlich und fast magisch. Und ihr

Atelier … als wäre sie gerade erst vor einer Minute hinausgegangen, um sich etwas zu trinken zu holen."

Ich nicke. „Ich bin froh, dass wir hier waren. Die Schönheit und Ruhe des Ortes und die Werke haben mich auch ziemlich überwältigt."

„Und ich freue mich schon darauf, die drei Bücher über Barbara Hepworth durchzublättern und alles zu lesen", fährt Sophie fort und klopft auf die Tasche mit dem Logo der Tate-Gallery. „Und ich freue mich über den orangefarbenen Mini-Regenschirm aus dem Museumsshop. Der passt perfekt in meinen Rucksack. So ein Wetter wie in den Lost Gardens wird mich nie wieder unvorbereitet antreffen."

Ich grinse. „Mit einem stets griffbereiten Regenschirm bist du fast schon eine richtige Engländerin."

Sophie schmunzelt. „Du hattest in den Gardens aber keinen dabei."

„Doch, aber der lag im Auto. Ich hatte nur Bedenken, dass er den Sturm nicht verkraftet. Und ich war mit meiner Regenjacke ja perfekt vorbereitet."

„Stimmt auch wieder." Sie trinkt ihren Tee aus. „Wollen wir noch ein bisschen durch die Sträßchen bummeln? Oder willst du mich tragen wie gestern Nacht? Ich wünschte echt, ich wäre wach gewesen, um das genießen zu können."

„Wir können das gerne jetzt wiederholen!" Ich spanne die Muskeln an den Oberarmen an. „Ich bin bereit!"

Sophie kichert. „Vielleicht ein anderes Mal.“

Als wir an einem Buchladen vorbeikommen, bleibt Sophie davor stehen. „Können wir kurz reingehen?“

„Na klar.“

Sophie orientiert sich einen Moment, bevor sie zielstrebig auf eine Regalreihe zugeht. Ich weiß nicht, was sie sucht, frage aber nicht nach, sondern folge ihr einfach.

Schließlich bleibt sie vor einem Regal mit den Büchern von Edith Nesbit stehen. Vorsichtig zieht sie eine Ausgabe von ‚Die Kinder von Arden‘ heraus und fährt sanft mit dem Zeigefinger über den Einband.

„Hallo, ich bin auch eine Arden“, wispert sie. „Ein Schloss habe ich zwar nicht und kann auch nicht durch die Zeit reisen und werde wohl nie auf Schatzsuche gehen, aber mit euch habe ich es oft getan. Danke für die vielen schönen Stunden.“

Einen Moment drückt sie es an sich, bevor sie es wieder zurückstellt und mich unsicher ansieht.

„Du findest das bestimmt irritierend, aber manche Bücher besuche ich immer, wenn ich in einer Buchhandlung oder Bibliothek bin.“

Mir wird ganz warm ums Herz und ich kann nicht anders. Fest schließe ich Sophie in meine Arme. „Ich finde das nicht im Geringsten irritierend“, flüstere ich in ihr Ohr. „Ich finde, das ist das mit Abstand Bezauberndste, das ich jemals gesehen habe.“ Ich spüre, dass sie meine Umarmung erwidert und einen

Moment stehen wir nur so da. Mitten im Laden mit all den Angestellten und den anderen potentiellen Käufern, aber es gibt dennoch nur uns. „Welche Bücher willst du noch besuchen?“, frage ich leise. „Stolz und Vorurteil vielleicht?“

„Genau. Kommst du mit zu Elizabeth und Mr. Darcy?“

„Nichts könnte mich davon abhalten.“

„Sieh doch! So viele Schmuckausgaben, die ich noch nie gesehen habe! Wie wunderschön sie sind! Die würden perfekt in meine Sammlung passen.“ Sophie nimmt alle heraus, die sie interessieren, setzt sich einfach auf den Boden, zieht mich zu sich herunter und blättert sie durch. „Wie wundervoll! Das hier hat so hübsche Zeichnungen.“

Sie sieht völlig verzaubert aus und mein Herz schlägt wie wild. Sophie ist so eine tolle Frau und es ist so schön, dass sie diese Begeisterung wiedergefunden hat, sich wie ein kleines Kind über Dinge zu freuen.

Nicht wie Emmanuelle, die mir jetzt einfach nur noch kühl und gekünstelt und oberflächlich erscheint. Niemals hätte sie sich in einem Buchladen auf den Fußboden gesetzt oder mit Dorfbewohnern Boule gespielt oder sich mit mir ein Hörbuch angehört. Nie hätte sie sich für einen Ausflug in einen Landschaftsgarten begeistert. Nie hätte sie die Geduld gehabt, sich von mir vorlesen zu lassen. Stattdessen hätte sie sich dabei mit ihrem Telefon beschäftigt und im Internet nach den neuesten Klatschgeschichten über wichtige Promis gesucht, um sie ins Restaurant zu locken, damit es von der PR profitiert.

Das ist nicht schlimm, sie ist eben so, aber ich frage mich, wie ich mit ihr überhaupt zusammen sein konnte, außer dass es bequem war, weil wir sowieso keine Zeit hatten, um jemand anderen kennenzulernen.

Sophie reißt mich aus meinen Gedanken, als sie aufsteht und die Bücher wieder in das Regal einsortiert.

Ich erhebe mich ebenfalls und sehe sie verwundert an. „Willst du sie nicht kaufen? In deine neue Tasche passen noch ein paar Bücher. Und wir kaufen einfach hier noch eine und ich helfe dir beim Tragen."

Sie schüttelt den Kopf. „Das passt alles nicht mehr in meinen Koffer und meine Reisetasche. Ich bestelle mir einfach irgendwann eins nach dem anderen."

Ihre Worte versetzen mir einen kleinen Stich, aber ich bewahre ein Pokerface. „Okay." Wir wollen gerade gehen, als Sophie abrupt stehenbleibt und in die Hocke geht.

„Oh! Schau mal! Das hier sieht aus wie ein gebundenes Buch, aber es ist eine Box mit einem Puzzle, auf dem Elizabeth und Mr. Darcy abgebildet sind. Und da ist noch ein Puzzle mit 1000 Teilen mit den Hauptfiguren aus Jane Austens Romanen und da noch eins mit Illustrationen."

Kurzerhand hole ich alle drei aus dem Regal. „Die kaufe ich uns. Wir können nachher zuhause gleich mit einem anfangen."

Sophie strahlt mich an. „Bist du auch der ‚erst den Rand'-Puzzler oder machst du alles durcheinander?"

„Erst den Rand und gleich mal die vier Ecken heraussuchen und zur Seite legen."

„Mache ich genauso!"

„Ich sag es ja immer wieder. Wir sind eben ein gutes Team. Übrigens, wenn du genug von St. Ives gesehen hast, würde ich gerne noch einen Abstecher nach Redruth machen. Da kriege ich auf jeden Fall alles, was ich für die Kinderspiele fürs Fest brauche. Ich habe mir eine Liste gemacht. Auch für die Sachen, mit denen ich die Geschenktüten befüllen will, die jedes Kind am Schluss bekommen soll. Egal, ob es gewonnen hat oder nicht. Anne hat mir gesagt, wie viele Kinder ungefähr da sein werden."

„Das ist eine super Idee!" Sophie macht große bettelnde Augen. „Bekomme ich auch eine Geschenktüte? Bestimmt hast du dir tolle Sachen ausgedacht! Ich befülle auch alle Tüten ganz alleine!"

Ich lächle. „Dann hast du dir selbstverständlich eine verdient."

***

Später am Abend, nachdem wir zusammen die Gemüsepfanne von Sophies Großmutter nachgekocht und mit großem Appetit aufgegessen haben, sitzen wir auf dem Sofa und puzzeln eifrig auf dem Couchtisch. Es ist so gemütlich, einfach nur zusammenzusitzen, sich damit zu beschäftigen und zu rätseln, wo welches Teil passen könnte.

„Lucien, ich finde, es wird Zeit“, sagt Sophie plötzlich.

Verwirrt sehe ich sie an. „Wofür denn?“

„Für die Eclairs, die du gemacht hast, während ich total fleißig die Geschenktüten abgearbeitet habe. Außerdem haben wir die Hälfte des ersten Puzzles bereits geschafft und uns eine Belohnung verdient. Und ich habe jetzt auch richtig Lust auf eine heiße Schokolade. Auch wenn es dafür eigentlich zu warm ist, aber es ist gerade so gemütlich.“

„Wenn das so ist, sollst du eine bekommen.“ Ich grinse. „Allerdings müssen wir improvisieren. Wir haben kein Kakaopulver, aber dafür Vollmilch- und Zartbitterschokolade. Wenn wir die kleinhacken und in der heißen Milch schmelzen, sollte es zumindest sehr ähnlich schmecken. Und wir könnten alles noch mit ein wenig Vanillezucker aufpeppen.“

„Da läuft mir jetzt schon das Wasser im Mund zusammen.“ Sophie steht auf und zieht mich hoch. „Und ich bin so gespannt auf deine Eclairs.“

„Na ja, an Olivias werden sie nicht heranreichen“, wehre ich in weiser Voraussicht bereits ab.

„Das werde ich entscheiden!“

Gespannt warte ich auf Sophies Urteil, nachdem sie den ersten Bissen genommen hat.

„Himmlisch, Lucien! Genauso lecker wie Olivias

Eclairs. Wenn ich es nicht besser wüsste, wäre ich davon überzeugt, dass es ihre sind. Es ist also offensichtlich, dass du sie jetzt auch mit Olivias geheimer Zutat gemacht hast." Sophie klimpert übertrieben mit den Wimpern. „Mit Liiiebe."

„Muss wohl so sein." Ich zwinkere ihr zu und probiere ebenfalls. Sophie hat recht. Ich schmecke auch keinen Unterschied zu Olivias Leckereien. Klar habe ich beim Zubereiten an Sophie gedacht und gehofft, dass sie gut werden, aber gleich Liebe? Das ist ein bisschen drüber. Aber vielleicht reicht es bei Eclairs auch, einfach nur in Sophie verliebt zu sein? Denn das bin ich. Das bin ich wirklich. Es ist mir so klar wie nichts zuvor in meinem Leben. Und es ist wunderschön, aber macht mir auch Angst. Ich weiß nicht, wie ich es verkraften werde, alleine mit meinen Gefühlen dazustehen. Aber ich darf mir nichts anmerken lassen. Ich will die Zeit, die ich mit Sophie habe, bis zum letzten Moment genießen und sie nicht vorher verschrecken.

„Die Schokolade ist auch unglaublich lecker, Lucien! Ich glaube, so werde ich sie ab jetzt immer trinken. Und jedes Mal werde ich dabei an diesen schönen Abend mit dir, an deine Eclairs und das Jane Austen Puzzle denken. Das ich übrigens heute noch fertig kriegen will."

Ich schiebe die düsteren Gedanken beiseite, dass Sophie meine Gefühle vielleicht nie erwidern wird, und zwinge ein Grinsen auf mein Gesicht. „Das schaffen wir!"

KAPITEL 20

SOPHIE

Um 9 Uhr fahren Lucien und ich ins Dorf, um die Spielstation für die Kinder aufzubauen und alles für den großen Spaß vorzubereiten. Rosie und ihre Freunde haben uns dafür einen langen Tisch organisiert, an dem alle Spiele stattfinden können, und sich auch angeboten, später beim Durchführen der Spiele zu helfen.

Als erstes platzieren Lucien und ich ein weißes Klebeband in der Hälfte des Tisches quer über die Platte und teilen eine der Hälften in vier Felder ein, die immer kleiner werden und die wir ebenfalls mit Klebeband markieren. In diese Felder müssen die

Kinder kleine, mit Sand gefüllte Säckchen werfen, um Punkte zu sammeln. Für das erste Feld, das breiteste, erhält man zehn Punkte, für das schmalste am Ende vierzig Punkte.

Dieses Spiel gibt es dann auch in der Variante, dass die Kinder kleine runde Holzscheiben über die Tischplatte in die Felder schubsen müssen.

Unter den Tisch stellen wir einen Karton mit Materialien für weitere Spiele ab.

Bei einem treten zwei Kinder gegeneinander an und jedes von ihnen erhält ein normales Kartenspiel. Eine Karte fehlt jedoch. Wer am schnellsten alles sortiert und die fehlende Karte genannt hat, gewinnt.

Nach einem ähnlichen Prinzip funktioniert das Spiel, in dem in einer Schüssel bunte Holzperlen liegen, zwanzig von jeder Farbe, die farblich getrennt in kleinere Schüsselchen sortiert werden müssen.

Das nächste Spiel, das wir beim Frühstück schon vorbereitet haben, ist das Nachbauen einer bestimmten Form mit bunten Plastik-Bausteinen. Sowohl die Form als auch die Farben müssen exakt übereinstimmen.

Dann gibt es noch ein Duell, bei dem zwei gleiche Puzzles mit jeweils vierundzwanzig Teilen zusammengepuzzelt werden müssen.

Ein weiteres Spiel, das Lucien sich ausgedacht hat, erfordert große Geschicklichkeit. Ein Becher ist zur Hälfte mit Holzkugeln gefüllt und zehn weitere leere Becher werden nebeneinander aufgereiht. Nun müssen die Kinder den Becher mit den Kugeln mit einer Hand anfassen und in den ersten leeren Becher eine Kugel schütten, in den zweiten zwei Kugeln und so weiter. Wir haben sehr gelacht, als wir es in der Küche ausprobiert haben. Es ist schwerer, als es sich anhört.

Beim letzten Spiel werden zehn normale Spielwürfel nebeneinander aufgereiht, in einer zufälligen Anordnung, und die Kinder müssen zehn weitere Würfel genau so hinlegen.

Als wir mit den Vorbereitungen fertig sind, lässt Annes Stammtisch sich jedes einzelne Spiel erklären, damit sie über die Regeln Bescheid wissen.

„So coole Spiele hatten wir bisher noch nie“, lobt Harriet und klopft Lucien anerkennend auf die Schulter.

„Verdammt richtig“, stimmt Rupert zu. „Und wenn die Kleinen im Bett sind, werden wir Erwachsenen uns daran versuchen!“

Lucien grinst. „Im Café habe ich übrigens einen Karton mit Geschenktüten für die Kinder abgestellt, die an jedes Kind am Schluss verteilt werden, egal ob Gewinner oder nicht.“

Hamish lächelt. „Eine wundervolle Idee. Was ist denn drin?“

„So tolle Sachen!“, sage ich. „Ein Malbuch, Buntstifte, ein Stickerbuch, Seifenblasen, ein Säckchen mit Murmeln, ein Ball mit einem Superhelden drauf, eine Mini-Spielesammlung und ein Jojo. Ein paar Süßigkeiten gibt es natürlich auch.“

„Wirklich tolle Sachen!“, stimmt Colin zu. „Da hast

du dich ja wieder in Unkosten gestürzt, Lucien. Das werden wir dir auf jeden Fall bezahlen."

Lucien schüttelt den Kopf. „So teuer war es wirklich nicht und es kommt auch überhaupt nicht in Frage. Jeder, der seine selbstgemachten Sachen verkauft, spendet seine Einnahmen und das war ja wohl viel mehr Arbeit, als nur die Sachen für die Spiele und die Geschenke einzukaufen. Das ist also mein Beitrag. Und glaubt mir, das ist viel besser, als wenn ich versucht hätte, etwas zu töpfern oder einen Schal zu stricken. Niemand hätte für diese Monstrositäten bezahlt."

Nigel schmunzelt. „Okay, dann danke schön. Und außerdem sind deine Spiele sehr nachhaltig. Wir können sie bei jeder Gelegenheit wieder herausholen und erneut für die Kinder verwenden. Eigentlich könnten wir Anne fragen, ob wir die Sachen im Abstellraum im Café unterstellen dürfen, damit wir auch mit ihnen spielen können. Ich finde, dass die Spiele ziemlich gutes Hirntraining sind und die Mobilität fördern. Und das kann definitiv keinem von uns schaden."

Rosie hebt eine Augenbraue. „Sprich du nur für dich selbst."

Wir lachen.

„Wobei können wir jetzt noch helfen?", frage ich.

Ranjid überlegt. „Viel ist nicht mehr zu tun. In einer Stunde kommt die Band, aber die kümmert sich selbst um alles. Inklusive einer mobilen Bühne, die sie mitbringen und immer zwischen Café und Pub aufstellen. Alle, die ihre Sachen verkaufen, haben eigene Tische, auf denen sie alles arrangieren. Jetzt fehlt eigentlich nur noch, dass wir die Klapptische und Bänke in einem großen Halbkreis im Bereich der Bühne aufstellen, damit genug Platz bleibt, um das Tanzbein zu schwingen."

Lucien klatscht in die Hände. „Dann gehen wir das an. Wo sind die Möbel eingelagert?"

„Im Keller der Kirche. Hier entlang!"

***

Ich laufe über das Fest, mache Fotos und versuche, die ausgelassene Stimmung einzufangen und perfekte Momente zu erwischen.

Es ist inzwischen später Nachmittag. Punkt 12 hatte sich das ganze Dorf eingefunden und die Band, bestehend aus älteren Damen und Herren, hat sofort losgelegt und die Menge mit Elton Johns ‚Crocodile Rock' in Schwung gebracht.

Gerade richte ich meine Kamera auf Lucien, der die aufgeregten Kinder ziemlich gut bändigt und immer wieder zum Lachen bringt. Ich lächle. Er wäre bestimmt ein toller Vater. Ich habe mich bisher nie intensiv damit beschäftigt, Kinder zu haben, weil mir der passende Mann dazu fehlt, was für mich immer Voraussetzung war, aber mit einem Mann wie Lucien … Himmel! Wo kommt das denn plötzlich her?

„Was ist dir eben durch den Kopf gegangen?"

Anne steht auf einmal neben mir und ich blicke sie fragend an. „Wieso?“

„Du hattest so einen erschrockenen Ausdruck auf dem Gesicht, als wäre dir gerade eingefallen, dass der Herd noch an ist.“

Ich lache und zucke mit den Schultern. „Keine Ahnung. Hast du jetzt Pause?“

„Ja. Mum hat mich im Café abgelöst.“ Sie deutet auf Lucien. „Die Spiele sind klasse und er macht das fantastisch mit den Kindern. Ich habe sie noch nie so gesehen.“

„Dein Stammtisch war auch ganz aufgeregt.“ Ich grinse. „Sie wollen die Spiele nach dem Fest benutzen, um Körper und Geist zu trainieren. Zumindest hat Nigel das vorgeschlagen. Da wird wohl in Zukunft nicht nur Bridge bei dir gespielt.“

„Ich weiß.“ Anne lacht. „Ich habe ihnen schon meinen Abstellraum zum Unterstellen zugesagt, wenn sie mir vorher helfen, ihn zu entrümpeln und neu zu organisieren, was sie natürlich sofort versprochen haben. Insofern bin ich Lucien dankbar, dass er so tolle Spielideen hatte. Diese Rumpelkammer hat es echt nötig und ich war immer zu faul, die Sache mal anzugehen.“

Ich grinse.

„Hast du schon etwas gegessen?“, will Anne wissen. „Ich habe Hunger auf etwas Warmes und brauche unbedingt eine Portion von Terrys Fish & Chips. Kommst du mit?“

„Gerne. Ich könnte auch etwas vertragen. Bisher bin ich noch nicht dazu gekommen.“ Ich wackle mit der Kamera.

„Dann hauen wir uns jetzt den Bauch voll. Das haben wir uns verdient. Und danach schauen wir uns die Verkaufsstände an, wenn du Lust hast.“

„Das machen wir. Ich habe so schöne Schals und Mützen gesehen. Davon will ich unbedingt welche kaufen.“

„Ich auch.“

Sie hakt sich bei mir unter und wir steuern den Pub an.

***

Als es dunkel wird, werden die aufgestellten Scheinwerfer eingeschaltet, die Spiele für beendet erklärt und die Kinder mit den Geschenken überrascht. Lucien überreicht jedem Kind eine Tüte und schüttelt ihm derart feierlich die Hand, als hätte es eine olympische Medaille gewonnen.

Grinsend mache ich Fotos davon und auch davon, als die Kinder auf dem Weg nach Hause neugierig die Tüten öffnen und aufgeregt die Sachen ihren Eltern zeigen.

Olivia und ihr Mann Richard, der mit seinen graumelierten Haaren und dem freundlichen Lächeln geradezu das Idealbild eines vertrauenswürdigen Arztes abgibt, sind inzwischen auch eingetroffen.

Leider ging es wegen der Arbeit nicht früher. Matt hat noch zu tun, aber zugesagt, später ebenfalls vorbeizuschauen.

Lucien und ich sitzen mit ihnen zusammen an einem Tisch, essen, trinken und reden. Hauptsächlich erzählen Olivia und Lucien Geschichten aus ihrer Kindheit und ich fühle mich ihm dadurch noch näher.

Der Spieltisch wird mittlerweile vom halben Dorf belagert und jeder ist mindestens genauso eifrig dabei wie die Kinder zuvor, die Geschicklichkeitsspiele zu meistern.

Die Band spielt immer noch voller Elan und die beiden Sänger, eine Frau und ein Mann, sind ebenfalls fantastisch und sehr ausdauernd. Sie haben bisher nur wenige Pausen eingelegt, die Terry dann mit der Anlage aus dem Pub überbrückt hat. Die Tanzfläche ist gut gefüllt, wie eigentlich den ganzen Tag über schon. Nur, dass jetzt keine Kinder mehr zwischen den Tänzern herumhüpfen.

Als ‚Can't Help Falling in Love' von Elvis angespielt wird, steht Lucien auf und streckt mir seine Hand entgegen. „Darf ich bitten?"

„Gerne."

Olivia stupst Richard an. „Ich will auch zum Tanz geführt werden."

Er springt sofort auf. „Alles, was du willst, mein Herzblatt."

Zu viert mischen wir uns unter die Tänzer.

Richard und Olivia legen eng aneinandergeschmiegt

los, Lucien und ich stehen ein wenig unschlüssig voreinander.

Schließlich gebe ich mir einen Ruck und lege meine Hände um seinen Nacken. „Du darfst jetzt deine Arme um mich schlingen, sonst sieht es so aus, als würde ich mich wie eine Ertrinkende an dich klammern, während du keinen Finger rühren willst, um mich zu retten."

Lucien lacht, legt die Arme um mich, zieht mich dicht an sich und wir beginnen zu tanzen.

Ich lege meine Wange an seine Schulter. Es fühlt sich gut an, Luciens Körper so nah an meinem zu fühlen und mich von ihm halten zu lassen. Langsam bewegen wir uns zum Takt der Musik, während die Welt um mich herum verschwimmt und es nur noch Lucien und mich gibt. Ich sehe zu ihm auf und er blickt zärtlich auf mich herab.

„Es ist schön, mit dir zu tanzen", sagt er lächelnd.

„Danke", sage ich nur. Ich weiß nicht, was ich sonst sagen soll, weil mein Herz in meiner Brust hämmert und mein Mund ganz trocken geworden ist.

„Ich bin wirklich sehr froh über Georges Fehler bei der Buchung", fährt Lucien fort. „Du bist etwas ganz Besonderes, Sophie, und ich genieße jeden Augenblick mit dir. Wenn ich bei dir bin, fühlt sich einfach alles richtig an."

Ein wohliger Schauer läuft mir bei seinen Worten über den Rücken und ich lächle. „Geht mir genauso. Ich freue mich über jede Minute, die wir zusammen verbringen, und beim Schlafengehen schon auf den neuen Tag mit dir. Es ist, als würden unsere Seelen sich bereits lange kennen." Ich verziehe das Gesicht. „Okay, das klang echt kitschig."

Lucien schüttelt den Kopf. „Kitschig ist gut. Ich mag kitschig."

Ich strahle. „Ich auch."

LUCIEN

Ich sehe in Sophies schöne Augen und der Wunsch, sie zu küssen, wird fast übermächtig, aber unser erster Kuss soll nicht mit fast ganz Galhill Bay als Publikum stattfinden.

Als das Lied fertig ist, lösen wir uns voneinander und Olivia taucht neben uns auf.

„Darf ich abklatschen, Sophie, und dich an meinen Mann weiterreichen? Ich versichere dir, er ist ein geübter Tänzer."

Sophie lacht. „Klar."

Während sie sich von Richard weiter in die Mitte führen und zu ‚Twist and Shout' von ihm durch die Gegend schleudern lässt, rockt Olivia mit mir los.

Auf einmal hält es niemanden mehr auf den Bänken und alle twisten um die Wette und singen lautstark den Text mit.

Und plötzlich ist auch Matt da und twistet durch die Menge, als gäbe es kein Morgen mehr.

Und der Song nimmt kein Ende! Die Musiker spielen einfach immer weiter, bis die ersten Tänzer schlappmachen und sich wieder auf die Bänke flüchten. Schließlich geben auch die Musiker auf und kündigen eine viertelstündige Pause an, die auch Terry nicht mit seiner Musikanlage füllt. Jeder ist sowieso zu erschöpft, um zu tanzen, und sucht sich ein Plätzchen, um sich auszuruhen.

„Matt! Du bist genau zum richtigen Zeitpunkt gekommen!“ Ich umarme ihn.

„Ich komme immer zum richtigen Zeitpunkt, mein Freund. Gab noch nie Klagen.“

Ich verdrehe die Augen und wir lassen uns neben seiner Schwester, Richard und Sophie auf die Bank fallen.

Plötzlich landet auf der Bühne eine Möwe, die sich erwartungsvoll umsieht.

„Lucien, schau!“, ruft Sophie. „Da ist Fred!“ Sie steht auf, geht nach vorne, kniet sich hin und zückt ihre Kamera.

Alle recken neugierig die Köpfe.

Anne springt von der Bank hinter uns auf, läuft zu den Instrumenten und schnappt sich eine Geige. Dann stellt sie sich auf die leere Tanzfläche und alle werden mucksmäuschenstill.

Anne fängt an, das Seemannslied ‚Hornpipe‘ zu spielen. Fred legt den Kopf schief und macht einen großen Sprung bis vor ihre Füße. Ganz langsam beginnt Anne mit der Melodie und Fred hüpft dazu auf und ab. Als sie ihr Tempo steigert, legt auch der Vogel richtig los. Er hopst um Anne herum, flattert wild mit den Flügeln und jetzt tanzen die beiden zusammen, während Anne immer schneller spielt.

Matt packt mich am Arm.

„Du meine Güte“, flüstert er. „So fühlt es sich also an, wenn es passiert.“

Fragend sehe ich ihn an. „Wenn was passiert?“

„Mein Herz hat gerade für einen Schlag ausgesetzt. Mächtig ausgesetzt. Und es ist kein medizinisches Problem. Das kann ich dir versichern. Wer ist dieses märchenhafte Wesen mit den rosa Haaren?“

„Anne. Ihr gehört das Café dort drüben. Soll ich sie dir nachher vorstellen?“

„Unbedingt! Ich fasse es nicht. Was für eine Frau! Ich bin verloren. Absolut verloren. Hat es sich für dich auch so angefühlt, als du Sophie zum ersten Mal gesehen hast?“

Ich erstarre. „Wie kommst du denn da drauf?“

„Ich bitte dich. Als ob nicht jedem sofort auffallen würde, dass du in sie verknallt bist. Und zwar bis über beide Ohren.“

Ich schmunzle und seufze. „Okay. Stimmt. Mein Herz hat auch einen Schlag ausgesetzt, als sie plötzlich im Cottage aufgetaucht ist und mich aufgefordert hat, zu verschwinden. Aber ich dachte damals, es lag nur an dem Schrecken, dass auf einmal eine wildfremde Frau vor mir stand.“

Matt klopft mir auf die Schulter. „Dann sind wir

also beide verloren und können nur hoffen und beten, dass wir erhört werden."

Ich seufze erneut. „So ist es."

Anne beendet das Stück, legt die Geige weg und geht in die Hocke. Die Möwe läuft auf sie zu und sie streichelt über ihr Köpfchen. „Und jetzt flieg nach Hause, Fred, bevor du noch Ärger bekommst, weil du so lange unterwegs bist. Komm morgen vorbei. Ich habe leckeren Fisch für dich."

Der Vogel nickt und sieht aus, als hätte er alles ganz genau verstanden. Er reibt seinen Kopf nochmal an ihrer Hand, dann hopst er ein Stück zur Seite und fliegt davon.

Wir sehen ihm alle nach und als er verschwunden ist, bricht mächtiger Applaus aus und Anne verbeugt sich grinsend, bevor sie wieder Platz nimmt.

Geraldine betritt die Bühne und geht ans Mikrofon. „Einen Dank an Anne und Fred! Ihr wart der Wahnsinn!"

Alle klatschen noch einmal Beifall.

„Und nach diesem überraschenden Höhepunkt erwartet euch bereits der nächste, der auf unserem Fest bereits Tradition geworden ist. Ach, was sag ich! Legendär ist der richtige Ausdruck! Meine Freunde, sie kommen nicht aus Schweden und keine von ihnen heißt Agnetha oder Anni-Frid, genau genommen fängt keiner ihrer Namen mit A an, aber das hindert sie nicht daran, sich in ihre 70er Jahre Glitzerfummel zu werfen und euch tänzerisch und gesanglich mit der Karaoke-Version von Abbas ‚Mamma Mia' zu unterhalten. Bitte begrüßt mit einem tosenden Applaus Rosie, Harriet und Tracy!“

Die drei älteren Damen verlassen winkend und lachend Annes Café, in dem sie sich umgezogen haben, und werden mit lauten Jubelrufen und begeisterten Pfiffen empfangen! Sie tragen Schlaghosen und Blusen aus Satin in Blau, Gelb und Pink und sind grell geschminkt. Auf Plateauschuhe haben sie zum Glück verzichtet, sonst wäre Dr. Mortimer sicherlich der Angstschweiß ausgebrochen.

Auf der Tanzfläche nehmen sie Stellung ein, mit Rosie in der Mitte. Geraldine reicht allen Mikros und Terry wirft die Musikanlage an.

Es ist spektakulär! Anders kann man es nicht beschreiben! Die Choreographie ist ausgefeilt und man merkt, dass sie die Nummer nicht zum ersten Mal aufführen. Ihre Stimmen treffen zwar nicht jeden Ton, aber die Drei sind mit so viel Leidenschaft und Spaß dabei, dass der Rest völlig egal ist.

„Was ist das denn für ein verrücktes Dorf?“, ruft Matt lachend, springt wie so viele andere auf, stimmt in den Song mit ein und tanzt dazu.

Mich hält es auch nicht mehr auf meinem Platz und ich sehe zu Sophie, die auf eine Bank gestiegen ist, lauthals mitsingt und dabei Fotos von dem Auftritt macht.

Matt hat ja so recht mit seinen Worten von vorhin. Ich bin verloren – und ich liebe es!

Nach dem gigantischen, mit heftigem Applaus belohnten Auftritt der Abba-Klone, betritt die Band wieder die Bühne und kündigt noch drei langsame Nummern an, bevor sie, wie immer, Punkt Mitternacht das letzte Lied spielen und das Fest damit beenden werden.

Da Harriet, Rosie und Tracy, noch in ihren schrillen Kostümen, Lucien für die letzten Tänze in Beschlag nehmen, tanze ich mit Terry, Rupert und Ranjid und beobachte interessiert, dass Matt und Anne sich nach zwei Tänzen auf die Stufen zum Vorplatz der Kirche zurückziehen und miteinander reden. Sie passen wirklich gut zusammen, aber ich habe Matts Ruf nicht vergessen und mache mir deshalb auch ein wenig Sorgen.

Als das dritte Lied beendet ist, tragen Hamish und Dr. Mortimer einen Tisch auf die Tanzfläche und wir Tänzer machen ihnen Platz. Alle, die noch gesessen haben, gesellen sich ebenfalls zu uns. Geraldine hebt die Spendenbox hoch, öffnet sie und leert das gesamte Geld in eine große Schüssel.

Lucien bahnt sich einen Weg an meine Seite und wir sehen, wie alle anderen auch, gebannt dabei zu, wie Geraldine das Geld zählt. Es sollte langweilig sein, aber das ist es nicht. Wir sind so gespannt, wieviel zusammengekommen ist.

Schließlich ist sie fertig, gibt der Band ein Zeichen und der Schlagzeuger spielt einen Trommelwirbel.

Strahlend wendet Geraldine sich an uns alle. „Vielen Dank, dass ihr heute so viel gekauft und so großzügig gespendet habt! Wir konnten die Summe vom letzten Jahr noch steigern. Insgesamt sind es dieses Mal knapp dreitausend Pfund geworden! Vielen Dank! Und an denjenigen, der zehn 50-Pfund-Noten in einem Umschlag in die Box geworfen hat – wer immer du bist, danke!“

Fragend werfe ich Lucien einen Blick zu. Grinsend legt er den Zeigefinger an die Lippen und mir wird ganz warm ums Herz.

„Nochmal vielen Dank an jeden edlen Spender“, fährt Geraldine fort. „Jedes Pfund macht einen Unterschied und hilft dabei, dieses Mal viele Kinder glücklich zu machen! Und nun bitte ich euch, wie jedes Jahr zum Abschluss, euren Nachbarn links und rechts für ‚Auld Lang Syne‘ die Hand zu reichen und mitzusingen.“ Sie greift nach den Händen von Hamish und Dr. Mortimer.

Bis auf den Scheinwerfer, der auf die Band gerichtet ist, werden alle ausgeschaltet, und Lucien nimmt meine linke Hand fest in seine, Annes Mum meine rechte.

Die Band fängt an, das Intro zu spielen, und dann singen wir. Nur wir. Keiner von der Band singt mit.

„Should auld acquaintance be forgot,

and never brought to mind?

Should auld acquaintance be forgot,

and days of auld lang syne?”

Es ist berührend, das Lied fast im Dunklen mit

allen zu singen, und mir steigen Tränen in die Augen. Ich spüre, wie Lucien meine Hand drückt und sanft mit dem Daumen darüber streichelt, und ich lehne meinen Kopf an seine Schulter.

Und während wir singen, hören die Mitglieder der Band einer nach dem anderen auf zu spielen, verlassen leise die Bühne und gehen in Annes Café, wo sie ihre Sachen gelagert haben.

Wir singen a capella weiter und es klingt so schön und wehmütig, dass sich mein Herz gleichzeitig vor Freude und Kummer zusammenzieht.

Als das Lied beendet ist, bleibt es ruhig. Es wird nur wenig gesprochen und wenn, dann leise. Die Hälfte macht sich auf den Weg nach Hause, die andere fängt mit Aufräumen an, während die Band ebenfalls abbaut.

Lucien und ich packen an, wo es nötig ist, und auch Olivia, Richard und Matt helfen mit, bevor sie sich wieder auf den Weg nach Redruth machen.

Es ist schon nach zwei Uhr, als Lucien und ich nach Hause laufen. Er bietet mir seinen Arm an und ich hänge mich bei ihm ein. Wir sind beide zu müde, um zu reden, aber das macht nichts. Es ist perfekt so, wie es ist. Der perfekte Abschluss für einen perfekten Tag.

KAPITEL 21

LUCIEN

Nachdem wir am Vormittag vor dem Frühstück Tai Chi an unserem gemeinsamen Lieblingsort, dem durch Felsen geschützten Picknickplatz am Strand, gemacht haben, parke ich gegen Mittag meinen Wagen am Rand vom Bodmin Moor und wir wandern los.

Kurz überlegen wir, einem der vorgeschlagenen Rundwege zu folgen, beschließen dann aber, uns einfach treiben zu lassen.

„Es ist wunderschön hier“, schwärmt Sophie. „So sehr ich es liebe, am Meer zu sein – diese karge, mystische Hochmoorlandschaft mit Heidekraut und hohen Gräsern mag ich auch sehr. Und dass hier immer mal wieder Rinder, Schafe und auch Ponys herumstehen, gefällt mir auch. Damit hätte ich nicht gerechnet."

Ich nicke. „Soweit ich weiß, gehören die Tiere den Leuten, die in der Gegend des Moors wohnen, und sie dürfen sie frei herumlaufen und überall weiden lassen."

„Toll! Wo gehen wir jetzt eigentlich hin? Haben wir ein Ziel?"

„Wir haben sogar drei Ziele. Zuerst gehen wir zu den Hurlers."

„Und das ist was?"

„So nennt man eine Gruppe von drei Steinkreisen aus der frühen Bronzezeit, etwa fünftausend Jahre alt. Die Steine sind nicht so groß wie in Stonehenge, aber meiner Meinung nach ist das nicht schlimm, denn hier man darf die Steinkreise betreten und die Menhire auch anfassen. Ich finde, das schafft nochmal eine ganz andere Art von Verbindung zu solch einem Ort."

„Das finde ich auch!"

Als wir kurze Zeit später bei den Hurlers ankommen, wo schon ein paar Touristen herumlaufen, bin ich gespannt, ob Sophie vielleicht doch enttäuscht ist, was die Größe der Steine angeht, aber das Gegenteil ist der Fall.

„Beeindruckend", flüstert sie. „Es sind nur Steine, aber es sind eben nicht nur Steine. Vor ein paar tausend Jahren haben Menschen sich große Mühe gegeben, sie genau so aufzustellen, und jetzt gibt es sie immer noch. Wieso heißen die Steinkreise Hurlers? Weißt du das?“

„Die mittelalterliche Legende besagt, dass die Menhire Menschen waren, die zur Strafe in Stein verwandelt wurden, weil sie an einem Sonntag Hurling gespielt haben. Gehört habe ich aber auch schon mal, dass sie in Stein verwandelt wurden, weil sie an einem Sonntag gefeiert und getanzt haben. Deshalb nennt man die beiden Steine dort drüben Pipers, weil das die Musiker sein sollen, die zum Tanz aufgespielt haben.“

Vorsichtig streichelt Sophie über einen Stein. „Vielleicht stimmt es ja, aber auch ohne die Legenden fühlt es sich hier magisch an. Es ist wirklich ein ganz besonderer Ort. Weiß man, warum die Steinkreise errichtet wurden? Als Kalender oder so?“

Ich krame in meinem Gedächtnis. „Wenn ich mich richtig an meinen Aufsatz in der Schule nach einem Ausflug hierher erinnere, geht man davon aus, dass sie zeremoniellen Zwecken dienten und dass die Ausrichtung der Kreise auch auf andere Landmarken hinweist. Aber da wäre es ratsamer, nochmal im Internet zu recherchieren, wenn du es ganz genau wissen willst.“

„Vielleicht mache ich das nachher, aber jetzt will ich diesen Ort mit allen Sinnen genießen.“

Während Sophie und ich zwischen den Steinen spazieren gehen und die Stimmung in uns aufsaugen, holt sie die Kamera aus ihrem Rucksack, macht ein paar Fotos und zeigt sie mir.

Anerkennend nicke ich. „Zusammen mit den dramatischen Wolken wirken deine Bilder von den Steinen sehr geheimnisvoll. Und da du es geschafft hast, keinen der anderen Besucher mit auf die Fotos zu kriegen, könntest du dafür auch weit in die Vergangenheit gereist sein."

„Danke." Sophie lächelt. „Würdest du das gerne machen, wenn du es könntest? In die Vergangenheit reisen, meine ich. Wohin würdest du reisen und in welche Zeit? Es darf aber nicht dafür sein, um etwas im eigenen Leben oder historisch zu verändern. Du wärst nur als Tourist unterwegs."

„Ich würde sowieso nichts an meinem Leben verändern, Sophie, denn alles, was mir bisher passiert ist, hat mich schließlich zu einem doppelt vergebenen Cottage geführt und damit zu dir."

Sophies Augen leuchten, als sie zu mir aufsieht, und da ist sie wieder! Diese fast greifbare Anziehung zwischen uns, genau wie gestern bei unserem Tanz. Ich lege meinen Zeigefinger unter ihr Kinn und will mich gerade zu ihr hinunterbeugen, als eine Reisegruppe voll lärmender Touristen die Hurlers stürmt und den Moment verdirbt. Verdammt!

Sophie sieht zu ihnen hinüber. „Ich habe wirklich nichts gegen Touristen, ich mache ja selbst Urlaub hier, aber müssen sie an diesem Ort so laut sein? Das fühlt sich falsch an. Lass uns schnell weitergehen. Wo liegt unser nächstes Ziel?"

Ich deute nach rechts. „Weiter die Hügel hoch."

Wir marschieren los.

„Also, Lucien, ich habe nicht vergessen, dass du mir noch eine Antwort auf meine Frage nach einem Trip in die Vergangenheit schuldest."

„Von dir weiß ich ja schon, dass du Monsieur Verne und Miss Austen gerne sagen würdest, wie sehr sie auch heute noch geliebt und verehrt werden. Gegen solch edle Motive kann ich wahrscheinlich nur verlieren."

Sophie grinst. „Sei ruhig oberflächlich. Das ist in Ordnung."

„Mach dich nur lustig über mich." Ich knuffe sie leicht in die Seite. „Okay, dann würde ich erst einmal an die Orte und in die Zeit zurückreisen, als Dinge geschehen sind, die immer noch zu den großen Rätseln der Geschichte zählen." Ich grinse. „Um dann wahrscheinlich festzustellen, dass alles ganz anders war und die Wissenschaft völlig danebenliegt."

Sophie lacht. „Welche Rätsel denn?"

„Ach, so viele. Wie haben die alten Ägypter die Pyramiden tatsächlich gebaut? War König Artus real? Gab es wirklich im 9. Jahrhundert eine Päpstin? Was stimmt an den Geschichten über die Bundeslade? Wo genau lag Atlantis, falls es Atlantis überhaupt gab? Es müsste aber möglich sein, mich auf diesen Reisen unsichtbar zu machen. Sonst wäre es mir zu gefährlich. Nicht, dass man mich aufgrund meines Aussehens und meiner Größe für einen Gott hält und plötzlich Felszeichnungen von mir oder Abbilder auf Vasen in Museen auftauchen. Da halte ich es lieber mit Star Trek und der Obersten Direktive der Sternenflotte, die jegliche Einmischung in die Entwicklung fremder

Zivilisationen verbietet. Ich würde den Verlauf der Geschichte nur ungern durcheinanderbringen wollen."

Sophie kichert. „Bist du ein Trekkie?"

„Das nicht, aber ich habe viele Folgen der Originalserie und der Serienableger gesehen und da kriegt man das eben mit. Obwohl ich jetzt nicht sicher bin, ob sich die Oberste Direktive nur auf Zivilisationen bezieht, die noch keine Warp-Technologie entwickelt haben."

„Für einen Nicht-Trekkie weißt du aber ganz schön viel", neckt Sophie mich.

Ich verdrehe die Augen.

„Wenn wir Zeitreisen machen könnten, könnte ich vielleicht doch als eine echte Arden mal auf Schatzsuche gehen. Ich wollte immer wissen, was es mit dem Schatz der Tempelritter auf sich hat. Das wäre aufregend!"

„Absolut", stimme ich ihr zu.

SOPHIE

Etwa eine halbe Stunde später kommen wir am Cheesewring an, eine etwa zehn Meter hohe Felsformation aus Granitblöcken auf einem Hügel. Es sieht beeindruckend aus und der Ausblick von hier oben ist wunderschön. Aber nicht nur wir wollen die Aussicht genießen.

Lucien seufzt, als er die vielen anderen Besucher

sieht. „Tja, eigentlich wollte ich mit dir ja hier ein Picknick machen, aber da offensichtlich bei jedem Ausflügler auf der To-do-Liste steht, vor dem Felsturm für ein Selfie zu posieren, suchen wir uns lieber ein ruhigeres Plätzchen."

Ich nicke und wir gehen weiter.

Nach etwa einer Viertelstunde haben wir einen schönen Ort für eine Rast gefunden, von wo aus wir einen genauso wunderbaren Ausblick über das Moor, die Hügel und die tiefen Täler haben.

Lucien setzt seinen Rucksack ab, den er im Abstellraum des Cottage entdeckt hat, und holt eine gerollte Picknickdecke heraus, die er ebenfalls dort gefunden hat und die auf einer Seite mit einem wasserabweisenden Material beschichtet und für diese Landschaft definitiv besser geeignet ist als eine normale Wolldecke.

Er breitet sie aus, wir setzen uns und packen alles aus, was wir sonst noch dabei haben. Zwei Thermoskannen mit Tee und Kaffee, Tassen, zwei Flaschen Wasser, Servietten, Gabeln, zwei Schüsseln mit Deckeln, in denen sich Reissalat mit Gemüse befindet, den Lucien heute Morgen gemacht hat, sowie zum Nachtisch die restlichen Eclairs.

Mit großem Appetit machen wir uns über das Picknick her.

Lucien streckt die Hand aus. „Das dort drüben ist der Gipfel des Brown Willy. Der höchste Punkt nicht nur im Moor, sondern in ganz Cornwall. Von dort hat man auch einen spektakulären Blick auf das gesamte Moor."

„Können wir da hoch?"

„Können wir, aber das ist nichts für heute. Dafür sollten wir besser vorbereitet sein mit richtigen Wanderschuhen, sicherheitshalber Regenjacken und mehr Verpflegung. Und dafür sollten wir auch früher aufbrechen und dann tatsächlich einen der Rundwanderwege nutzen. Es gibt einen schönen, der uns nicht nur auf den Brown Willy führt, sondern auch auf den Rough Tor Hügel."

„Klingt super. Wieso heißt euer Berg Brown Willy?"

„Das weiß ich ehrlich gesagt nicht genau. Brown kommt auf jeden Fall vom keltischen Wort Bron für Hügel. Über Willy kann ich dir leider nichts sagen."

„Schaue ich später im Internet nach." Ich deute mit der Gabel auf den Reissalat. „Schmeckt fantastisch. Genau richtig für ein Picknick. Danke fürs Zubereiten."

„Gern geschehen. Übrigens wegen morgen … es tut mir leid, aber da muss ich dich wahrscheinlich bis zum frühen Abend alleine lassen. Ich habe gestern mit Terry abgesprochen, dass ich ihn um 6 Uhr in der Frühe abhole. Er will mir seine Lieferanten und ihre Ware vorstellen und wir wollen schon alle Zutaten für das Menü ordern, die Terry dann Dienstagmorgen abholt. Wenn wir wieder zurück sind, bleibe ich bei ihm, bis er sich um die Tagesgerichte für den Pub kümmern muss. Wir wollen die Rezepte und Abläufe besprechen und in der Küche schon ein paar vorbereitende Arbeiten erledigen."

„Das muss dir nicht leidtun, Lucien. Ich will morgen sowieso die Fotos vom Dorffest durchgehen und sie bearbeiten." Aufgeregt blicke ich ihn an. „Das heißt also, das Menü steht?"

„Ja. Und zum Glück isst jeder alles, sodass ich mir darüber keine Gedanken machen musste."

„Dann weihe mich mal ein, oh großer Meister, damit ich mir Gedanken über die Tischdeko machen und alles besorgen kann."

Lucien grinst, zückt sein Handy und geht zu seinen Notizen. „Also, als Vorspeise gibt es …"

***

Nachdem wir aufgegessen und ich noch ein paar Fotos gemacht habe, von Lucien und von uns und von der Landschaft, packen wir zusammen. „Wohin führst du mich jetzt? Zwei Ziele haben wir ja schon erreicht. Die Hurlers und den Cheesewring. Was ist Nummer drei?"

„Verrate ich noch nicht. Dafür gehen wir aber erst zum Auto zurück und fahren auf dem Rückweg daran vorbei."

Ich grinse. „Geheimniskrämer."

„Ich tue, was ich kann."

„Das wollte ich dir zeigen, Sophie. Ein weiterer Ausflug in die Vergangenheit Cornwalls."

Ich folge Lucien durch eine Art Drehkreuz mit einem Törchen, weil man nicht nebeneinander durchgehen kann, dann betreten wir eine Wiese. Und auf der steht ein Gebilde, von dem ich nicht sagen kann, was genau es ist. Es sind mehrere aufgerichtete Steine, die von einem horizontalen Stein bedeckt werden. „Was ist das?"

„Es heißt Trethevy Quoit und wurde vor etwa 5500 Jahren errichtet. Es ist eine Grabkammer. Aber nicht für eine einzige Person, sondern es ist ein Gemeinschaftsgrab. Hier drin wurde die Asche der Verstorbenen bestattet. Die Deckplatte", Lucien deutet nach oben, „wiegt um die zwanzig Tonnen und keiner weiß, wie sie die da hochgekriegt haben."

„Das wäre also auf jeden Fall auch einen Trip in die Vergangenheit wert, um mehr darüber zu erfahren."

Lucien schmunzelt. „Stimmt."

Langsam gehe ich um das Monument herum. „Man fühlt sowas wie Ehrfurcht und Respekt. Welch große Bedeutung das hier für die Gemeinschaft der Menschen, die hier gelebt hat, gehabt haben muss, wenn sie sich solche Mühe gegeben haben."

Lucien nickt. „Und es ist wirklich friedlich hier. Und obwohl gleich nebenan Häuser aus unserer Zeit stehen, spürt man die Vergangenheit sehr intensiv."

Wir bleiben noch eine Weile, während ich versuche, mit der Kamera die Stimmung einzufangen, dann gehen wir zum Auto zurück.

Als wir wieder an dem Drehkreuz ankommen, geht Lucien vor, schließt das Törchen hinter sich und lehnt sich dagegen.

Fragend hebe ich eine Augenbraue.

„Das hier nennt man Küsstor“, erklärt er.

„Aha. Wieso?“

„Weil immer nur eine Person durchgehen kann. Und wenn die andere Person auch durchgehen möchte, wird sie nur nach einem Kuss herausgelassen. Und das ist Tradition und ich bin nicht sicher, ob wir es wagen können, sie zu brechen.“ Lucien streichelt zärtlich über meine Wange. „Darf ich dich küssen, Sophie?“

Einen Moment zögere ich, habe um mein Herz Angst, doch dann nicke ich. Ich will es so sehr! „Du darfst, Lucien.“

Lächelnd beugt er sich zu mir. Ich fühle seinen warmen Atem auf meinem Gesicht. Mein Herz rast vor Aufregung und dann küsst er mich sanft. Ich spüre seine Lippen auf meinen, Wärme strömt durch meinen Körper und gleichzeitig prickelt er vor Verlangen. Unser Kuss wird intensiver und meine Knie werden weich. Es gibt nur noch Lucien und mich und die Welt um uns herum scheint stillzustehen. Irgendwann lösen wir uns atemlos voneinander, Lucien öffnet das Törchen, lässt mich raus und zieht mich in seine Arme.

„Das wollte ich schon so lange tun“, flüstert er in mein Ohr. „Dich küssen. Ich habe Tag und Nacht davon geträumt. Seit dem Abend des Unwetters, als wir das erste Mal richtig miteinander geredet haben.

Aber ich war unsicher, ob du das auch willst. Deshalb habe ich gewartet, ob ich irgendwelche Signale von dir erhalte. Und dann war ich unsicher, ob ich die richtig interpretiere oder sie mir nur so zurechtbiege, wie ich es will. Ich war also die Unsicherheit auf zwei Beinen."

„Genau wie ich." Ich sehe zu ihm auf. „In meiner Vorstellung haben wir uns schon oft geküsst, aber ich will kein unbedeutender kleiner Flirt für dich sein. Das kann ich nicht. Dafür fühle ich mich dir schon zu nahe. Ich habe Angst, dass du mir das Herz brichst. Deshalb war ich mit meinen Signalen etwas zurückhaltend. Und du musst jetzt ehrlich sein, Lucien – wenn ich nur ein netter Zeitvertreib für dich bin, dann muss ich das wissen, und dann muss das unser erster und letzter Kuss gewesen sein."

Zärtlich streicht Lucien mir eine Strähne hinters Ohr und sieht mir tief in die Augen. „Du bist kein unbedeutender kleiner Flirt und schon gar nicht nur ein netter Zeitvertreib. Weit davon entfernt. Und weil du dir Sorgen machst, gibt es da etwas, dass ich dir sagen will. Ich bin in dich verliebt, Sophie."

Er spricht leise, aber in mir hallen seine Worte lautstark wider. Ich kann es kaum glauben! Dieser wundervolle Mann ist in mich verliebt? „Kannst du das bitte nochmal wiederholen", stammle ich. „Ich bin nicht sicher, ob ich mir nur eingebildet habe, was du gerade gesagt hast."

Lucien lächelt. „Ich bin in dich verliebt. Sehr sogar. Du bist unglaublich. Klug, witzig, mitfühlend, schön. Ich bin noch nie einer Frau wie dir begegnet. Du hast mich verzaubert und ich bin total verrückt nach dir."

Ein Strahlen breitet sich auf meinem Gesicht aus. „Ich habe mich auch in dich verliebt, Lucien. Und jetzt kann ich es dir ja gestehen – das war mein Sternschnuppenwunsch nach dem Darts-Turnier. Dass du genauso für mich fühlst wie ich für dich.“

„Das war auch mein Wunsch.“ Er hebt mich hoch und wirbelt mich im Kreis. „Ich bin der glücklichste Mann der Welt!“

Mein Herz jubiliert. Ich schlinge die Arme um seinen Nacken, als wir uns erneut küssen, und spiele mit seinen Locken, die wirklich so weich sind wie erwartet. Als er mir am Schluss noch einen Kuss auf die Nasenspitze gibt, seufze ich wohlig. „Übrigens muss ich dir noch etwas gestehen, Lucien. Du bist nicht nur dicht dran, mein Traummann zu sein. Das war geschwindelt. Du bist es schon.“

Er atmet erleichtert auf. „Zum Glück! Ich habe mir schon so viele Gedanken darüber gemacht, was mir denn fehlen könnte. Selbstverständlich hätte ich alles versucht, das sonst hinzukriegen.“

„Dir fehlt gar nichts mehr“, versichere ich ihm lachend. „Ich kann mir jetzt schon Annes triumphierenden Blick vorstellen, wenn wir das nächste Mal ins Café gehen und du vielleicht meine Hand hältst. Sie hat schon die ganze Zeit gesagt, dass wir perfekt zueinanderpassen und unser Glück nicht verspielen sollen.“

„Anne nimmt mir die Worte aus dem Mund. Deshalb habe ich jetzt alles auf eine Karte gesetzt. Und ich bin froh, dass du mein Herz erhört hast.“ Er streichelt mir über den Rücken. „Matt hat mir übrigens gestern auf dem Fest gesagt, dass jeder es mir ansieht, dass ich bis über beide Ohren in dich verknallt bin."

Ich lächle, werde dann aber ernst. „Lucien, was passiert als nächstes? Also jetzt, da wir uns geküsst haben. Gehen wir einen Schritt weiter?"

„Willst du das?", fragt er sanft. „Du kannst ruhig ehrlich sein, Sophie. Wirklich. Lass uns immer ehrlich miteinander sein."

Tief hole ich Luft ... und sage dann doch nichts. Ich weiß einfach nicht, wie ich es sagen soll. Einerseits möchte ich schon weitergehen, andererseits will ich nichts überstürzen. Ich will es genießen, dass wir es langsam angehen lassen.

Lucien nimmt meine Hände in seine. „Kann ich etwas sagen, wenn du gerade nicht antworten willst?"

Ich nicke.

„Ich würde vorschlagen, dass wir uns mit allem Zeit lassen. Lass mich ein bisschen um dich werben. Ganz altmodisch. Wie in einem Roman von Jane Austen. Einverstanden?"

Ich lache. „Absolut einverstanden."

Lucien grinst. „Aber Küsse sind jederzeit erlaubt. Auch einverstanden?"

„Sehr sogar. Ich bestehe sogar darauf. Und jetzt wäre übrigens ein perfektes Jederzeit."

„Das lasse ich mir nicht zweimal sagen, Sophie."

Wir versinken erneut in einen Kuss und ich fühle mich, als würde ich auf Wolken schweben.

LUCIEN

Ich kann mein Glück immer noch nicht fassen, als ich abends mit Sophie auf der Couch liege und sie in meinen Armen halte. Kerzen brennen, im Hintergrund läuft leise Jazzmusik und es ist in unserem kleinen Cottage so romantisch, wie es nur sein kann. Nur ein Kaminfeuer könnte das noch toppen, aber dafür ist es heute doch zu warm.

„Du hattest übrigens recht mit dem, was du in den Lost Gardens unter der Regenjacke gesagt hast“, murmelt Sophie an meinem Hals. „Man kann wirklich sehr gut mit dir kuscheln. Und weil das so schön ist … willst du heute Nacht vielleicht bei mir schlafen?“

„Das wäre ein Traum, Sophie.“

Sie hebt den Kopf und sieht mich unsicher an. „Also, ich meine nur kuscheln und schlafen.“

„Das weiß ich doch. Keine Sorge. Ich werde ein vollkommener Gentleman sein. Nur eine Sache ist schade. Dass wir nicht zusammen aufwachen werden. Wenn du morgen wach wirst, bin ich ja schon lange unterwegs. Ich hoffe, dass dich der Wecker nicht aus dem Schlaf reißt.“

„Das ist egal.“ Sophie lächelt. „Gemeinsam aufzuwachen ist sowieso schwierig wegen dieser Koala-Sache. Du wirst sehr wahrscheinlich immer früher als ich wach sein und musst dich dann ja nicht völlig gelangweilt im Bett herumtreiben, bis auch ich aufwache."

„Es wird mir nie langweilig sein, auf dich zu warten, wenn ich dich in meinen Armen halten und über dich wachen darf."

Sie strahlt mich an.„Du findest immer die richtigen Worte. Kein Wunder, dass ich so in dich verliebt bin."

Eine Welle von Zärtlichkeit überrollt mich und ich drücke sie fest an mich. „Und ich in dich."

KAPITEL 22

SOPHIE

Als ich aufwache, ist das Bett neben mir leer. Ich habe so tief geschlafen, dass ich den Wecker nicht gehört und es verpasst habe, dass Lucien aufgestanden ist. Voller Bedauern greife ich nach meinem Handy, als ich einen Zettel auf dem Nachttisch entdecke.

Meine liebste Sophie,

das war die schönste Nacht meines Lebens. Dich zu halten und zu spüren, deinem Atem zu lauschen … es ist genau so, wie ich es dir bereits auf dem Fest bei unserem Tanz gesagt habe – wenn ich bei dir bin, fühlt sich einfach alles richtig an. Ich will dieses Gefühl nie mehr missen.

Ich wünsche dir einen wundervollen Tag und kann es kaum erwarten, dich später zu sehen, in meine Arme zu schließen und zu küssen.

Bis dahin vergiss bitte nicht, dass ich in dich verliebt bin!

Dein Lucien

Ein glückliches Lächeln stiehlt sich auf mein Gesicht. Lucien ist in mich verliebt und ich bin verliebt in ihn! Wow! Das ging wirklich schnell!

Seine Küsse sind die besten Küsse der Welt, und an ihn gekuschelt einzuschlafen, war wundervoll. Ich habe in Luciens Armen gelegen und er hat mit einem Finger kleine Herzchen auf meinen Rücken gezeichnet. Wir haben nicht mehr viel miteinander geredet, weil wir beide müde waren, aber Lucien hat versprochen, dass wir einen Weg finden, um zusammenzubleiben. Egal, ob ich hierbleibe oder nach Chicago zurückfliege. Und ich habe ihm versprochen, wirklich noch einmal ernsthaft darüber nachzudenken, ob ich nicht erstmal meinen Urlaub verlängere und danach hierherziehe, um mit ihm in einem Haus zu leben.

Ich drücke Luciens Zettel noch einmal fest an mich, bevor ich mir mein Handy schnappe.

Guten Morgen!

Ich bin wach und es ist noch nicht einmal 9. Ich werde noch zum Frühaufsteher! Bist du stolz auf mich?

Danke für deinen kleinen Brief. Das war wirklich süß von dir!

Ich wünsche dir ebenfalls einen wundervollen Tag. Hab viel

Spaß mit Terry!

Ich freue mich jetzt schon darauf, wenn du wieder bei mir bist.

Ich küsse dich, so oft du willst, und vergiss du bitte auch nicht, dass ich in dich verliebt bin!

Deine Sophie

Kaum habe ich die Nachricht abgeschickt, sehe ich Lucien bereits schreiben. Als hätte er sein Handy in der Hand gehalten und nur darauf gewartet, dass ich mich melde.

Guten Morgen, meine Liebste!

Ich bin wirklich sehr stolz auf dich, dass du so früh überhaupt schon die Augen öffnen konntest, aber wegen mir musst du nicht zum Frühaufsteher werden. Wie bereits erwähnt, werde ich es genießen, dich einfach nur im Arm zu halten.

Und wenn ich dann vielleicht doch manchmal früher aufstehe, obwohl ich keinen Termin habe, dann nur, um eine Überraschung vorzubereiten. Ein besonderes Frühstück oder etwas anderes. Aber egal, ob Termin oder Überraschung – ich werde dir immer eine kleine Nachricht hinterlassen. Das verspreche ich dir!

Küsse, ganz viele!

Dein Lucien

PS: Viel Spaß beim Bearbeiten der Fotos vom Fest! Ich weiß, dass sie großartig sein werden!

PPS: Wir haben alles mit den Lieferanten abgesprochen und ich werde gleich mit Terry frühstücken, um die Rezepte durchzugehen. Ich werde aber das Handy beiseitelegen. Er ist so nervös, dass ich ihm besser meine ganze Aufmerksamkeit widme, aber ich denke an dich die ganze Zeit und sehne mich danach, zu dir nach Hause zu kommen!

Ich schicke Lucien Herzchen und Küsse als Antwort, dann strecke ich mich nochmal im Bett aus.

„Danke“, flüstere ich und schicke den Dank hinaus ins Universum. „Danke, dass ihr mich zu Lucien gebracht habt.“

***

Am frühen Nachmittag betrete ich das Dancing Seagull. Der Stammtisch begrüßt mich herzlich, bevor sich alle wieder in ihre Karten vertiefen. Ich nehme an, sie spielen Bridge … vielleicht könnten sie es Lucien und mir beibringen, wenn wir hierbleiben?

Schmunzelnd gehe ich zur Theke, hinter der Anne steht und mich aufmerksam mustert. „Wieso siehst du mich so forschend an? Habe ich etwas im Gesicht?“

Anne schüttelt den Kopf. „Aber irgendetwas ist anders an dir. Du leuchtest. Hat das einen bestimmten Grund?“

„Möglich.“

„Jetzt rück schon raus mit der Sprache!“

Ich grinse. „Lucien und ich haben uns gestern das erste Mal geküsst. Und danach konnten wir gar nicht mehr damit aufhören.“

„Na endlich! Das wurde aber auch echt Zeit! Wenn

das nicht bald passiert wäre, hätten wir alle euch zum Flaschendrehen überredet und die Flasche manipuliert, damit es endlich geschieht." Anne reckt den Kopf. „Leute! Sie haben sich geküsst!"

„Na endlich", stöhnt Rosie und alle anderen grinsen breit.

Lachend verdrehe ich die Augen und wende mich wieder an Anne. „Wo wir gerade beim Thema sind … was genau ist auf dem Fest eigentlich zwischen Matt und dir gelaufen?"

Sie zuckt mit den Schultern. „Wir haben uns nur unterhalten."

„Aha. Und?"

„Nichts und."

„Gefällt er dir denn?", hake ich nach.

„Ja, schon, aber ich werde nicht ganz schlau aus ihm. Ich warte einfach mal ab. Er hat gesagt, dass er sich bei mir meldet, aber bisher hat er es noch nicht getan. Ich habe allerdings nicht vor, mich da reinzusteigern, also wechseln wir lieber das Thema. Willst du etwas trinken und essen?"

„Einen Cappuccino bitte, ein Eier-Speck-Sandwich und Scones."

„Zum Mitnehmen?"

„Nein. Heute bleibe ich. Ich will dir die Fotos vom Fest zeigen, wenn du Zeit hast."

„Natürlich habe ich Zeit! Ich bin schon so gespannt! Setz dich einfach aufs Sofa und ich bin gleich bei dir."

Anne muss erst einige andere Kunden bedienen, die mir vom Dorffest vage bekannt vorkommen und mir freundlich zunicken, dann kommt sie mit meiner Bestellung und nimmt neben mir auf dem Sofa Platz.

Ich schiebe ihr meinen Laptop hin und nehme einen Schluck von meinem Cappuccino, während ich sie gespannt beobachte. Sie sieht sich die Fotos an und ihre Augen werden immer größer. Schließlich hebt sie den Kopf und sieht zum Stamm hinüber.

„Kommt schnell her! Das müsst ihr euch ansehen!"

Ich schlucke nervös, als alle zu uns herüberkommen und Anne nochmal die Bilder durchklickt.

„Sophie, die sind fantastisch!", ruft Hamish, als sie fertig ist. „Auf dem einen Foto sehe ich ja aus wie Sean Connery in ‚The Rock'! Kann ich das haben? Ich habe darüber nachgedacht, Online-Dating mal auszuprobieren, und das wäre ideal für mein Profilbild. Damit werde ich garantiert Cornwalls Frauenwelt Ü60 scharenweise anlocken und erobern."

„Klar kannst du es haben." Kichernd hole ich einen Stick aus meiner Tasche. „Darauf sind alle Fotos. Ihr könnt ihn behalten und euch aussuchen, was euch gefällt."

„Mir gefallen alle!", sagt Tracy und greift nach dem Stick. „Und ich will sie mir sofort nochmal anschauen. Gut, dass ich meinen kleinen Laptop dabei habe."

„Ich will sie auch nochmal in Ruhe ansehen." Ranjid streicht sich durch die Haare. „Ich habe zwar nicht bemerkt, dass Hamish auf irgendeinem Foto auch nur im Entferntesten wie Sean Connery aussieht, aber ich habe sehr wohl bemerkt, dass ich durch Sophies Talent auf einigen Bildern wie Shah Rukh Khan aussehe. Vielleicht steht mir noch eine große Bollywood-Karriere bevor."

Er macht ein paar typische Tanzbewegungen und wir müssen alle lachen.

Als wir wieder alleine sind, seufzt Anne glücklich. „Ich werde auf jeden Fall eines der Fotos von Fred und mir groß ausdrucken und rahmen und im Café aufhängen. Dann ist er immer bei mir. Schließlich ist es ja irgendwie auch sein Café."

„Was das angeht … ich will dir noch etwas zeigen. Es war nur eine Spielerei, aber vielleicht gefällt es dir."

„Was denn?", fragt sie neugierig.

„Nun, ich habe bemerkt, dass du kein richtiges Logo für dein Café hast. Nur den Schriftzug. Aber wie du gerade gesagt hast, ist das auch irgendwie Freds Café. Also habe ich mal etwas ausprobiert." Ich suche das Logo heraus, das ich für Anne heute Mittag entworfen habe. Darauf ist in einem Kreis eine tanzende Möwe zu sehen, gekleidet wie Fred Astaire mit Zylinder, Frack und Stock. Und außen herum steht ‚The Dancing Seagull', perfekt um das runde Logo gebogen.

„Oh, Sophie! Das ist wirklich mein Fred wie er leibt und lebt!" Sie umarmt mich fest. „Danke! Danke!

Danke! Ich liebe es!"

„Das freut mich. Ich habe mir noch überlegt, dass du vielleicht ein paar Zeilen über Fred schreiben könntest. Das könnte man dann beispielsweise auf die Rückseite der Kaffeebecher drucken und sowieso auch auf Tassen und Gläser und deine Papiertüten. Und du könntest das Logo als Leuchtschild draußen am Eingang anbringen. Was meinst du?"

„Klingt super! Hilfst du mir mit dem Design?"

„Na klar."

Annes Lächeln erlischt plötzlich und sie sieht mich traurig an. „Aber du bist ja schon bald nicht mehr hier." Sie greift nach meiner Hand. „Ich will nicht, dass du nächste Woche wieder nach Hause fliegst. Das wäre dann schon die zweite Freundin, die ich an Chicago verliere. Und ich will auch nicht, dass Lucien wieder abreist. Ihr gehört beide schon so sehr zu uns und Galhill Bay."

Gerührt drücke ich ihre Hand. „Wir können jederzeit miteinander telefonieren und chatten. Ich bin zeitlich nur sechs Stunden zurück – das kriegen wir hin. Und die Designs fürs Logo kann ich dir natürlich einfach per Mail schicken, es sei denn …"

„Es sei denn was?", fragt Anne gespannt.

„Es sei denn, ich bringe sie dir persönlich vorbei. Lucien will auf jeden Fall noch länger in Cornwall bleiben und hat mich gebeten, ebenfalls zu bleiben. Und natürlich will ich mich auch noch nicht von ihm trennen, jetzt wo alles so frisch zwischen uns ist, aber ich weiß nicht, ob ich nicht doch erstmal nach Chicago zurück muss. Ich muss wirklich gründlich darüber nachdenken. Der Urlaub hier war das Spontanste, was ich jemals gemacht habe, und jetzt gerade passiert so viel und ich will vor lauter Verliebtheit nicht völlig den Kopf verlieren. Aber sollte es so sein, dass ich zurückfliege, hat Lucien versprochen, dass wir dennoch einen Weg finden, um zusammenzubleiben. Und er ist nach wie vor begeistert von seiner Idee, dass wir beide hierherziehen und uns zusammen ein Haus suchen, und ich habe ihm versprochen, darüber ebenfalls ernsthaft nachzudenken."

Anne strahlt. „Das wäre wirklich so schön, wenn du nicht wegfliegst. Wenn du aber wegfliegst, werde ich Montagabend hier im Café eine kleine Abschiedsparty für dich geben. Ich hoffe aber, dass ich sie nicht geben muss, weil du bleibst. Und ich hoffe sehr, dass ich schon bald eine Willkommensparty für dich und Lucien geben kann, weil ihr euch hier als glückliches Paar niederlasst und ein Haus kauft und weiter mit uns Boule spielt und ich mit dir jederzeit reden und etwas unternehmen kann."

„Okay." Ich umarme sie fest. „Und jetzt brauche ich deinen Rat. Olivia hat Lucien und mich am Donnerstag auf einen feudalen Landsitz eingeladen. Auf ein Fest, für das sie die Desserts liefert. Allerdings ist dort Abendgarderobe erwünscht und ich brauche noch ein passendes Kleid. Das wollte ich übermorgen kaufen, weil morgen Abend ja das große Haute-Cuisine-Menü stattfindet und ich mich mit Geraldine darum kümmere, den Tisch einzudecken. Ich kann nicht in Ruhe bummeln und Sachen anprobieren, wenn ich ständig auf die Uhr schauen muss, um rechtzeitig zurückzufahren. Kannst du mir vielleicht ein paar Geschäfte empfehlen?"

„Ich kann noch etwas viel Besseres als das! Ich komme mit. Mum kann mich bestimmt im Café vertreten. Das würde so viel Spaß machen!" Anne räuspert sich. „Natürlich nur, wenn du willst, dass ich mitkomme."

„Natürlich will ich das! Und jetzt brauche ich noch deinen Rat für ein paar andere Geschäfte, weil ich nachher für die Tischdeko fürs Menü noch ein paar Sachen einkaufen will."

„Schieß los! Was genau brauchst du?"

„Also, ich habe an Folgendes gedacht …"

LUCIEN

Kaum bin ich am Abend zurück im Cottage, läuft Sophie mir bereits entgegen und stürmt in meine Arme. Lachend küsse ich sie und halte sie eng an mich gedrückt.

„Du hast mir gefehlt", flüstert sie.

Zärtlich sehe ich sie an. „Du mir auch. In jeder Sekunde."

„Wie war dein Tag? Hat alles mit Terry geklappt?"

„War alles perfekt. Aber ich habe Terry leider irgendwann sagen müssen, dass er ab jetzt fünf Pfund in ein Spendenglas werfen muss, für jedes Mal, wenn er sagt, er wäre ja nur ein einfacher Koch vom Land und ob ich ihm wirklich zutraue, mit mir zu kochen. Zwanzig Pfund sind es schon geworden."

Sophie kichert. „Dann macht er es also gut?"

„Er ist ganz großartig. Er hat sofort alle Rezepte verstanden und worauf es ankommt, und hervorragende Vorschläge gemacht, wer sich morgen worum genau kümmert und wie wir das am besten zeitlich koordinieren. Jedes Spitzenrestaurant könnte sich glücklich schätzen, ihn als Sous Chef zu haben. Das habe ich ihm natürlich auch gesagt, aber er zweifelt immer noch ein wenig an sich. Das muss ich ihm unbedingt austreiben. Und wie war dein Tag?"

„Ganz wundervoll! Anne und Rosie und die anderen mochten meine Fotos", sprudelt es aus ihr heraus. „Hamish findet, er sieht auf einem der Bilder aus wie Sean Connery, und Ranjid denkt, ich hätte aus ihm Shah Rukh Khan gemacht. Und Anne gibt am Montagabend eine Abschiedsparty, sollte ich doch erstmal zurückfliegen müssen. Aber sie hofft darauf, schon bald eine Willkommensparty schmeißen zu können, weil wir uns in Galhill Bay niederlassen."

Ich schmunzle. „So, so …"

„Jawohl! Und ich habe ein Logo für ihr Café entworfen, auf dem Fred zu sehen ist, und von dem sie ganz begeistert war. Und ich habe alles für die Tischdeko eingekauft und auch Blumenarrangements gebastelt. Und Tischkärtchen habe ich auch angefertigt und Menükarten, die jeder dann als Erinnerung an den Abend mit nach Hause nehmen kann."

„Wow!" Ich gebe ihr einen Kuss. „Du bist ja

unglaublich! Das will ich sofort alles sehen!"

Sie nimmt mich an der Hand und zieht mich aufgeregt zum Esstisch, auf dem die Einkäufe liegen.

„Ich habe ein paar weiße Tischdecken besorgt. Schlicht, aber elegant. Die große Packung mit den silbernen Kerzenleuchtern habe ich in einem Secondhand-Laden entdeckt. Sie sind ein bisschen angelaufen, deshalb waren sie auch so günstig, aber ich finde das charmant. Die weißen Kerzen habe ich dort auch gekriegt. Und auch cremefarbene Stoffservietten, die schon in der Wäsche sind, und hellgrüne Samtbändchen, um sie zu rollen und mit einer Schleife zusammenzubinden. Das Papier für die Tischkärtchen und Menükarten ist aus einem Schreibwarengeschäft. Ich finde, es sieht sehr edel aus."

Ich nicke. „Sehr edel sieht es aber erst dadurch aus, weil du die Menü- und Tischkarten so wunderbar beschriftet hast. Als hätte ein professioneller Kalligraph sie gestaltet."

Sophie grinst schief. „Zum Glück musste ich sie nicht selbst beschriften, sondern konnte Annes ausgezeichneten Drucker benutzen, sodass es wirklich handgeschrieben wirkt. Sonst wäre ich wahrscheinlich übermorgen noch nicht fertig. Und dort drüben sind die Blumenarrangements." Sophie deutet auf den Couchtisch. „Ich weiß, es ist vielleicht nicht das Übliche, aber vielleicht gefallen sie dir trotzdem?"

Erst jetzt bemerke ich sie und meine Augen werden groß. Sophie hat Hasendraht oder sowas benutzt und ihn zu organischen Formen gerollt und gebogen. In die Maschen hat sie bündelweise weißes Schleierkraut gesteckt, sodass die fertigen Gebilde wie hauchzarte, blumige Wolken aussehen.

„Mit dem Draht hat George mir geholfen, der gerade im Café war, als ich die Sachen ausgedruckt habe. Ich hatte völlig vergessen, Werkzeug zu besorgen, um den Draht zu schneiden, und Handschuhe, um ihn möglichst sicher in die gewünschte Form zu bringen." Sophie verdreht die Augen über sich selbst. „Und das war's. Mehr Deko habe ich nicht besorgt. Ich wollte den Tisch nicht überladen, sondern dass nach wie vor dein Essen im Vordergrund steht. Außerdem finde ich es immer schrecklich, wenn man vor lauter Deko sein Gegenüber nicht mehr sehen kann. Also, was meinst du? Wir können natürlich auch ganz normale Blumen kaufen und ein paar Vasen besorgen, wenn es dir nicht gefällt."

„Nicht gefällt?" Ich reiße Sophie in meine Arme. „Das sind die bezauberndsten Blumenarrangements, die ich jemals gesehen habe! Du bist eine wahre Künstlerin! Ich danke dir für alles!" Sie strahlt stolz und ich gebe ihr einen Kuss. „Und jetzt gehe ich schnell duschen und dann will ich die Fotos und das Fred-Logo sehen. Zu essen gibt es heute Fish & Chips. Hat uns Terry schnell gemacht. Die Tüte ist allerdings noch im Auto."

„Ich hole sie und räume den Tisch ab. Hüpf du unter die Dusche."

„Danke. Das Auto ist nicht abgeschlossen." Bevor sie geht, halte ich sie fest, biege sie schwungvoll über meinen Arm nach hinten und küsse sie noch einmal.

Küssen kann man sich wirklich nie genug.

Gegen zehn fallen mir beim Puzzeln fast die Augen zu. Um fünf Uhr aufzustehen ist auch für mich keine übliche Zeit mehr.

Sophie lächelt. „Lass uns ins Bett gehen."

„Aber du bist doch bestimmt noch nicht müde", protestiere ich.

„Stimmt, aber dann lese ich noch ein bisschen, wenn es dich nicht stört."

„Tut es nicht. Vielleicht liest du mir ein bisschen vor, bis ich einschlafe?"

„Gerne."

„Und wollen wir heute vielleicht in meinem Bett schlafen?"

„Unbedingt! Ich habe dein Schlafzimmer ja noch gar nicht gesehen."

Ich stehe auf, ziehe Sophie hoch und hebe sie auf meine Arme. „Dann werfen wir mal einen Blick hinein."

SOPHIE

Es ist herrlich, mich von Lucien tragen zu lassen. Ich schmiege dabei mein Gesicht an seines und atme seinen frischen Duft ein. Er riecht immer so gut, dass ich danach süchtig werden könnte.

Im Schlafzimmer setzt er mich ab und ich sehe mich um. Es ist tatsächlich größer als meins, sodass sogar zwei Sessel und ein kleiner Schreibtisch mit Stuhl Platz gefunden haben. Es gibt auch ein Fenster mehr und alle drei sind mit zarten hellen Gardinen versehen. Die Wände sind, genau wie die Decke, salbeigrün gestrichen und an ihnen sind liebevoll arrangierte Gemälde in verschiedenen Größen mit Motiven vom Meer und den Klippen in schnörkeligen Rahmen angebracht.

Auf dem Dielenboden liegt ein großer mit Blumen gemusterter Teppich, auf dem das Bett steht. Es ist ein normales Bett, kein Himmelbett wie meins, aber es ist auch aus dunklem Holz und besitzt ein hohes Kopfteil und ein Fußteil, das nur ein bisschen niedriger ist. Ich weiß sofort, dass ich mich darin geborgen fühlen werde.

Die Bettwäsche ist weiß, die Tagesdecke grün und alles sieht sehr gemütlich aus. Die Nachttische passen genau zum Bett und darauf stehen ganz entzückende altmodische Tischlämpchen mit weißen Schirmen.

Ansonsten gibt es noch eine Kommode, einen großen alten Schrank und ein prall gefülltes Bücherregal.

Ich lächle. „Dein Zimmer gefällt mir sehr. Hier werde ich gut schlafen und noch besser, weil du neben mir liegst."

Lucien seufzt glücklich. „Du passt so gut in meine Arme, Sophie. Als wärst du für mich gemacht. Und solange wir hier sind, will ich jede Nacht mit dir einschlafen. Und natürlich auch, wenn du deinen

Urlaub vielleicht doch verlängerst und wir zusammen noch Zeit in Cornwall verbringen."

Ich schmiege mich an ihn. „Das will ich auch."

KAPITEL 23

LUCIEN

Gegen neun Uhr mache ich mich auf den Weg zu Terry. Als ich vor einer Stunde aus dem Bett musste, ist Sophie mit mir aufgestanden, aber sie sah so süß verschlafen aus, dass ich sie wieder ins Bett gebracht habe. Sie zuzudecken und ihr einen Abschiedskuss zu geben, hat mein Herz ganz weit geöffnet. Noch nie habe ich für jemanden derart zärtlich empfunden und noch nie hat eine Frau so einen starken Beschützerinstinkt in mir ausgelöst.

Kurz bevor ich beim Pub ankomme, bemerke ich hinter der Kirche ein Motorrad und einen Mann, der unruhig hin- und hergeht. Schnell bremse ich, biege ab und parke neben dem Motorrad, bevor ich mit hochgezogenen Augenbrauen aus dem Auto steige und Matt anstarre. „Wieso lungerst du denn so früh hier herum? Beobachtest du etwa Anne?“ Ich deute auf seine Sonnenbrille. „Und denkst du wirklich, das wäre eine effektive Tarnung?“

Matt nimmt sie ab. „Die war nur wegen der Sonne.“

„Es ist bewölkt.“

„War es vorhin aber nicht“, widerspricht er. „Und außerdem beobachte ich Anne nicht, ich will sie gleich besuchen. Und ich lungere auch nicht herum, ich entwerfe einen Schlachtplan.“

„Ach. Wofür?“

„Natürlich um sie zu erobern.“

Ich runzle die Stirn. „Dann nichts wie rein mit dir ins Café. Es hat schon geöffnet.“

„Das weiß ich, aber wie gesagt, ich muss erst einen Schlachtplan entwerfen, um sie für mich zu gewinnen.“

„Aber ihr habt euch auf dem Fest doch gut verstanden.“

„Haben wir.“ Matt seufzt. „Bis ich angefangen habe, meine übliche Aufreißer-Machonummer abzuziehen. Schön locker und geschmeidig. Du kennst mich. Das hat Anne aber eher abgetörnt und sie ist mir danach aus dem Weg gegangen.“

Tadelnd sehe ich ihn an. „Das war aber nicht besonders geschickt.“

„Ich weiß." Matt ringt verzweifelt die Hände. „Aber sie ist die Richtige und das ist Neuland für mich. Ich war so nervös, dass ich in alte Muster verfallen bin. Und ich habe mich deswegen nicht getraut, mich bei ihr zu melden, obwohl ich ihr gesagt habe, ich würde es tun. Jetzt denkt sie bestimmt, ich habe kein Interesse an ihr, aber das stimmt überhaupt nicht. Was soll ich denn machen?"

„Das fragst du mich? Hast du nicht erst vor kurzem gesagt, ich wäre ein hoffnungsloserer Fall als du, wenn es um Frauen geht?"

„Das war bis jetzt ja auch so, aber du hast inzwischen Sophie erobert. Das sehe ich dir an. Oder irre ich mich?"

Ich lächle. „Tust du nicht. Wir sind ineinander verliebt und eventuell verlängert sie ihren Urlaub, damit wir mehr Zeit miteinander verbringen können. Und vielleicht … na ja … vielleicht ziehen wir sogar beide nach Cornwall, aber das müssen wir noch klären. Also ich will auf jeden Fall gerne hierbleiben, aber für Sophie ist das natürlich eine ganz andere Entscheidung, so einen großen Umzug zu machen."

„Das wird sich schon alles finden, Lucien, und ich freue mich so für euch! Ich wusste schon, dass ihr zusammengehört, als wir uns bei Olivia getroffen haben. Wie du Sophie angesehen hast und wie sie dich angesehen hat … wie meine Schwester und Richard und das ist ja wohl diese ganz große ‚Regenbogen-und-Einhörner-und sie lebten glücklich bis ans Lebensende'-Märchenliebe. Also bist du jetzt wider Erwarten der Experte von uns beiden und ich brauche deinen Rat. Wie hast du das mit Sophie geschafft?"

„Mit meinem Charme."

Matt verdreht die Augen. „Nein. Ernsthaft. Wie hast du das geschafft?"

„Da ist ja wohl eine Frechheit", empöre ich mich. „Bin ich etwa nicht charmant?"

„Doch. Natürlich. Aber das allein war ganz sicher nicht der ausschlaggebende Grund. Nichts für ungut. Also, wie hast du es angestellt?"

Ich seufze und beschließe, diese kleine Unverschämtheit souverän zu übergehen. „Na ja, angefangen hat alles damit, dass ich Sophie während eines Unwetters in den Lost Gardens heldenhaft gerettet habe."

Matt stöhnt. „Was soll das denn für ein Rat sein? Als ob ich das einfach so nachstellen könnte."

„Du hast mich doch gefragt!"

„Das war aber keine große Hilfe. Da muss doch noch mehr gewesen sein."

Ich zucke mit den Schultern. „Ich war einfach nur ehrlich zu ihr. Ich habe ihr meine ganze Geschichte erzählt. Die Sache mit dem Restaurant, Emmanuelle und mit meinem Burnout – das hat uns näher gebracht. Und danach hat es sich einfach immer weiter entwickelt."

„Ehrlich sein also", murmelt Matt.

„Na ja, vielleicht solltest du nicht gleich mit deinem Ruf als Cornwalls Casanova herausrücken, aber du solltest ihr sagen, wie umwerfend du sie findest. Und sich zu entschuldigen, ist auch immer eine gute Idee. Das habe ich bei Sophie auch gemacht, weil ich nicht gerade nett zu ihr war, als sie im Cottage ankam."

„Und was heißt das jetzt?"

„Das, mein Freund, heißt, dass du jetzt zu Anne gehst und ihr sagst, dass dir deine Aufreißer-Machonummer leidtut und du dich nur deswegen wie ein Idiot verhalten hast, weil sie dir den Atem geraubt hat. Und dass du wegen deinem blöden Verhalten Angst hattest, dich bei ihr zu melden, und alles tun wirst, was sie verlangt, wenn sie dir noch eine Chance gibt und mit dir ausgeht."

„Leidtut … Idiot … Atem geraubt … Angst … alles tun … noch eine Chance." Matt nickt. „Alles klar. So mache ich es."

Ich schnaube. „Du sollst es mir nicht nachplappern, sondern es Anne mit deinen eigenen Worten sagen, und nicht etwas herunterleiern, das wie auswendig gelernt klingt. Sei einfach du selbst."

„Und wenn sie nicht mag, wie ich bin?", fragt Matt unsicher.

„Dann ist es besser, du findest es jetzt schon heraus. Aber ganz ehrlich – ich glaube, ihr passt gut zusammen."

„Meinst du wirklich?"

Ich nicke.

„Also dann." Matt fährt sich durch die Haare und strafft die Schultern. „Danke für deine Tipps."

„Viel Glück!" Ich sehe ihm nach, wie er Richtung Café losmarschiert und drücke ihm fest die Daumen. So habe ich Matt noch nie erlebt und deshalb weiß ich, dass es ihm wirklich ernst ist. Ich hätte ihn sonst auch aufgehalten, denn dass er Anne wehtut, hätte ich nicht zugelassen. Aber so hoffe ich für beide, dass alles gut wird!

SOPHIE

Der Tisch ist eingedeckt und die Dekoration verteilt. Während Geraldine die Platzkärtchen aufstellt, lege ich auf jeden Teller die ausgedruckte Speisekarte und werfe nochmal einen Blick darauf. Bei einigen Sachen hat Lucien sicherheitshalber angemerkt, was es genau ist, wofür ich auch dankbar bin.

Amuse-Bouche (Gruß aus der Küche): Gegrillte Jakobsmuschel mit gebratenem Fenchel und Orangenbutter

Suppe: Französische Zwiebelsuppe mit Gruyère-Käsekruste

Warme Vorspeise: Safran-Risotto mit Trüffeln und Parmesan

Fischgericht: Gegrillter Loup de mer (Wolfsbarsch) mit Artischockenherzen und Sauce vierge (Tomaten, Zitronensaft, Olivenöl, Knoblauch, Kräuter)

Sorbet: Passionsfrucht-Sorbet mit Limoncello (Zitronenlikör)

Hauptgang mit Fleisch: Entrecôte vom Charolais-Rind mit Pommes Dauphine, gegrilltem Gemüse und Rotweinsauce

Käse: Auswahl an französischen Käsesorten mit Feigenconfit und Baguette

Dessert: Crème Brûlée von der Tonkabohne mit marinierten Beeren

Mir läuft jetzt schon das Wasser im Mund zusammen und ich drücke Lucien und Terry die Daumen, dass alles wie am Schnürchen klappt!

***

Jeder Gang, den Geraldine und ich serviert haben, wurde mit begeistertem Applaus und vielen ‚Aaaahs' und ‚Oooohs' gefeiert. Auch die Getränke, die Lucien zu jedem Gericht ausgesucht hat, wurden überschwänglich gelobt.

Die ganze Zeit über sind die beiden Köche in der Küche geblieben und haben dort gegessen, um alle Töpfe und Pfannen im Auge zu behalten, aber zum Dessert setzen sie sich endlich zu uns. Nebeneinander am Kopfende der Tafel, wo wir extra für sie einen Ehrenplatz eingedeckt haben.

Wir lassen sie hochleben und klatschen so lange, bis Terry sich vor Verlegenheit auf seinem Stuhl windet und wir ein Einsehen haben.

Lucien verbeugt sich lächelnd. „Bevor wir die Desserts servieren", er deutet auf das Tablett vor sich, auf dem sich in kleinen Förmchen die Crème Brûlée befindet, „würde ich gerne von Tracy etwas wissen." Er wendet sich an sie. „Also, was meinst du? Hat das

Menü deinen Erwartungen entsprochen?"

Tracy seufzt wohlig. „Es hat alles übertroffen, was ich mir jemals erträumt habe. Alles sah so schön aus. So filigran und bezaubernd und so wunderbar arrangiert. Und die Farben! Und wie gut alles geduftet hat! Ich war richtig ehrfürchtig und musste mich wirklich überwinden, um überhaupt etwas zu essen, weil ich diese kunstvollen Kreationen nicht zerstören wollte. Zum Glück hat Sophie von jedem Gang ein Foto gemacht, sodass ich mir alles immer wieder ansehen kann. Und der Geschmack … der Geschmack war nicht von dieser Welt! Das waren die reinsten Geschmacksexplosionen in meinem Mund! Ich habe so langsam gegessen wie noch nie zuvor in meinem Leben und jeden kleinen Bissen genossen. Lucien, ich danke dir von ganzem Herzen, dass du das getan hast. Und ich danke auch dir, Terry. Ihr habt mir einen so großen Traum erfüllt. Für den Rest meines Lebens werde ich diesen Abend nicht vergessen."

Lucien lächelt. „Es war uns ein Vergnügen, Tracy."

„Dich strahlen zu sehen, war alles, was wir wollten", ergänzt Terry. „Und wie hat es euch anderen so geschmeckt?"

Alle reden durcheinander und überschütten die beiden Köche mit Komplimenten, bis Lucien schließlich aufsteht und vom Tresen einen Gasbrenner holt, den er Terry reicht.

„Zeit für den Nachtisch! Wir karamellisieren jetzt die Crème Brûlée!" Er grinst. „Falls irgendjemand von euch heute zu viel Haarspray benutzt hat – bitte ein wenig Abstand vom Tisch halten, solange flambiert wird."

Erschrocken legt Nigel eine Hand schützend um seine prächtige Rocker-Haartolle und rückt mit dem Stuhl so weit nach hinten, wie es geht.

„Kleiner Köche-Scherz." Terry wirft breit grinsend den Brenner an und zwinkert Nigel zu, der lachend die Augen über sich selbst verdreht, und jetzt können auch wir anderen uns ein Lachen nicht mehr verkneifen.

***

„Was für ein wundervoller Abend das war." Ich seufze und lehne meinen Kopf an Luciens Schulter, der uns im Auto nach Hause bringt, da er während der Arbeit und auch danach keinen Alkohol getrunken hat.

„Das war es." Lucien lächelt.

„Bist du glücklich?", frage ich.

„Sehr. Es hat großen Spaß gemacht, wieder einmal solche Gerichte zu kochen."

„Heißt das, du ziehst es vielleicht doch in Erwägung, in die Welt der Haute Cuisine zurückzukehren, solltest du ein eigenes Restaurant eröffnen?"

Entschieden schüttelt Lucien den Kopf. „Auf gar keinen Fall. Es nur aus Freude daran zu machen, war toll. Und ich könnte mir vorstellen, so etwas wie heute Abend zu wiederholen oder für einen speziellen

Anlass, aber beruflich nicht mehr. Wenn ich ein Restaurant eröffne, will ich nach wie vor nur einfache Gerichte kochen, mit irgendwelchen besonderen Kniffen verfeinert, damit ich einbringen kann, was ich in all den Jahren gelernt habe. Und es wird auch nur 3-Gänge-Menüs geben und jeden Tag auch nur zwei oder drei verschiedene. Für Leute, die alles essen irgendetwas mit Fleisch oder Fisch als Hauptgang, und ein vegetarisches oder veganes Menü. Ich will ja, dass im Prinzip jeder in mein Restaurant kommen kann. Vielleicht kann ich sogar nach vorheriger Anmeldung Rücksicht auf mögliche Unverträglichkeiten nehmen. Darüber will ich mir auch mal Gedanken machen."

Ich nicke. „Klingt super! Ich schicke dir nachher gleich die Bilder, damit du nochmal siehst, was du heute Fantastisches geleistet hast. Und du kannst sie auf deinem privaten Foto-Account posten, denn ganz sicher wird das deine Eltern und Olivia auch freuen."

„Das ist eine gute Idee. Das mache ich."

LUCIEN

Es ist noch schön warm draußen und ich sitze mit Sophie bei Kerzenlicht auf der Terrasse. Ich habe mir ein Glas von dem Wein eingeschenkt, den ich für das Hauptgericht ausgesucht habe, nehme einen Schluck und schnalze mit der Zunge. „Der schmeckt wirklich hervorragend. Bist du sicher, dass du nichts mehr willst?"

Sophie winkt schmunzelnd ab. „Ich habe zwar zu

jedem Gang nur ganz wenig getrunken, nur so viel, um zu probieren, wie alles mit dem Essen harmoniert, aber trotzdem war das mehr als genug für einen Abend. Aber geschmeckt hat mir alles. Ich wollte nur nicht beim vierten Gang schon anfangen zu lallen."

Ich lache, nehme ihre Hand in meine und hauche einen Kuss darauf. „Was steht morgen auf dem Plan? Ich bin ab zehn bei Terry, um mit ihm und Geraldine die Küche wieder auf Vordermann zu bringen. Kommst du mit?"

„Würde ich normalerweise, aber ich bin mit Anne unterwegs, um mir ein Kleid für das Fest zu kaufen."

„Ach richtig. Ich brauche ja auch noch einen Anzug. Das erledige ich nach meinem Küchendienst und wir sehen uns dann zuhause wieder. Ich werde dir aber natürlich zwischendurch immer wieder Nachrichten schicken, wie sehr ich dich vermisse."

Sophie lächelt. „Das werde ich auch."

„Wo schlafen wir heute? Wieder bei mir?"

Sie überlegt kurz. „Heute bei mir und wir lassen am Himmelbett die Vorhänge herunter. Das ist bestimmt romantisch."

„Ganz bestimmt", stimme ich ihr zu und streichle über ihre Hand. „Aber mit dir ist es immer romantisch."

„Auch wenn wir das Geschirr in die Spülmaschine packen?", hakt Sophie amüsiert nach.

„Vor allen Dingen dann! Das bringt mich jedes Mal zum Träumen und Vögelchen schweben über uns mit

Herzchengirlanden in den Schnäbeln. Es ist wirklich ganz entzückend."

Sophie kichert. „Bist du von dem einen Glas etwa schon betrunken?"

Ich stehe auf und ziehe sie in meine Arme. „Ich bin trunken vor Glück, Sophie. Du machst mich trunken vor Glück." Sie schmiegt sich an mich und küsst mich.

„Und du mich, Lucien. In wirklich jeder Sekunde."

KAPITEL 24

SOPHIE

Als ich zum verabredeten Zeitpunkt vor dem Café anhalte, wartet Anne bereits davor.

Mit einem Grinsen öffnet sie die Beifahrertür und springt rein. „Guten Morgen! Bereit für unseren Ausflug?“

„Na klar!“

„Ich habe ein paar tolle Geschäfte ausgesucht.“ Anne zieht einen Zettel aus ihrer Hosentasche, wirft einen Blick darauf und gibt eine Adresse ins Navi ein. „Da fahren wir zuerst hin. Die haben die größte Auswahl an Abendkleidern. Und der große

Geheimtipp ist, dass es dort auch viele Kleider aus zweiter Hand gibt – und zwar nur von Luxusmarken. Vielleicht werden wir ja dort gleich fündig. Und ich sage *wir*, weil ich eine Überraschung habe – ich brauche auch ein Kleid! Matt war gestern Morgen im Café und hat mich zu dem noblen Fest eingeladen, zu dem ihr auch geht."

Ich schmunzle, als ich daran denke, dass Olivia damals, als sie Lucien und mich eingeladen hat, erwähnt hat, dass Matt nicht dorthin gehen wollte, weil er keine Frau kennt, die er als Begleitung gerne mitnehmen würde. „Überrascht mich jetzt nicht so sehr. Lucien hat mir erzählt, dass er ihn zufällig gestern vorm Kochen getroffen hat und Matt ziemlich nervös war. Ich wollte dich später beim Abendessen aber nicht vor allen ausfragen. Es lief also gut?"

Anne nickt. „Er hat sich für sein blödes Verhalten auf dem Fest und sein Schweigen danach entschuldigt und gesagt, das hätte nur daran gelegen, weil er total damit überfordert gewesen wäre, wie umwerfend er mich findet." Sie legt theatralisch eine Hand an die Stirn. „Also gebe ich ihm großzügig noch eine Chance und schaue mal, wie er sich bewährt."

„Ich schätze, er wird sich mächtig ins Zeug legen. So wie ich Lucien verstanden habe, ist es Matt unglaublich wichtig, dass du einen guten Eindruck von ihm bekommst."

„Wir werden sehen." Anne lächelt. „Brauchst du eigentlich auch neue Schuhe und eine Tasche? Da wüsste ich auf jeden Fall auch ein Geschäft, das tolle Sachen hat."

„Brauche ich nicht. Ich habe Pumps und eine passende Clutch dabei. Damals hielt ich es für völlig unnötig, aber jetzt bin ich froh. Hat sich beides neulich schon beim Abendessen mit Lucien im Pub bewährt. Und ganz ehrlich – lieber keine Experimente mit neuen Schuhen, die man dann gleich stundenlang tragen muss."

Anne nickt. „Das waren genau meine Überlegungen. Ich nehme auch Schuhe, die ich bereits eingelaufen habe. Und ich habe übrigens noch eine Überraschung für dich … aber nur, wenn du Lust hast. Ich kann auch noch absagen."

„Was denn absagen?", frage ich neugierig.

„Die Tochter einer Freundin meiner Mum besitzt einen ziemlich angesagten Friseursalon in der Nähe von St. Ives, in dem auch Schönheits- und Wohlfühlbehandlungen angeboten werden. Normalerweise kriegt man nicht auf die Schnelle einen Termin, aber wenn wir wollen und heute um 14 Uhr da sein können, quetscht sie uns rein, damit sie und ihr Team sich um unsere Haare und unseren Teint kümmern. Eine Maniküre können wir während des Frisierens auch bekommen. Morgen hat sie leider überhaupt keine Zeit, sonst hätte ich natürlich lieber dann vormittags etwas für uns ausgemacht. Aber es geht nicht, also wäre das unsere einzige Chance. Was sagst du dazu? Wollen wir?"

„Und ob wir wollen! Das wäre großartig! Ein bisschen verwöhnt und aufgepeppt zu werden, kann nie schaden."

Anne strahlt. „Sehe ich genauso."

***

Kritisch betrachte ich mich in dem großen Spiegel von allen Seiten. Das zartgelbe Kleid passt perfekt, das ist schon mal ein Pluspunkt, aber es ist vielleicht ein bisschen sehr rüschig.

„Sophie? Hast du schon etwas anprobiert?"

„Ja. Ich bin hier draußen vor dem Spiegel."

Anne, die in der Umkleidekabine neben meiner ist, lugt durch den Vorhang und mustert mich ausgiebig.

„Wie findest du es?", frage ich.

Anne hebt einen Daumen. „Die Farbe steht dir."

„Aber?"

„Nichts aber. Wenn du wie ein Sahnebaiser aussehen willst, hast du das definitiv erreicht."

Grinsend verdrehe ich die Augen. „Okay. Ich habe ja noch ein paar Kleider zur Auswahl. Und was ist mit dir?"

„Ich glaube, ich habe meins schon gefunden."

Ungläubig starre ich sie an. „Gleich das erste?"

„Denke schon."

Anne zieht den Vorhang beiseite und kommt zu mir heraus – und mir klappt fast der Mund auf. Erst recht, als sie sich dreht und mir ihre Rückenansicht präsentiert. Das Abendkleid in Wickeloptik besitzt einen V-Ausschnitt und besteht aus zartgrünem Satin, was als Komplementärfarbe wunderbar zu ihren hellrosa Haaren passt. Es ist tailliert geschnitten und hat vorne seitlich einen gewagten Gehschlitz. Aber richtig heiß ist die Tatsache, dass das Kleid nur von dünnen Spaghettiträgern gehalten wird, die sich hinten kreuzen und dadurch den nackten Rücken bis knapp oberhalb der Taille zeigen.

Anne läuft ein paar Schritte auf und ab. „Das ist es schon, oder?“

„Absolut. Du siehst sexy und elegant aus. Wenn ich Matt wäre, würde ich dich auf Knien anflehen, dass du meine Freundin wirst. Natürlich auch, weil du als Person außergewöhnlich und intelligent und warmherzig bist, aber darum geht es ja gerade nicht. Das ist dein Kleid, Anne! Das ist mal sicher!“

„Prima! Dann bringe ich die anderen gleich zurück und dann gehört meine ganze Aufmerksamkeit dir!“

LUCIEN

Ich sitze in der Abenddämmerung auf der Terrasse, sehe aufs Meer hinaus und warte ungeduldig auf Sophie. Es ist fast erschreckend, wie sehr ich mich danach sehne, sie wieder bei mir zu haben. Wir haben uns zwar den ganzen Tag über immer wieder Nachrichten geschickt, aber sie fehlt mir trotzdem. Es fehlt mir, sie im Arm zu halten und zu küssen, mit ihr zu reden und zu lachen.

Meine Gedanken kreisen nur um sie. Beim Saubermachen mit Terry und Geraldine, beim Vorräte einkaufen für die Gerichte, die bei Sophie und mir in den nächsten Tagen fürs Kochen auf dem Plan stehen, und natürlich habe ich auch an sie gedacht, als ich mir den Smoking gekauft habe. Ich habe einige anprobiert und mich jedes Mal gefragt, ob ich Sophie darin gefallen würde.

Ich seufze … es gibt so viel, was ich ihr immer wieder sagen möchte. Wie sehr sie mein Leben bereichert. Dass mein Herz jubelt und ganz leicht wird, wenn ich sie sehe. Dass jeder Moment, den wir miteinander verbringen, unvergesslich für mich wird.

Ich stehe auf, um mir noch ein Wasser zu holen, als die Haustür geöffnet wird. Sophie! Ich laufe ihr entgegen, nehme ihr Gesicht in beide Hände und küsse sie zärtlich. „Endlich! Es ist so schön, dass du wieder bei mir bist."

Sie strahlt und zwinkert mir zu. „Das heißt wohl, ich habe dir ein wenig gefehlt?"

„Du hast mir sooo sehr gefehlt!"

Sie schlingt die Arme um mich. „Du mir auch, obwohl ich einen wundervollen Tag mit Anne hatte."

„Das habe ich auf den Fotos gesehen, die du mir geschickt hast. Danke, dass ich auf diese Art bei dir sein konnte." Ich gebe ihr noch einen Kuss und deute auf die edle Tüte, die sie in der Hand hält. „Ich schätze, dein Kleid darf ich erst morgen sehen?"

„So ist es. Ich bringe es schnell nach oben und mache mich kurz frisch."

„Hast du Hunger?"

„Immer." Sophie strahlt. „Wir haben zwar vor der Rückfahrt Pasties gegessen, aber eine Kleinigkeit könnte ich noch vertragen."

Ich lächle. „Darauf habe ich gehofft. Ich habe etwas für uns vorbereitet. Gib mir eine Viertelstunde. Und ich würde zu normalen Schuhen raten und nimm bitte eine Jacke oder einen Pullover mit. Es könnte draußen frisch werden."

„Draußen?"

„Genau. Ist eine Überraschung, also frag nicht weiter."

Sophie lächelt. „In Ordnung."

Aufgeregt laufe ich Hand in Hand mit Sophie zu unserem Lieblingsplatz am Strand und hoffe, dass alles noch so aussieht, wie ich es vor ein paar Minuten verlassen habe.

Als wir um die Felsen herumgehen, atme ich auf. Alles ist bestens. Die Lichterketten, die ich auf dieser Seite der Felsen angebracht habe, leuchten. Die Kerzen in den großen Laternen, die auf dem Boden verteilt sind, brennen. Genau wie die in den zwei kleinen Laternen, die auf dem Klapptisch stehen, den ich im Abstellraum des Cottage gefunden habe, und der zwischen den beiden Stühlen von unserer Terrasse steht. Essen und Getränke sind noch im Picknickkorb verstaut, damit Fred und seine Freunde sich nicht vielleicht darüber hermachen.

„Oh Lucien! Danke!“ Sophie drückt meine Hand. „Wie wunderschön das alles aussieht. Wie in einem Märchen!“

„Dann passt es ja, weil wir hier beide auch gerade ein Märchen erleben.“ Kurz zucke ich zusammen, ob das jetzt eventuell doch zu kitschig war, aber Sophie umarmt mich und schmiegt sich eng an mich.

„Das ist es wirklich! Ein richtiges Märchen!“

Ich hauche ihr einen Kuss auf ihr Haar. „Übrigens, deine Haare sehen sehr schön aus. Ich habe nur nichts gesagt, weil deine Haare immer sehr schön aussehen. Aber es ist mir aufgefallen, dass sie ein bisschen stufiger geschnitten sind. Also, falls du dich das gefragt hast.“

Sie hebt den Kopf und lächelt. „Habe ich mich tatsächlich.“

Ich streiche mit einem Daumen über ihre Wange. „Und deine Haut ist so zart und leuchtet geradezu, aber das tut sie ebenfalls immer. Nur, falls du dich das auch gefragt hast.“

„Danke.“ Sie grinst. „Aber ich sollte mein Geld zurückverlangen, wenn du keinen Unterschied siehst. Das heißt ja wohl, dass sich die eine Stunde Arbeit nicht rentiert hat, oder?“

„Ist das eine Fangfrage?“ Ich stöhne gespielt entsetzt auf. „Kann ich jetzt eigentlich nur verlieren?“

„Möglicherweise …“ Sophie kichert.

„Also gut. Deine Haut leuchtet wahrscheinlich noch mehr als sonst, weil du eine Gesichtsbehandlung hattest, die sogar eine Stunde gedauert hat, wie ich jetzt weiß. Aber mit meinen verliebten Augen ist mir das nicht aufgefallen. Für mich ist dein Teint immer strahlend." Ich neige den Kopf zur Seite. „War das okay?"

„Perfekt." Sie geht auf die Zehenspitzen und gibt mir schmunzelnd einen Kuss. „Was gibt es zu essen?"

„Ich habe uns eine Quiche mit Lauch, Brokkoli, Möhren, Zwiebeln und Speck gemacht und eine Flasche Cidre besorgt."

„Lecker!"

Wir nehmen Platz und ich decke den Tisch, während Sophie unsere Gläser füllt.

„Danke nochmal für diese wundervolle Überraschung." Sie hebt ihr Glas. „Auf dich, Lucien!"

„Auf uns, Sophie."

Wir stoßen an und machen uns über das Essen her, das Sophie geradezu überschwänglich lobt. Und so schnell, wie sie dann bereits beim zweiten Stück ist, hat sie mich sicherlich nicht angeflunkert.

„Übrigens …", beginne ich nach einer Weile, „… meine Eltern lassen dich schön grüßen. Sie waren ganz begeistert von deinen Fotos vom Menü und von dir sind sie auch begeistert, weil ich immer so viel von dir erzähle. Und ich hoffe, es ist dir recht – ich habe ihnen auch gesagt, dass wir ineinander verliebt sind."

Sophie schluckt. „Das fanden sie wohl ein bisschen schnell, oder?"

Lachend schüttle ich den Kopf. „Im Gegenteil. Sie

fanden es sehr romantisch. Meine Eltern waren damals nach nur einem Date schon fest zusammen. Also ist das für sie nichts Ungewöhnliches. Und wie glücklich du mich machst, sehen sie auf jedem Foto und hören es mir an, wenn ich von dir schwärme."

Sophie strahlt. „Dann ist es ja gut."

„Hast du deinen Eltern eigentlich schon etwas von uns gesagt?", frage ich vorsichtig.

„Noch nicht, aber meiner Oma. Wenn es um Liebesdinge geht, erfährt sie es immer als Erste. Da meine Eltern immer so viel gearbeitet haben, kennt sie mich am besten. Und gestern stand im Kalender, dass man sein Glück in die Welt hinausrufen sollte. Da ich dachte, sie hört mich von hier aus nicht, wenn ich das tue, habe ich sie lieber angerufen, bevor ich in den Pub gegangen bin." Sie schmunzelt. „Sie hat schon an meiner Stimme gehört, was los ist, bevor ich dich überhaupt erwähnt habe. Ich habe ihr ein Foto von uns beiden geschickt und sie ist sehr angetan von dir. Und auch von allem, was ich über dich erzählt habe. Und sie findet es bezaubernd altmodisch, dass wir es langsam angehen lassen. So etwas hätte ihrer Meinung nach auf lange Sicht Bestand."

Ich grinse. „Nicht nur eine gute Köchin, sondern auch eine sehr weise Frau. Ich mag sie jetzt schon."

Sophie lächelt mich an. „Ich hoffe, dass sie recht hat."

„Ich auch. Sehr."

***

Nach Mitternacht packen wir zusammen. Wir müssen zweimal gehen, bis wir alles wieder ins Haus gebracht haben, aber das macht nichts. Der Weg ist nicht weit.

Die ganze Zeit über haben wir geredet. Haben Kindheitserinnerungen und Familiengeschichten ausgetauscht und lustige Dinge, die wir erlebt haben. Und ich habe ihr erzählt, was Matt zu mir gesagt hat, als er Anne auf dem Dorffest das erste Mal gesehen hat. Sophie fand das absolut romantisch.

Nur über eine Sache haben wir nicht gesprochen – über das eine Thema, das mir unter den Nägeln brennt. Ob Sophie sich bereits entschieden hat, noch länger hierzubleiben oder ob sie nach Hause fliegt. Ich hätte sie natürlich fragen können, aber ich will sie zu nichts drängen. Sie weiß, dass ich es mir wünsche, und jetzt muss ich es ihr überlassen, auch wenn es mir schwerfällt. Aber wie auch immer sie sich entscheidet – es wird uns nicht trennen. Ich habe ihr versprochen, dass wir einen Weg finden, um zusammenzubleiben, und das meine ich auch so. Ich werde mein großes Glück nicht aufs Spiel setzen!

Als wir alles in die Spülmaschine gepackt haben, gähnt Sophie hinter vorgehaltener Hand.

„Tut mir leid, aber mir fallen gleich die Augen zu. Schlafen wir heute wieder bei dir?“

„Lieber bei dir. Ich mochte es, mit dir im Himmelbett zu liegen und die Vorhänge zuzuziehen. Es war so ein Gefühl von Geborgenheit und als gäbe es nur noch dich und mich." Ich ziehe sie in meine Arme. „Du machst mich sehr glücklich."

„Und du mich, Lucien. Aber mache ich dich so glücklich, dass du mir noch ein bisschen vorliest, obwohl du auch schon müde aussiehst?"

„Immer. Ein paar Kapitel schaffe ich auf jeden Fall. Was soll ich dir vorlesen?"

„Was du willst. Ich höre dir einfach gerne zu."

„Dann schlage ich vor, wir statten Elizabeth und Mr. Darcy einen Besuch ab."

„Du bist der Beste!"

„Nur wegen dir, Sophie." Ich versinke in ihren Augen, küsse sie zärtlich und ihr süßes Seufzen lässt mein Herz vor Glück schneller schlagen.

KAPITEL 25

LUCIEN

Als Sophie am nächsten Nachmittag die Treppe herunterkommt, stockt mir der Atem. Sie hat die Haare zu einem strengen Ballerina-Knoten am Hinterkopf zusammengesteckt und ist nur ganz dezent geschminkt. Und ihr Kleid – es ist ganz anders als erwartet. Ich dachte, es wäre vielleicht rot oder rosa, aber es ist hellgrau. Ein ganz zartes Hellgrau wie feinster Nebel.

Es ist tailliert geschnitten. Die Rockpartie ist leicht ausgestellt, sodass man sich gut bewegen kann, und die oberste Lage bildet ein hauchfeiner Tüllstoff.

Das Oberteil hat breite Träger und ist über und über mit silbernen Pailletten bestickt. Auf der Vorderseite besitzt es einen ziemlich tiefen V-Ausschnitt, aber ein Paillettenband in der Mitte hält die beiden Stoffstreifen zusammen, damit alles an Ort und Stelle bleibt und kein Malheur passiert.

Langsam gehe ich um Sophie herum. Hinten ist es genau wie vorne geschnitten und wird unterhalb der Schulterblätter ebenfalls mit einem Band zusammengehalten, sodass die Träger nicht verrutschen können.

Der Anblick treibt meinen Puls ganz schön in die Höhe und ich küsse ihren Nacken, bevor ich wieder nach vorne komme.

„Du bist wunderschön, Sophie! Ich bin völlig hin und weg und so stolz, dass ich mit dir ausgehen darf."

„Danke." Sie wirft mir einen unsicheren Blick zu. „Aber vielleicht hätte ich doch eine aufregendere Farbe nehmen sollen? Oder vielleicht zeigt es zu viel Haut? Annes Kleid ist aber auch ein wenig gewagt und sie war so von diesem hier begeistert und mir hat es auch gefallen." Sie hebt ihren Arm, über dem eine cremefarbene Stola hängt. „Aber ich habe ja zur Not noch das, falls ich mich doch irgendwann unwohl fühle."

„Du machst dir zu viele Sorgen. Es ist genau das richtige Kleid für dich! Du siehst wie eine moderne Disney-Fee aus, die ins Menschenreich gekommen ist, um eine Party zu feiern. Und die Farbe passt ausgezeichnet zu deinen wundervollen Augen. Und ja, das Kleid ist schon sexy, aber es deutet nur an. Es zeigt nicht wirklich etwas und ist sehr elegant."

Sie atmet erleichtert auf, bevor sie mich in meinem Smoking ausgiebig betrachtet und sich schließlich Luft zufächelt. „Mr. Bond, Sie auch hier?"

Ich hebe die Arme und tue so, als würde ich mit beiden Händen eine Pistole halten. Hektisch sehe ich mich um, springe hin und her und nehme schließlich vor Sophie Haltung an. „Die Umgebung ist gesichert. Wir können los."

Mühsam unterdrückt sie ein Kichern, nickt mir hoheitsvoll zu, klemmt sich ihre Clutch unter den Arm und folgt mir zur Tür.

„Einen Moment bitte." Ich reiße die Tür auf, werfe schnell einen Blick nach links und rechts und nicke ihr zu. „Gesichert."

Sophie tritt an mir vorbei, ich schließe hinter ihr ab und geleite sie zum Wagen. Nachdem ich die Beifahrertür geöffnet habe, biete ich ihr meinen Arm an, um ihr beim Einsteigen behilflich zu sein. Dankbar hält sie sich daran fest, während sie mit der anderen Hand ihr Kleid rafft.

Als sie sitzt, drücke ich die Tür zu und gehe vorne um das Auto herum. Kurz überlege ich, zu versuchen, quer über die Motorhaube zu hechten, um die Rolle des Meisteragenten möglichst authentisch zu spielen, aber die Motorhaube des SUV ist echt hoch und ich will mir keine Blöße geben. Selbstverständlich sichere ich aber weiterhin die Gegend mit meiner imaginären Waffe ab, bis ich hinter dem Steuer sitze.

Sophie grinst breit.

Ich neige den Kopf und fasse mir ans Ohr. „007 an M. Das kleine Küken sitzt sicher im Nest und wir werden gleich losfliegen. Ich wiederhole. Küken im Nest. Gleich losfliegen.“ Ich nicke, als würde ich einer Antwort lauschen. „Verstanden, M. Ich melde mich, wenn das Küken gelandet ist. Over und out.“

„Mein Held!“ Sophie schmachtet mich an. „Ich weiß ja gar nicht, wie ich Ihnen für Ihren Einsatz danken soll, 007.“

„Ich mache nur meinen Job.“ Ich zwinkere ihr übertrieben zu. „Wenn ich Ihren Lipgloss nicht ruiniere, würde ich mir allerdings durchaus gerne sofort einen Kuss als Belohnung abholen.“

Sophie rückt gespielt schockiert ein Stück ab. „Dann stimmt es also, was man sich über Sie erzählt? Sie lassen nichts anbrennen?“

„Alles nur Geschichten. Für mich gibt es nur eine Frau auf dieser Welt.“ Ich nehme Sophies Hand und hauche einen Kuss darauf. „Es gibt nur dich.“

„Dann küss mich, 007!“

„Nichts lieber als das.“

SOPHIE

Nachdem wir den Wagen auf dem Parkplatz von Rosewood Hill House abgestellt haben, laufen wir Hand in Hand zum Eingang des Landsitzes. Zwei Sicherheitsleute kümmern sich um den Einlass und kontrollieren die Gästeliste.

Als wir die Auffahrt entlanggehen, können wir das Manor sehen. Es ist ein prächtiges Herrenhaus im georgianischen Stil mit einer majestätischen Fassade. Der Anblick ist atemberaubend, genau wie der auf die weitläufigen Parkanlagen des Anwesens.

„Wie in einem Roman von Jane Austen“, flüstere ich beeindruckt.

Lucien drückt meine Hand. „Absolut.“

Ein Bediensteter mit einem Tablett eilt uns entgegen und ich nehme mir ein Glas Champagner, während Lucien ein Wasser wählt.

Zerknirscht sehe ich ihn an. „Nimm du den Champagner und ich gebe heute den Chauffeur.“

„Kommt nicht in Frage. Du bist mein Schützling. Als Geheimagent muss ich einen klaren Kopf bewahren. Ich bestehe darauf, dass du diesen Abend mit allem genießt, was er zu bieten hat.“

„Okay. Aber vielleicht können wir nächstes Jahr wieder herkommen und dann fahre ich.“

„Es klingt schön, wenn du über unsere Zukunft sprichst.“

Ich lächle Lucien an. „Wollen wir jetzt das Grundstück erkunden oder erst die anderen suchen?“

„Olivia und Richard, falls er überhaupt da ist und nicht arbeiten muss, sind sicherlich mit Vorbereitungen beschäftigt, aber vielleicht sind Matt und Anne schon angekommen.“ Lucien holt sein Handy aus seinem Jackett und wählt. „Matt! Hallo! Wir sind auf dem Fest. Seid ihr auch schon da?“

Er sieht mich an und schüttelt den Kopf.

„Alles klar. So machen wir es. Bis dann!“ Lucien legt auf. „Sie sind noch unterwegs und vielleicht in zehn Minuten da, aber wir sollen nicht warten. Wir treffen uns später bei Olivia, falls wir uns im Park nicht irgendwo über den Weg laufen.“

Ich lege meine Hand in Luciens. „Dann mal los.“

Genau wie viele der anderen Geladenen flanieren wir durch die verschiedenen Gärten. Der Duft von Lavendel liegt in der Luft, Blumenrabatte leuchten in bunten Farben und überall kann man am Ende einer Blickachse entweder eine Statue oder einen weiteren Garten sehen.

Als wir mit den Gärten durch sind, erkunden wir den Rest des Parks. Über gewundene Pfade, die zwischen peinlich akkurat gemähten Rasenflächen angelegt sind und durch einen kleinen Wald führen, erreichen wir schließlich einen Teich, in dem Seerosen blühen. Und gleich darauf stoßen wir auf einen Irrgarten und hören bereits von drinnen Lachen und Rufe von anderen Gästen, die das Labyrinth ebenfalls entdeckt haben. „Ich liebe Irrgärten! Können wir da auch reingehen?“

Lucien nickt. „Natürlich.“

Hand in Hand betreten wir das Labyrinth. Gleich nach dem Eingang weist uns freundlicherweise ein Schild darauf hin, dass wir keine Mitte, sondern den anderen Eingang oder in diesem Fall den anderen Ausgang finden müssen, der auf der gegenüberliegenden Seite liegt.

Meine Aufregung steigt mit jedem Schritt. Die Hecken sind hoch und so dicht, dass ich schon bald komplett die Orientierung verliere. Aber es macht so viel Spaß und hinter mancher Ecke verbirgt sich eine Überraschung wie ein kleiner Springbrunnen, eine hübsche Statue oder eine Bank, um sich auszuruhen. Mehr als einmal landen wir allerdings in einer Sackgasse, was uns aber nichts ausmacht, weil wir die Gelegenheit jedes Mal nutzen, um uns, verborgen durch die grünen Wände, zu küssen.

Schließlich gelangen wir an eine Kreuzung mit mehreren Wegen zur Auswahl.

„Wohin jetzt?“, fragt Lucien mich.

„Keine Ahnung. Ich weiß ehrlich gesagt nicht einmal mehr, in welcher Richtung sich der Eingang befindet, durch den wir reingekommen sind. Also kann ich auch nicht sagen, in welcher Richtung unser Ziel liegt. Hast du besser aufgepasst?“

Lachend schüttelt Lucien den Kopf. „Ich starre die ganze Zeit nur dich an.“

„Du bist keine große Hilfe, 007“, tadle ich ihn grinsend. „Wir werden noch zu spät zum Essen kommen.“

„Es ist ein Büffet. Da ist es egal, wann wir eintrudeln. Und wahrscheinlich werden vorher nicht gerade spannende Reden über den Urahnen gehalten. Nicht schlimm, wenn wir die verpassen.“

„Aber sehr unhöflich. Okay, wenn man den Spuren

im Kies vertrauen kann, die andere Herumirrende hinterlassen haben, scheinen die meisten den Weg links genommen zu haben."

„Ich könnte dich auf meine Schultern nehmen und du lugst mal über die Hecken", schlägt Lucien vor.

„Geschummelt wird nicht", protestiere ich. „Also erst, wenn es ums Überleben geht." Schmunzelnd ziehe ich Lucien nach links.

Zehn Minuten später sind wir immer noch unterwegs, als wir plötzlich ganz in der Nähe die Stimme eines Mannes hören.

„Hier vorne geht es raus, Anne!"

Lucien grinst. „Matt! Anne! Wir sind auch hier!"

„Sophie? Lucien?", hören wir Anne rufen.

„Ja! Wir sind irgendwo gleich hinter euch!", antworte ich. „Wartet auf uns!"

Wir eilen schnell in Richtung der Stimmen und zwei Ecken weiter stoßen wir auf die beiden, die auf einer Bank neben der großen Statue eines Fauns sitzen. Zur Begrüßung umarmen wir uns, aber mir ist nicht entgangen, dass Matt und Anne davor Händchengehalten haben.

„Du siehst bezaubernd aus, Anne." Lucien lächelt sie an.

„Danke. Und du wie James Bond."

Ich grinse breit. „Das habe ich ihm auch gesagt."

„Und was ist mit mir?", beschwert Matt sich. „Ich trage auch einen Smoking. Jeder Mann sieht in einem Smoking wie Bond aus. Und ich ja wohl viel mehr als Lucien. Ich bin um Längen muskulöser. Wer immer wieder die Welt retten muss, braucht ordentliche Muskeln."

Anne schmiegt sich an ihn. „Du siehst auch wie ein Geheimagent aus. Aus einer Abteilung, in der nur die ganz harten Typen arbeiten."

Misstrauisch sieht Matt sie an. „Machst du dich etwa lustig über mich?"

„Natürlich nicht." Anne kichert. „Und jetzt führ uns zum Ausgang. Oder müssen wir doch um Hilfe rufen?"

„Ich weiß genau, wo es langgeht. Ich habe einen inneren Kompass, der mich noch nie im Stich gelassen hat. Ich gehe voran! Folgt mir einfach!"

In einem lustigen Film wären wir jetzt wahrscheinlich prompt in eine Sackgasse gelaufen, aber tatsächlich führt Matt uns ohne zu zögern aus dem Irrgarten heraus.

Triumphierend reißt er die Arme hoch und wir alle sehen das Handy in seiner Hand, auf dem eine Luftansicht des Labyrinths abgebildet ist und auf der sehr deutlich alle Statuen, Brunnen und Bänke zu erkennen sind.

„Von wegen innerer Kompass!" Lucien schnaubt. „Das war geschwindelt. Du wusstest die ganze Zeit genau, wo es langgeht."

Matt grinst und steckt sein Telefon ein. „Das war nicht geschwindelt, das war schlau. Eine wertvolle Eigenschaft für einen Agenten. Außerdem müssen wir uns langsam beeilen. In einer halben Stunde wird das Fest eröffnet."

Er nimmt Annes Hand in seine und ich sehe, wie die Augen meiner Freundin strahlen. Und Matts auch!

***

Nach der Rede des Gastgebers über seinen Vorfahren Reginald, die erstaunlich kurzweilig war, und der Vorstellung einiger Gäste, die mit einer Urkunde und einer goldenen Medaille für ihre Verdienste geehrt wurden, erklärt er das Fest für eröffnet.

Die Stehtische und Tische, die mit Stühlen bestückt und auf der Wiese vor dem Herrenhaus aufgestellt worden sind, leeren sich schnell und alle strömen zu den langen Tafeln, auf denen das Büffet präsentiert wird.

An Getränken gibt es alles, was das Herz begehrt, und auch beim Essen ist für jeden Geschmack etwas dabei. Canapés, Sandwiches, gegrilltes Gemüse, Fleischspieße, Würstchen vom Grill, Salate, Pommes Frites, Kartoffeln, Kroketten, Gemüsesticks mit verschiedenen Dips, Käseplatten und natürlich Olivias Leckereien.

Lucien und ich gehen zu ihr und Richard, die hinter ihren Tischen stehen. Auch die beiden sind elegant angezogen, aber tragen zusätzlich eine weiße Schürze über der festlichen Garderobe.

„Habt ihr Matt und Anne gesehen?", fragt Olivia, nachdem wir uns begrüßt haben. „Ich habe sie aus den Augen verloren."

Lucien nickt. „Die sitzen dort drüben an dem Tisch links, halten Händchen und haben offenbar noch gar nicht bemerkt, dass man das Büffet stürmen kann."

Olivia wirft einen Blick auf die beiden und lacht. „Wow! Meinen kleinen Bruder hat es echt erwischt. So habe ich ihn noch nie gesehen. Er grinst wie ein Idiot."

„So wie ich immer grinse, wenn ich dich ansehe, mein Herzblatt", wirft Richard ein.

Olivia tätschelt seinen Arm. „Das stimmt. Und ich liebe es und dich."

„Und ich liebe dich noch viel mehr."

„Das kann gar nicht sein", widerspricht Olivia.

Richard nimmt sie in die Arme, küsst sie zärtlich und mir wird ganz warm ums Herz.

Eine Band betritt die Bühne und fängt an zu spielen. Ich habe mit einem klassischen Orchester gerechnet, aber die coolen jungen Männer und Frauen fangen gleich an, der Menge mit ‚Satisfaction' von den Rolling Stones einzuheizen. Der Leadsänger baut dabei sogar typische Mick Jagger-Moves ein, was ziemlich beeindruckend aussieht. „Die haben es echt drauf", merke ich an. „Und sehen alle wie Rockstars aus. Müsste ich die kennen?"

„Noch nicht, das ist eine Nachwuchsband aus

Redruth“, erklärt Olivia. „Unser Gastgeber fördert sie schon seit Jahren. Es ist ein offenes Geheimnis, dass er früher selbst gerne Rockstar geworden wäre, deshalb ist er wahrscheinlich so engagiert. Vielleicht hofft er, mit ihnen seinem Traum wenigstens als Manager näherzukommen. Spätestens in zwei Stunden, wenn er sich ein wenig Mut angetrunken hat, wird er seine E-Gitarre holen und mitspielen. Das war bisher immer so. Dann muss die Band ‚Thunderstruck‘ und ‚Highway to Hell‘ von AC/DC performen und er rockt über die Bühne wie Angus Young. Ihr werdet es erleben!“

„Etwa in kurzen Hosen?“, fragt Lucien.

Richard grinst. „Ist schon vorgekommen und ein schöner Anblick ist etwas anderes, aber die Stimmung ist dann immer auf dem Höhepunkt. Ihr könnt euch schon darauf freuen!“

LUCIEN

Ein paar Stunden später, nachdem wir viel gegessen und getanzt und unseren Gastgeber auf der Bühne bewundert haben, der trotz seiner etwa 70 Jahre und seines eher korpulenten Körpers einen unvergesslichen Auftritt hingelegt hat, verabschieden wir uns von Olivia, Richard, Anne und Matt.

Ich lege Sophie die Stola um, bevor ich ihre Hand fest in meine nehme und sie zärtlich streichle.

Sie seufzt. „War der Weg zum Auto vorhin auch

schon so weit?"

„Wir sind gleich da. Wieso?"

„Ich glaube, ich bin ein bisschen beschwipst. Und ich bin müde und mir tun die Füße weh."

Kurzerhand hebe ich sie auf meine Arme. „Besser?"

„Viel besser. Aber bevor du zusammenbrichst, setzt du mich lieber wieder ab."

„Keine Sorge. Ich schaffe das schon, auch wenn ich nicht so dicke Muskeln wie Matt habe."

„Du bist genau richtig für mich." Sie schmiegt sich an mich und gibt mir einen Kuss. „Das war ein sehr schöner Abend."

„War es."

„Und Olivia und Richard sind so süß miteinander. Und Anne und Matt auch. Denkst du, sie werden ein richtiges Paar?"

Ich lächle. „Ich hoffe es."

„Ich hoffe es auch. Machen wir morgen einen Ausflug?"

„Na klar. Wohin willst du?"

„Tintagel und dann vielleicht eine Wanderung durch dieses Tal, von dem du erzählt hast?"

Ich nicke. „Rocky Valley. Das machen wir. Es wird dir gefallen."

„Es gefällt mir überall, wenn du bei mir bist", murmelt sie.

Ich überlege einen Moment, ob ich darauf etwas erwidern soll, und gebe mir schließlich einen Ruck. „Mir auch, Sophie. Und wenn es erstmal Chicago sein soll, dann gehe ich mit dir. Hauptsache, wir sind zusammen. Ich will, dass du das weißt. Ich werde dich nicht weiter drängen, mit mir in Cornwall zu bleiben. Wir können uns Zeit lassen und auch in Chicago ganz in Ruhe darüber nachdenken, wo wir leben wollen. Okay?“ Sie antwortet nicht und erst jetzt bemerke ich, dass ihre Augen geschlossen sind. „Sophie?“, frage ich leise. „Bist du eingeschlafen?“

Langsam schlägt sie die Augen auf. „Sind wir schon da? Hast du etwas gesagt?“

„Nein. Schon gut.“ Lachend gebe ich ihr einen Kuss auf die Nasenspitze. „Wir sind gleich am Auto und dann kannst du ein bisschen schlafen. Ich wecke dich, wenn wir zuhause sind.“

„Ist gut. Danke.“

Sie kuschelt sich seufzend an mich und ich grinse wie ein Idiot. Genau wie Richard und Matt.

KAPITEL 26

SOPHIE

Lucien ist bereits aufgestanden, als ich aufwache, aber er hat eine Nachricht für mich hinterlassen, die unter meinem Handy liegt.

Meine Liebste,

wenn du wach bist, komm runter – ich habe eine Überraschung für dich!

1000 Küsse!

Dein Lucien

Mein Herz schlägt vor Freude wie verrückt! Ich habe keine Ahnung, welche Überraschung das sein könnte. Ein spezielles Frühstück? Ein Picknick an unserem Lieblingsplatz am Strand? Egal, was es ist – ich weiß, es wird wundervoll sein wie alles, was Lucien sich für mich ausdenkt. Und deshalb werde ich ihn auch gleich überraschen!

Glücklich springe ich aus dem Bett, laufe zum Schrank, hole frische Klamotten heraus und renne ins Bad.

Kurz darauf eile ich die Treppe hinunter, als Lucien mich auf der letzten Stufe abpasst.

„Halt!“

„Wieso?“

„Weil du die Augen zumachen musst, Sophie. Ganz fest. Und nicht schummeln!“

Kichernd folge ich seiner Anweisung. Lucien tritt hinter mich, legt seine Hände auf meine Schultern und lotst mich ins Wohnzimmer. „Darf ich jetzt schauen?“, frage ich aufgeregt.

„Hm … vielleicht bleiben wir einfach noch ein bisschen so stehen.“

Er streicht meine Haare zur Seite und küsst meinen Hals, was einen wohligen Schauer über meinen Körper jagt. Ich lehne mich gegen ihn, er schlingt seine Arme um meine Taille und ich seufze. „Ich könnte ewig so mit dir herumstehen, Lucien, aber ich komme fast um vor Neugier.“

Er lacht leise. „Das will ich natürlich auf gar keinen Fall. Warte kurz.“

Er nimmt meine Hand und führt mich noch ein Stück weiter, bis ich spüre, dass wir am Sofa angekommen sind. Sanft drückt er mich darauf und setzt sich neben mich.

„Jetzt darfst du schauen. Ich hoffe, es gefällt dir."

Ich öffne die Augen. Vor mir auf dem Couchtisch steht ein hoher Stapel Bücher, mit einer großen rosa Schleife umwickelt. Die Buchrücken sind zu mir gedreht und ich schlucke. Es sind die ‚Stolz und Vorurteil'-Bücher, die mir in dem Buchladen in St. Ives so gut gefallen haben. Vorsichtig löse ich die Schleife, lege alle Ausgaben nebeneinander auf den Tisch und fahre mit den Fingern über die Einbände, bevor ich Lucien in die Arme falle. „Danke! Das ist das schönste Geschenk aller Zeiten!"

Er drückt mich an sich und streichelt mir übers Haar. „Gern geschehen, Sophie. Ich habe allerdings den Ehrgeiz, dass jedes meiner zukünftigen Geschenke das schönste Geschenk aller Zeiten ist."

Ich löse mich von ihm und küsse ihn zärtlich. „Ich schätze deinen Ehrgeiz, aber ich werde jedes Geschenk von dir lieben. Selbst wenn es nur drei Blümchen sind, die du für mich am Wegesrand gepflückt hast."

Lucien lächelt.

„Wie und wann hast du das alles organisiert?"

„Ich habe im Buchladen versucht, mir alle Einbände zu merken, und gleich, als wir wieder zuhause waren, habe ich die Bücher heimlich bestellt und an Anne schicken lassen. Abgeholt habe ich sie im

Café am Abend vor dem Menü und sie erstmal im Kofferraum meines Autos durch die Gegend gefahren, bevor ich sie in meinen Schrank schmuggeln konnte, als du mit Anne shoppen warst. Ich hoffe, ich habe alle Ausgaben erwischt, die dir gefallen haben, sonst fahren wir nochmal nach St. Ives."

Ich schlinge meine Arme um seinen Nacken. „Sie sind alle wundervoll und du bist wundervoll!"

Lucien küsst mich. „Jetzt müssen wir sie nur noch in deinen Koffer und deine Reisetasche kriegen, ansonsten schicke ich sie dir als Paket nach Chicago."

„Müssen wir nicht und brauchst du nicht."

Lucien runzelt die Stirn. „Du willst sie nicht mit nach Hause nehmen?"

„Will ich auf jeden Fall." Er sieht mich derart verwirrt an, dass ich lachen muss. „Ich dachte, wir wollten uns hier irgendwo ein neues Zuhause suchen. Oder etwa doch nicht?"

Ungläubig starrt Lucien mich an. „Du bleibst hier? Bei mir? Wir bleiben hier?"

„Na ja, wenn du das auch noch willst."

„Ob ich das auch noch will? Natürlich will ich das! Das ist alles, was ich will!"

Er umfasst mein Gesicht, bedeckt es mit Küssen, und dann finden seine Lippen meine und es ist der beste Kuss auf der ganzen Welt! Leidenschaftlich und zärtlich und er hält mich dabei so fest, als würde er mich nie wieder loslassen wollen. Als wir uns atemlos voneinander trennen, strahlt er über das ganze

Gesicht.

„Ich glaube, es gibt gerade keinen glücklicheren Mann als mich, Sophie."

„Und keine glücklichere Frau als mich", ergänze ich. „Also, dann müssen wir nur noch herausfinden, was vor allem ich alles vorweisen muss, um hierbleiben zu können. Und ich muss nachher noch meinen Flug stornieren. Und ich will mit dir erstmal nach einem neuen Ferienhaus für uns suchen, das hier irgendwo in der Nähe ist. Und ich will meine Oma anrufen und es auch endlich meinen Eltern sagen! Aber jetzt will ich zuerst zu Anne und ihr die freudige Mitteilung machen, dass die Abschiedsparty entfallen kann!"

Lucien grinst. „Dafür musst du doch nicht zu ihr fahren. Sie hat ein Handy."

Schmunzelnd schüttle ich den Kopf. „Das will ich ihr persönlich sagen, weil sie von Anfang an gewusst hat, dass wir zusammengehören. Ich bin so auf ihr Gesicht gespannt! Und dann kann ich uns gleich ein paar Leckereien mitbringen." Ich will aufstehen, aber Lucien zieht mich nochmal in seine Arme und küsst mich stürmisch.

„Beeil dich, Sophie. Du fehlst mir nämlich jetzt schon."

„Keine Sorge. Ich werde schnell wie der Wind sein."

***

Als ich das Dancing Seagull betrete, ist gerade nichts los, aber offensichtlich waren vor mir schon jede Menge Kunden da, denn die Auslage mit Sandwiches und Kuchen ist bereits zur Hälfte leer.

Anne kommt auf mich zugelaufen und deutet aufgeregt auf die Wand hinter der Theke.

„Wie findest du es?“

Erst jetzt bemerke ich, dass dort eines meiner Fotos von Anne und Fred vom Dorffest hängt. Groß ausgedruckt und mit einem schlichten dunklen Holzrahmen versehen.

Ich grinse. „Ich will mich ja nicht selbst loben, aber das sieht ziemlich gut aus.“

„Sei nicht so bescheiden. Es ist wunderschön und ich liebe es! Ich habe Rachel ein Bild davon und von deinem Logo geschickt und sie ist auch absolut begeistert.“

„Das freut mich!“

„Du kannst wirklich stolz auf dich sein! Und ich muss dir gleich noch etwas erzählen. Rosie und die anderen und ich haben uns überlegt, dass wir hier im Café und im Pub eine kleine Ausstellung mit deinen Fotos machen, damit jeder im Dorf sich Fotos nachbestellen kann. Also, es ist natürlich blöd, dass du dann nicht mehr da sein wirst, aber bis Montagabend schaffen wir das nicht, alles zu organisieren. Aber vielleicht tröstet es dich ein wenig, dass wir noch eine andere Sache beschlossen haben, und wir wollen keine Widerworte hören!“ Mahnend hebt Anne den Zeigefinger. „Wir werden die Abzüge verkaufen und du bekommst das Geld. Immerhin ist es deine Arbeit und sollst dafür bezahlt werden. Ich überweise dir dann einfach alles, was wir eingenommen haben."

Ich winke ab. „Das ist wirklich nicht nötig. Ich habe das gern gemacht."

„Das wissen wir, aber deine Fotos sind so gut – die kannst du nicht einfach herschenken. Du kannst also sagen, was du willst, es wird dir nichts nützen. Es ist beschlossen."

„Okay. Danke. Aber ich denke, ich kann die Ausstellung doch sehen."

Anne schlägt sich gegen die Stirn. „Klar. Wir können natürlich einen Videoanruf machen und ich zeige dir alles."

Ich zucke mit den Schultern. „Was vielleicht ein wenig umständlich ist, wenn ich auch einfach dazukommen kann."

„Wieso?", fragt Anne verwirrt.

Ich kann förmlich sehen, wie in ihrem Kopf die Rädchen rotieren und langsam ineinandergreifen, und grinse breit, als es endlich Klick macht und sie mich anstrahlt.

„Du bleibst?", ruft sie. „Du meine Güte! Du bleibst wirklich? Lucien und du … ihr bleibt hier?"

„Wir bleiben." Jubelnd umarmt Anne mich und ich umarme sie.

„Wann habt ihr das beschlossen? Erzähl mir alles!"

Ich lächle. „Mache ich, während du mir ein paar

Sandwiches und Kuchen einpackst. Lucien wartet auf mich. Ich wollte es dir nur schnell selbst sagen und auch, dass keine Abschiedsparty notwendig ist."

„Die beste Nachricht des Tages!" Anne eilt hinter den Tresen. „Was darf es sein?"

„Such du etwas aus. Ich nehme vier Sandwiches und vier Stück Kuchen. Dann haben wir heute Abend noch Nachtisch."

„Okay. Jetzt schieß los!"

Ich erzähle ihr schnell die Kurzfassung und worum wir uns jetzt alles kümmern müssen. „Und hoffentlich finden wir ein schönes Ferienhäuschen, in dem wir erst einmal bleiben können und das nicht zu weit von hier entfernt ist. Wir werden, mehr als euch lieb ist, ständig hier auftauchen."

„Das sind so tolle Nachrichten, Sophie! Ich fasse es noch gar nicht. Ich gehe nach Feierabend gleich zu Mum und frage, wann unser Cottage wieder frei ist. Bestimmt könnt ihr es auf unbestimmte Zeit mieten. Ich würde es ja jetzt sofort machen, aber sie und Dad sind mit dem Stammtisch wandern und ich weiß, dass Mum die Buchungen vom Handy aus nicht einsehen kann."

„Daran haben wir ja noch gar nicht gedacht. Das wäre wirklich wundervoll! Gib uns bitte Bescheid, sobald du etwas weißt."

„Mache ich. Ich freue mich so und natürlich auch für euch! Siehst du, ich wusste es immer, dass ihr füreinander bestimmt seid."

„Stimmt." Ich schmunzle. „Und was ist mit dir und Matt? Ihr habt gestern sehr glücklich miteinander ausgesehen beim ausgiebigen Händchenhalten und Anschmachten."

Anne lächelt. „Es läuft gut zwischen uns. Er will mich heute Abend ausführen und hat Blumen liefern lassen." Sie deutet auf den großen Tisch.

Ich drehe mich um und entdecke einen prachtvollen Strauß in allen möglichen Rosa- und Pink-Schattierungen. „Der ist wirklich bezaubernd und sehr aufmerksam auf deine Haare abgestimmt!"

Anne grinst.

„Heißt das, ihr seid jetzt offiziell ein Paar?"

„Darüber haben wir explizit noch nicht gesprochen. Was mich angeht … Matt ist toll und er ist genau mein Typ, aber ich muss immer noch an diese Aufreißer-Machonummer denken, die er bei mir am Anfang abgezogen hat. Das wirkte so, als würde er das öfter machen. Vielleicht bin ich also nur eine von vielen, bei denen er es probiert? Denkst du, meine Sorge ist begründet?"

Ich überlege einen Moment, was ich darauf erwidern soll. Ich will nichts kaputtmachen, Anne aber auch nicht anlügen. Aber ich habe ja noch einen Trumpf in der Hand, der alles verändern wird. „Okay, ich sag dir jetzt mal was. Hättest du mich das vor dem Dorffest gefragt, hätte ich dir geraten, vorsichtig zu sein. Matt war in der Vergangenheit wohl sehr umtriebig, wenn es um Frauen ging."

Anne sieht mich traurig an. „Ich wusste es."

Energisch schüttle ich den Kopf. „Ich sagte, er war es in der Vergangenheit, aber jetzt ist alles anders – wegen dir! Als ich Matt kennengelernt habe, hat er gesagt, er hätte sich damit abgefunden, dass es ihm niemals so ergehen wird wie seiner Schwester und ihrem Mann, als sie sich begegnet sind. Dass er eine Frau sieht und sein Herz für einen Schlag aussetzt und er weiß, dass sie die Richtige ist! Aber als er dich auf dem Dorffest zum ersten Mal gesehen hat, ist genau das passiert. Sein Herz hat ausgesetzt. Er hat es Lucien sofort gesagt, weil er völlig fassungslos war. Und Olivia hat gestern gesagt, so hätte sie Matt noch nie mit einer Frau erlebt. Und weil das so ist und er völlig verrückt nach dir ist … wenn du keine Chance siehst, ebenso für ihn zu empfinden, dann solltest du ihm lieber jetzt das Herz brechen."

Anne strahlt. „Ist das wirklich alles wahr? Matt denkt, ich wäre die Eine?"

„Tut er."

„Zum Glück!" Sie atmet erleichtert auf. „Ich will ihm nämlich gar nicht das Herz brechen. Ganz im Gegenteil! Ich kann mir jetzt schon alles mit ihm vorstellen. Er ist einfach der perfekte Mix aus Pirat und Steuerberater."

„Das ist er wirklich!" Lachend nehme ich ihre Hände und drücke sie. „Dann schnapp ihn dir. Und beherzige, was du mir erst vor kurzem selbst gesagt hast und sich nun bewahrheitet hat – man muss nach dem Glück greifen, wenn es sich einem bietet."

„Das werde ich! Versprochen!"

KAPITEL 27

LUCIEN

Ich liege auf dem Sofa, habe die Arme hinter dem Kopf verschränkt und warte ungeduldig auf Sophie. Wir bleiben wirklich zusammen hier! Ich bin überglücklich und so überwältigt von all meinen Gefühlen, dass ich fürchte, mein Herz wird gleich in meiner Brust explodieren.

Plötzlich höre ich, wie die Haustür geöffnet wird, und grinse breit. „Du warst ja wirklich schnell wie der Wind. Hast mich wohl ganz schön vermisst."

„Das habe ich."

Ich schrecke zusammen. Das ist nicht Sophie!

Schnell springe ich auf und starre entsetzt Emmanuelle an, die das Zimmer betritt. Elegant in einem ihrer geliebten Chanel-Kostüme mit kurzem Rock und Jäckchen, die langen schwarzen Haare offen und perfekt gewellt. „Was zum Teufel machst du hier? Wie kommst du hierher?"

„Mit dem Flugzeug und dann mit dem Auto." Sie schmunzelt. „Fast wäre ich an dem Kaff vorbeigefahren, aber habe zum Glück noch rechtzeitig das Schild gesehen. Und dann hat mir einer dieser Hinterwäldler, der auf der Straße unterwegs war, den Weg zu diesem Häuschen beschrieben."

Ich erstarre. Wie kann das sein? Woher weiß sie, wo ich bin? Meine Eltern haben ihr bestimmt nichts gesagt!

Emmanuelle lächelt. „Ich verstehe, dass es dir die Sprache verschlagen hat. Du hast wohl selbst nicht daran geglaubt, dass ich wirklich herkomme, auch wenn es eindeutig war, wie sehr du es willst. All die Zeichen, die du hinterlassen hast, um mir zu verstehen zu geben, dass ich einen großen Fehler gemacht habe."

„Welche Zeichen?", stammle ich.

„Soll ich die wirklich alle aufzählen? Also gut." Emmanuelle nimmt auf der Armlehne des Sessels Platz. „Dass ich immer noch für deinen Foto-Account freigeschaltet bin, war ja wohl das erste eindeutige Zeichen. Du wolltest, dass ich weiterhin Bescheid weiß, was in deinem Leben so passiert. Das hast du wirklich gut eingefädelt."

Mir läuft es vor Schreck eiskalt den Rücken

herunter! Verdammt! Das habe ich völlig vergessen!

„Und da habe ich dann die Bilder vom Cottage gesehen“, fährt Emmanuelle fort, „und auch gelesen, wo es sich befindet. Und ich habe die Fotos von dem wundervollen Menü gesehen, mit denen du mir offensichtlich zeigen wolltest, wie gut du als Koch wieder bist. Und die umwerfenden Fotos von dir und vor allem von dir und dieser unscheinbaren Frau hast du ja wohl nur gepostet, um mich eifersüchtig zu machen und damit ich verstehe, was ich weggeworfen habe. Und du hast es geschafft. Ich weiß jetzt, dass ich einen großen Fehler gemacht habe, alles wegzuwerfen, was wir uns aufgebaut haben. Und deshalb bin ich hier, um dich zurückzuholen. In mein Leben und ins Restaurant. Als Liebhaber habe ich Gerard bereits entsorgt und ich werde ihn auch feuern. Mit seinen skandalösen Eskapaden sorgt er dafür, dass immer weniger Gäste ins Restaurant kommen.“

Ich kann mir ein Lachen nicht verkneifen. „Ah … daher weht der Wind. Du brauchst einen neuen Koch.“

„Auch. Aber vor allem brauche ich dich. Sei mir nicht mehr böse. Lass uns wieder das perfekte Paar werden, das wir waren.“

„Das waren wir nie. Und jetzt geh bitte. Ich will nichts mehr mit dir und deinem Restaurant zu tun haben.“

Sie steht auf, geht zur Couch und setzt sich demonstrativ hin. „Ich werde nicht gehen.“

„Dann gehe ich.“

„Das wirst du nicht!“

Ehe ich reagieren kann, zerrt sie mich aufs Sofa, wirft sich auf mich und küsst mich wild.

Ich drehe den Kopf zur Seite und drücke sie von mir weg – und in dem Moment sehe ich Sophie, die mich entsetzt anstarrt. Sie lässt die Papiertüten, die sie in den Armen hält, fallen, wirbelt herum und rennt aus dem Haus.

Das alles läuft wie in Zeitlupe vor mir ab, wie in einem schrecklichen Albtraum, doch dann holt mich die Realität wieder ein. Ich muss zu Sophie! Ich stoße Emmanuelle heftig von mir und springe auf. „Lass mich in Ruhe und verschwinde endlich!“

Sie steht auf und umarmt mich fest. „Du kannst nicht gehen! Wir gehören zusammen!“

„Wir haben nie zusammengehört!“ Ich reiße mich von ihr los, mache einen Schritt nach hinten und bleibe an der Ecke des Couchtischs hängen. Meine Augen weiten sich vor Schreck, als ich das Gleichgewicht verliere und stürze. Ich komme hart mit der Schulter auf und kann zum Glück gerade noch verhindern, auch mit dem Kopf auf den Boden zu knallen. Ein heißer Schmerz durchzuckt mich und für einen Augenblick sehe ich Sterne.

„Lucien! Hast du dir wehgetan? Keine Sorge, ich werde mich um dich kümmern. In Paris. Wir fahren am besten gleich zurück. Und dann ist alles wieder wie früher. Wir lieben uns doch.“

Als Emmanuelle sich zu mir herunterbeugt und die Hand nach mir ausstreckt, kommt wieder Leben in mich. Ich rutsche weg von ihr und ziehe mich stöhnend am Tisch hoch. „Das war keine Liebe zwischen uns. Das weißt du doch selbst. Das war nur ein bequemes Arrangement. Und das hätte ich auch niemals wieder aufleben lassen, selbst wenn es da keine andere Frau gäbe, die ich von ganzem Herzen liebe und die so weit von unscheinbar entfernt ist, wie es nur möglich ist. Geh jetzt. Das ist mein Ernst."

Ich erkenne an ihrem Gesichtsausdruck, dass meine Botschaft endlich bei ihr angekommen ist, und taumle durchs Wohnzimmer und die offenstehende Haustür nach draußen. Sophies Auto ist noch da, also muss sie in der Nähe sein. Aber wo?

Ich überlege kurz, dann laufe ich so schnell es geht zum Strand, zu unserem Lieblingsplatz, und mir ist ganz schlecht vor Sorge, dass sie nicht dort sein könnte.

Als ich sie entdecke, schluchze ich vor Erleichterung auf. Sie sitzt im Sand, hat die Knie angezogen und das Gesicht in den Händen verborgen. Ich bemerke, dass ihre Schultern zucken, und mein Herz krampft sich schmerzhaft zusammen. Ich knie mich vor sie und berühre sie vorsichtig am Arm. „Sophie …"

Erschrocken sieht sie auf und rückt hastig von mir weg. „Fass mich nicht an."

Ihr Gesicht ist tränenüberströmt und ihre Worte erschüttern mich bis ins Mark. „Sophie, lass es mich bitte erklären. Das war ein Missverständnis."

„Was gibt es da zu erklären? Was ich gesehen habe,

war eindeutig.“

„War es nicht. Bitte gib mir eine Chance. Hör mir einfach kurz zu. Ja?“

Sie schlingt die Arme um sich und nickt, aber ich kann deutlich sehen, wie ihr Herz gerade bricht. „Die Frau, die du gesehen hast, war Emmanuelle. Sie war noch für meinen Foto-Account freigeschaltet. Ich hatte das komplett vergessen. Sie hat alle Bilder gesehen und so hat sie mich gefunden. Sie wollte mich zurück in ihr Leben und ins Restaurant holen und hat sich einfach auf mich geworfen und geküsst. Wärst du eine Sekunde länger geblieben, hättest du gesehen, dass ich sie weggestoßen habe. Und du hättest gehört, was ich ihr gesagt habe. Dass ich nicht interessiert bin und es auch dann nicht wäre, wenn es da keine andere Frau gäbe, die ich von ganzem Herzen liebe.“

Sophies Augen weiten sich. „Was hast du da gerade gesagt?“, wispert sie. „Liebe?“

„Ich liebe dich, Sophie. Ich liebe dich von ganzem Herzen. Mit allem, was ich habe und was ich bin. Schon, als ich dir gesagt habe, dass ich in dich verliebt bin, wusste ich, dass das nicht stimmt. Es war schon viel mehr. Ich liebe dich.“ Zögernd greife ich nach ihren Händen und dieses Mal lässt sie es zu. Sanft streichle ich sie. „Ich liebe es, wie ich mich fühle, wenn du bei mir bist. Ich liebe es, dass ich jede Sekunde des Tages mit dir verbringen will. Ich liebe es, wenn du in meinen Armen einschläfst. Ich liebe es, mit dir zu kochen. Ich liebe es, dir vorzulesen und mit dir zu puzzeln. Ich liebe es, mit dir durch Gärten zu flanieren, mich mit dir in Irrgärten zu verirren und

Ausflüge zu machen. Ich liebe es, dass du dir erlaubst, dich über Dinge wie ein Kind zu freuen. Ich liebe es, dass du deinen Lieblingsbüchern in Buchläden und Bibliotheken einen Besuch abstattest. Dass du sie begrüßt und ihnen etwas zuflüsterst. Ich liebe deine Klugheit und Schönheit, dein Mitgefühl und deine Freundlichkeit, deinen Humor und deine Schlagfertigkeit. Ich will dich immer glücklich machen, Sophie. Ich will immer an deiner Seite und dein Fels in der Brandung sein. Ich will dich zum Lachen bringen und ich will dich halten, wenn du traurig bist. Ich will dein Freund sein, dein Mann, dein Liebhaber und dein altmodischer Verehrer, der ein Leben lang um dich werben wird, um dein romantisches Herz zu erfreuen. Ich will dich niemals enttäuschen und ich verspreche dir, dass ich immer darauf achten werde, dass du deine Entscheidung, bei mir zu bleiben, nie bereuen wirst.“ Tränen laufen über Sophies Wangen und ich wische sie sanft mit den Daumen weg. „Ich liebe dich, Sophie Arden, und ich erwarte nicht, dass du auch schon so weit bist. Aber ich wollte, dass du es weißt. Und ich möchte, dass du noch etwas weißt. Als ich dich letzte Nacht zum Auto getragen habe, habe ich dir ein paar Dinge gesagt, ohne zu bemerken, dass du kurz eingeschlafen bist. Ich habe dir gesagt, dass ich auch mit dir nach Chicago gehe, wenn du erstmal zurück willst, und wir dort gemeinsam in aller Ruhe überlegen können, wo wir leben wollen. Und das gilt auch jetzt noch. Ich will dich einfach nur lieben dürfen und mit dir zusammen sein. Wo du bist, ist mein Zuhause. Du bist mein Ein und Alles. Und es tut mir so leid, dass ich dir Anlass gegeben habe, an mir zu zweifeln.“

Sophie schluckt, dann wirft sie sich in meine Arme

und weint.

Ich halte sie fest, während ich mühsam versuche, meine eigenen Tränen wegzublinzeln. „Ist alles wieder gut, Sophie“, flüstere ich mit belegter Stimme und drücke sie fest an mich. „Jetzt ist alles wieder gut.“

Ich weiß nicht, wieviel Zeit vergangen ist, bis wir uns wieder loslassen. Zärtlich streichle ich über ihr Gesicht und küsse sie ganz sanft, lege all meine Gefühle in diesen Kuss, und Sophie erwidert ihn.

Schließlich lächelt sie mich an. „Kannst du mir mal bitte verraten, wie ich so eine Liebeserklärung toppen soll? Das ist unmöglich. Also bleiben mir nur drei kleine Worte … ich liebe dich. Und ich will nicht nach Chicago. Ich will wirklich hierbleiben. Bei dir und den Büchern. Ich will, dass wir ein zauberhaftes Cottage finden, aber natürlich würde ich am liebsten wieder in unser Cottage ziehen. Anne fragt heute noch ihre Mum, wann es wieder frei ist, und sagt uns Bescheid. Und wenn wir erst ein anderes nehmen müssen, dann fahren wir trotzdem immer nach Galhill Bay, damit wir alle regelmäßig sehen und mit ihnen Boule spielen und uns im Café und im Pub mit allen treffen können. Aber egal, wo wir landen, es wird herrlich sein. Ich will mit dir von unserer Zukunft träumen, und wenn du ein Restaurant eröffnen willst, will ich dir helfen. Und ich will, dass du mir hilfst, meinen Weg zu finden. Ich will, dass unser gemeinsames Leben so weitergeht, wie es hier angefangen hat, und ich verspreche dir, dass ich nie wieder weglaufen werde.“

Ihre Worte hallen in mir wider und ich bete, dass

ich mir nicht doch den Kopf angeschlagen habe und halluziniere. „Du liebst mich?"

Sophie strahlt mich an und nickt.

„Ich bin so ein verdammter Glückspilz!" Ich setze mich hin und hebe sie auf meinen Schoß. Dabei pocht meine Schulter schmerzhaft und ich verziehe das Gesicht.

Erschrocken sieht Sophie mich an. „Was ist denn?"

„Ich bin gestürzt, als ich dir nachlaufen wollte, und mit der linken Schulter auf den Boden geknallt. Ich fürchte, wir müssen gleich mal bei Dr. Mortimer vorbeischauen."

Sofort will Sophie aufstehen, aber ich halte sie fest. „Das kann noch einen Moment warten. Sie ist ja nicht gebrochen. Ich will dir nämlich erst noch etwas sagen. Ich bin so froh, dass jetzt alles wieder gut ist. Und ich bin darüber doppelt froh, weil ich in den letzten Tagen eine weitere Überraschung für dich vorbereitet habe und die Arbeit ja nicht umsonst gewesen sein soll."

„Das wäre natürlich schrecklich gewesen." Sophie kichert. „Was hast du denn geplant? Darf ich es schon wissen?"

„Darfst du. Wenn wir das Cottage am Dienstag verlassen müssen, machen wir beide erstmal einen Roadtrip durch England."

„Toll! Einfach los oder haben wir bestimmte Ziele?"

„Wir haben definitiv bestimmte Ziele. Wir werden nämlich zu allen Drehorten von ‚Stolz und Vorurteil' fahren, die man besuchen kann. Denen von der BBC-Serie, versteht sich. Einiges befindet sich zwar im Privatbesitz und ist nicht zugänglich, aber wir können uns die Drehorte von Mr. Darcys Pemberley anschauen, Mr. Bingleys Netherfield Park, Lady Catherines Rosings und auch das Dörfchen, in dem die Szenen, die in Meryton spielen, gedreht wurden. Ich habe schon alles gebucht, wofür man Tickets braucht, und auch Zimmer in total kitschig-romantischen Hotels und B&Bs. Und wir besuchen natürlich das Haus in Chawton, in dem Jane Austen ihre wunderbaren Bücher geschrieben hat. Es gibt dort auch einen Shop, wo du dich mit allem eindecken kannst, was dein Herz begehrt. Bestimmt auch mit Buchausgaben, die du noch nicht hast."

„Oh Lucien! Wie wundervoll! Aber du wusstest doch gar nicht, ob ich hierbleibe."

Ich streiche ihr eine Strähne hinters Ohr. „Ich habe es so sehr gehofft, dass ich es gewagt habe. Und während wir auf Elizabeth' und Mr. Darcys Spuren wandeln, werde ich um dich werben und dich anbeten und dich lieben. So sehr, dass wir ihnen Ehre machen."

Sophie lächelt. „Und das schaffen wir. Da bin ich ganz sicher."

Sie zieht mich an sich und wir versinken in einen Kuss. Einen Kuss voller Liebe, und wir wissen beide, dass wir angekommen sind.

KAPITEL 28

1 Jahr später …

SOPHIE

Gespannt warte ich auf das Interview, das Lucien gleich der Journalistin eines sehr renommierten, französischen Feinschmeckermagazins geben wird, die einen Artikel über sein Restaurant schreibt. Sie platziert ihr Aufnahmegerät auf dem Tisch und stellt es an. Kurz sieht Lucien noch einmal zu mir herüber, wirft mir eine Kusshand zu und dann geht es los.

„Lucien, erst einmal Gratulation zu deinem Erfolg! Wir kennen uns ja schon aus deiner Zeit in Paris. Ich habe oft über deine kulinarischen Köstlichkeiten berichtet, bevor du das Restaurant verlassen hast. Das, wie du vielleicht weißt, seit deinem Weggang immer mehr zu kämpfen hat. Inzwischen wissen wir alle, was damals wirklich passiert ist. Und ganz unter uns – ich würde mal sagen, dass das Karma ist." Sie kann sich ein kleines Grinsen nicht verkneifen. „Aber zurück zu dir. Wenn mir damals jemand gesagt hätte, du würdest irgendwann in einem kleinen Dorf in Cornwall namens Galhill Bay ein eigenes Restaurant eröffnen, hätte ich es nicht geglaubt, aber genau das ist geschehen. Erzähl unseren Lesern doch kurz, wie es dazu überhaupt gekommen ist."

Lucien schmunzelt. „Sehr gerne, Monique. Das ist eine ganz schön lange Geschichte, also nur die Kurzfassung. Ich habe hier Urlaub gemacht, um mich von meinem Burnout zu erholen, und durch einen verrückten Zufall wurde mein Ferienhaus doppelt vergeben, sodass ich plötzlich eine Mitbewohnerin hatte, die sich schließlich als Liebe meines Lebens entpuppt hat."

Er wirft mir einen zärtlichen Blick zu und ich lächle.

„Wir haben beschlossen, zusammen hierzubleiben und ein gemeinsames Leben zu beginnen", fährt er fort, „und glücklicherweise konnten wir das Cottage, in dem wir gewohnt haben, kurz darauf den Eigentümern abkaufen. Und wiederum kurz darauf haben mir die Besitzer des Pubs angeboten, ihn zu übernehmen, weil sie kürzertreten wollten. Natürlich hätte ich dort mein Restaurant eröffnen können, aber mir war klar, dass das nicht geht. Damit mein Restaurant so aussieht, wie ich es mir vorstelle, hätte ich alles komplett umbauen und umgestalten müssen, und ich wollte Galhill Bay nicht diesen wichtigen Mittelpunkt nehmen. Etwas zu verändern, kam deshalb nicht in Frage. Das ging bei der Einrichtung los bis hin zum typischen Pub-Essen, das man dort bekommt. Also schien es so, als müsste ich das Angebot schweren Herzens ablehnen.“

Monique nickt verständnisvoll. „Aber dann ging ja doch alles gut aus. Das Haus neben dem Pub stand auf einmal zum Verkauf, du hast sofort zugeschlagen und nutzt das umgebaute Erdgeschoss nun für dein Restaurant. Und es hat auch eine kleine Galerie dort Platz gefunden.“

Lucien strahlt sie stolz an. „Die Galerie gehört meiner Freundin Sophie Arden. Sie ist eine ganz fantastische Fotografin und hat sich in kurzer Zeit einen so guten Ruf erarbeitet, dass sich ihre freien Arbeiten glänzend verkaufen. Und es häufen sich mittlerweile auch die Anfragen für Auftragsarbeiten. Portraits und Landschaftsaufnahmen.“

„Und sie hat auch die wunderbaren Fotos gemacht, die diesen Artikel begleiten werden“, ergänzt Monique. „Und auch die Fotos für ein recht erfolgreiches Kochbuch. Lass uns schnell darüber sprechen. Wie kam es dazu?“

Lucien grinst. „Das ist auch so eine verrückte Geschichte. Sophie konnte überhaupt nicht kochen, also habe ich, als wir zusammen im Cottage Urlaub gemacht haben, angefangen, mit ihr zu kochen. Die Rezepte, die wir ausprobiert haben, stammen von ihrer Großmutter. Es waren Gerichte, wie ich sie selbst gerne kochen wollte. Ehrlich, bodenständig, mit regionalen und saisonalen Produkten. Nichts Abgehobenes und vor allem für jedermann erschwinglich. Sophie hat damals jedes Gericht fotografiert, das wir zubereitet haben, und wir haben ein Büchlein daraus gemacht. Als Geburtstagsgeschenk für ihre Großmutter und damit die Rezepte nicht verlorengehen. Aber dann dachte ich mir, dass vielleicht auch andere daran interessiert wären. Ich habe mit Einverständnis von Sophies Großmutter zu einem Verlag Kontakt aufgenommen, der schon lange ein Buch mit mir machen wollte, damals noch, als ich in Paris war. Ich bekam die Zusage und dann ging es erstaunlich schnell. Ich habe alle Rezepte von Großmutter Arden nachgekocht und Sophie hat die Fotos beigesteuert. Zwar habe ich die Rezepte noch ein wenig verändert und ein paar eigene Ideen eingebracht, aber die Grundrezepte stammen von Mrs. Arden, weshalb sie auch als Co-Autorin aufgeführt wird."

Monique lächelt. „Bestimmt ist sie mächtig stolz darauf."

„Das kann man wohl sagen", bestätigt Lucien schmunzelnd.

„Aber jetzt wieder zurück zu deinem Restaurant. Wieso hat es keinen eigenen Namen, sondern heißt White Whale Inn wie der Pub?"

„Weil Restaurant und Pub zusammengehören. Wir haben einen Durchbruch gemacht und beide Häuser miteinander verbunden. Zwar sind Restaurant und Pub durch Glastüren voneinander getrennt, aber nach einem Essen bei mir gehört es einfach dazu, rüber in den Pub zu gehen, an der Theke noch etwas mit den dortigen Gästen zu trinken und mit ihnen Darts oder Boule zu spielen. Und wer danach nicht mehr fahren will, kann vorab im Obergeschoss des Pubs und Restaurants eines der sechs neuen Gästezimmer buchen."

„Die wirklich fantastisch sind, wie ich bestätigen kann. Ich habe ganz herrlich geschlafen. Und auch den Abend nach dem Essen im Pub zu verbringen, war ein einmaliges Erlebnis, das ich sehr genossen habe. Alle waren so herzlich und für Engländer spielen sie ziemlich gut Boule. Ich musste mich echt anstrengen." Monique grinst. „Und dieses spezielle Gesamterlebnis hat sich rasch herumgesprochen. Die Gäste kommen inzwischen praktisch von überall her. Und sie sind völlig unterschiedlich – von Studenten über Familien bis hin zu Gourmets aus London. Frühere Stammgäste aus Paris waren auch schon bei dir und einige Promis, wie ich erfahren habe. War das von Anfang an dein Konzept, dass alle sich mischen?"

Lucien nickt ernst. „Auf jeden Fall. Und mir war deshalb vor allem auch wichtig, dass die Preise für meine Menüs angemessen bleiben und nicht nur einer Elite mit dickem Geldbeutel vorbehalten sind. Ich wünsche mir, dass es jedem meiner Gäste wirklich um mein Essen geht und nicht wie in Paris hauptsächlich darum, zu sehen und gesehen zu werden und sich möglichst in der Presse wiederzufinden."

„Was mich gleich zu meiner nächsten Frage bringt, Lucien. Dein Restaurant läuft großartig, ist weit im Voraus ausgebucht, und dennoch hast du lediglich an vier, manchmal nur drei Tagen pro Woche und auch nur abends geöffnet. Warum diese Entscheidung? Liegt es daran, dass dein Catering-Service landesweit begehrt ist?"

„Das spielt natürlich eine Rolle, Monique. Ich will mich aber auch nicht mehr überarbeiten. Ich habe schmerzlich erfahren, dass ich keine Maschine bin. Ich habe durch den ganzen Stress damals nicht nur meine körperliche und mentale Gesundheit aufs Spiel gesetzt, sondern auch die Liebe zum Kochen verloren. Diesen Fehler mache ich nicht mehr. Und meine Mitarbeiter sollen diese Erfahrung erst gar nicht machen müssen."

„Das ist eine sehr nachvollziehbare Einstellung und macht dich bestimmt zu einem beliebten Chef. Auf jeden Fall zu einem außergewöhnlichen in der Gastronomie. Apropos Mitarbeiter – was ist mit der Köchin im Pub? Hast du sie auch persönlich ausgesucht und ausgebildet? Sie zaubert ja wirklich ganz hervorragende, typische Kleinigkeiten, wie man sie in jedem englischen Pub erwartet."

„Darum hat sich Terry, der frühere Besitzer und Koch des Pubs, gekümmert. Susan ist eine Freundin der Familie und hat vorher in London gearbeitet, aber einen neuen Job als Köchin hier in der Gegend gesucht. Es war ein sehr glücklicher Zufall, über den wir alle froh sind! Und sehr froh sind wir auch darüber, dass ein paar Bewohner von Galhill Bay sich den Thekendienst teilen. Eine ganz großartige Gruppe von Freunden, die unter anderem auch dafür gesorgt haben, dass Boule plötzlich eine so große Rolle für das ganze Dorf spielt."

Monique lächelt. „Das klingt alles irgendwie wie ein modernes Märchen und ich weiß, dass viele unserer Leser sich für dich und über dieses neue Konzept freuen werden. Wollen wir jetzt in die Küche gehen? Du hast ja noch eine Überraschung für uns. Ein neues Gericht, das du extra für unser Magazin kreiert hast und für uns kochen wirst. Darauf freue ich mich ganz besonders."

„Wir können gleich loslegen, Monique, und du musst mir unbedingt assistieren."

Ich grinse, als ich den geschmeichelten Ausdruck auf Moniques Gesicht bemerke. Lucien hat es wirklich drauf, jeden Journalisten, der bisher da war, mühelos um den Finger zu wickeln und jedem das Gefühl zu geben, er würde seine und unsere Geschichte zum allerersten Mal erzählen.

LUCIEN

Ich sitze mit Sophie auf unserer Terrasse und sehe ihr dabei zu, wie sie die Fotos von Annes und Matts Hochzeit bearbeitet.

Vor acht Monaten ist Matt zu Anne in ihre Wohnung über dem Café gezogen, vor zwei Wochen haben sie geheiratet und in meinem Restaurant gefeiert, und jetzt sind sie in ihren Flitterwochen. Inselhopping im Mittelmeer mit einem Segelboot, das ihnen einer von Richards Freunden geliehen hat. Sobald Anne Matt nämlich erzählt hatte, dass er für sie wie ein Pirat aussieht, haben sie beschlossen, ganz in der Rolle aufzugehen und einen Segelschein zu machen. Und Matt hat sich selbstverständlich ein Piratenoutfit zugelegt, in das er in sehr privaten Momenten gerne schlüpft, wie er mir einmal grinsend verraten hat. Selbstverständlich haben sie das für die Flitterwochen ebenfalls eingepackt.

Rachel und Harry haben wir bei der Hochzeit auch wiedergesehen. Sophie und ich haben die beiden damals ziemlich gut kennengelernt, als wir in Chicago den Umzug vorbereitet haben. Jeden Tag waren wir in Rachels Café, denn immerhin hat sie unsere Liebesgeschichte ja überhaupt erst in Gang gebracht.

Es ist unglaublich, was in diesem einen Jahr alles passiert ist!

Die Hochzeit von Anne und Matt, das Restaurant, die Galerie und unser Cottage, bei dem in Kürze der Anbau fertiggestellt wird, damit wir unsere Familien nicht mehr in den Gästezimmern im Restaurant einquartieren müssen, wenn alle zu Besuch kommen. Das Obergeschoss wird mit drei Schlafzimmern ausgestattet, nebst einem Gästebad und einem zweiten großen Bad, natürlich mit Wanne. Ein großes, neues Wohnzimmer mit einem Bollerofen und einer ständig wachsenden Bibliothek wird es dann im Erdgeschoss des Anbaus geben. Die Küche im Cottage wird demnächst auch umgebaut, damit ich zuhause eine richtige Profiküche habe, wenn ich neue Rezepte entwickle. Und mit dem Umzug des Wohnzimmers ist dann auch im alten genügend Platz für einen großen Esstisch vor dem Kamin, an dem sich alle Freunde und unsere Familien versammeln können.

Ich werfe noch einmal einen Blick auf die Fotos und seufze schließlich abgrundtief.

Irritiert sieht Sophie mich an. „Was ist denn mit dir los?“

Anklagend deute ich auf die Fotos. „Das ist mit mir los! Die sind wunderschön!“

„Äh … danke. Aber wieso ist das schlimm?“

„Das ist schlimm, weil das bedeutet, dass ich dich nie heiraten kann, denn wer soll bei unserer Hochzeit die Fotos machen? Ich will auch so wunderschöne!“

„Wer sagt denn, dass ich dich überhaupt heiraten will?“, fragt Sophie breit grinsend.

Verzweifelt raufe ich mir die Locken. „Willst du aus mir etwa keinen ehrbaren Mann machen? Wir können doch nicht ewig in Schande leben.“

„Das klingt aber irgendwie ziemlich verführerisch.“

Sophie gibt ein genießerisches Schnurren von sich und ich verdrehe lachend die Augen. „Sobald du einen Fotografen gefunden hast, den du gut findest, gibst du mir ein Zeichen. Und dann bereite ich alles für den romantischsten Antrag vor, den die Welt je gesehen hat, damit ich die Chancen erhöhe, dass du Ja sagst.“

Sophie lächelt. „In Ordnung.“

Aus der Küche ertönt ‚Can't Help Falling in Love‘ von Elvis, das seit unserem ersten Tanz auf unserem ersten Dorffest irgendwie zu uns gehört. Ich stehe auf und halte Sophie meine Hand hin. „Sie spielen unser Lied, meine Liebste. Darf ich bitten? Da können wir bei der Gelegenheit auch gleich mal für unseren

Hochzeitstanz üben.“

Strahlend ergreift Sophie meine Hand und wir umarmen uns. Mit einem süßen Seufzer legt sie ihre Wange an meine Schulter und langsam bewegen wir uns zum Takt der Musik.

„Ich liebe dich“, flüstere ich.

„Und ich liebe dich“, wispert sie. „Und wir werden für immer glücklich sein.“

„Das werden wir, Sophie. In unserem kleinen Cottage am Meer.“

ENDE

REZEPT FÜR LUCIENS SHEPHERD'S PIE

Für 4 Personen:

- 500 g Kartoffeln (mehligkochend)
- 500 g Hackfleisch vom Rind (optional: Lamm)
- 100 g Erbsen (TK-Erbsen sind auch in Ordnung)
- 1 Zwiebel
- 1 Möhre
- 2 EL Öl
- 1 EL Tomatenmark
- 100 ml Rinderfond
- Paprikapulver (mild)
- Salz und Pfeffer
- Butter
- 100 ml Milch
- optional: Muskatnuss (frisch gerieben)

1) Die Kartoffeln schälen, würfeln, 20 Min. in Salzwasser kochen.

2) Zwiebel und Möhre schälen und fein würfeln.

3) In einer Pfanne das Öl erhitzen, Hackfleisch zugeben und krümelig anbraten.

4) Zwiebel dazugeben und mit anbraten.

5) Möhre, Erbsen, Rinderfond und Tomatenmark kommen ebenfalls in die Pfanne. Alles vermischen und mit Salz, Pfeffer und Paprika würzen. Ein paar Minuten einkochen lassen.

6) Die fertigen Kartoffeln abgießen, Butter zugeben und zerstampfen. Dann die Milch zugeben, eventuell mit einer Prise Muskat abschmecken, dann alles mit einem Schneebesen zu einem cremigen Püree verrühren.

7) Während der Ofen auf 200 Grad vorgeheizt wird, eine Auflaufform mit Butter einfetten und die Hackfleischmischung hineinfüllen. Danach das Kartoffelpüree darauf verteilen (ob man es einfach ganz locker nach Lust und Laune darauf gibt oder es glatt streicht und mit einer Gabel Muster hineinzieht oder es mit einer Spritztülle in großen Tupfen

aufspritzt, bleibt jedem selbst überlassen).

8) Etwa 30 Minuten backen, bis die Kartoffelkruste schön goldgelb geworden ist.

Viel Spaß beim Nachmachen und guten Appetit!

NACHWORT

Im kleinen Cottage am Meer ist nun also das große Glück eingezogen! Danke, dass du Sophies und Luciens Weg bis dorthin begleitet hast!

Wenn dir die Geschichte gefallen hat, würde ich mich unglaublich darüber freuen, wenn du eine Rezension oder Sternebewertung bei Amazon hinterlässt. Das hilft mir sehr und auch anderen Leserinnen und Lesern, die auf der Suche nach Lesestoff für ein paar schöne Stunden sind. ♥

Weitere Geschichten um die große Liebe in malerischen Landschaften mit garantiertem Happyend erscheinen schon bald. Wenn du darüber informiert werden möchtest, kannst du mir ganz einfach folgen, indem du bei Amazon auf der Produktseite des Buchs unter dem Cover auf den „Folgen"-Button klickst.

Oder du folgst mir bei Instagram unter: www.instagram.com/livomalley_autorin

Alles Liebe!

Liv O'Malley

Kontakt: livomalley@yahoo.com

Du bekommst nicht genug von süßen Liebesgeschichten? Dann sind die beiden bereits veröffentlichten Bücher etwas für dich:

„Ein irischer Buchladen zum Verlieben"

Zwei Millionen Euro, ein verfallenes Herrenhaus und eine kleine Buchhandlung in Irland. Das alles erbt Verleger Tom aus Boston.

Aber nur, wenn er vorher für vier Wochen in der Buchhandlung aushilft. Und die ist in Primrose Cove, einem kleinen Dorf, das irgendwo versteckt an der irischen Westküste liegt.

Tom hat keine Wahl, er braucht die Erbschaft, und lässt sich auf die Bedingung ein. Es sind nur vier Wochen, was kann da schon schiefgehen?

Buchhändlerin Maeve liebt ihr Fairytale Books in

Primrose Cove. Was sie nicht gebrauchen kann, ist ein gutaussehender Amerikaner, der ihre Buchhandlung erbt und ihr Leben durcheinanderbringt! Sie hofft, dass er nach den vier Wochen alles beim Alten belässt, wieder nach Boston verschwindet und sie weitermachen kann wie bisher.

Aber Bücher und Liebe sind eine süße Kombination, der sich auch Maeve und Tom nicht entziehen können!

Begleite Maeve und Tom auf ihrem Weg zum Happyend!

Für alle, die Irland, Romantik und süße Liebesgeschichten lieben! „Ein irischer Buchladen zum Verlieben" ist eine Auszeit für die Seele und ein absolutes Wohlfühlbuch!

„Herzklopfen in den Highlands"

Eine kleine Weberei in den schottischen Highlands aufkaufen! Mit dieser Aufgabe wird die New Yorkerin Emmy Baley von ihrem Chef nach Schottland geschickt. Da ihr Job von ihrem Erfolg abhängt, steht für Emmy einiges auf dem Spiel, aber wie schwer kann es schon sein, die Besitzer zu überzeugen?

Sean McFain kann die Städter nicht ausstehen, die alle naselang in Glenndoon auftauchen und die Weberei seiner Familie übernehmen wollen. Er wird niemals verkaufen! Egal für welchen Preis! Und das macht er auch jedem unmissverständlich klar.

Emmy hört davon, sobald sie inkognito in dem winzigen Dorf ankommt, und fasst einen verzweifelten Plan! Sie gibt sich als normale Touristin aus und will Sean erst einmal kennenlernen, um eine neue Taktik zu entwickeln.

Doch in der malerischen Landschaft der Highlands kommen Emmy und Sean sich rasch viel näher als erwartet und das Leben der beiden wird gehörig durcheinandergewirbelt!

Begleite Emmy und Sean durch die schottischen Highlands auf ihrem rasanten Weg zum Happyend und lerne die liebenswürdigen Bewohner von Glenndoon kennen!

„Herzklopfen in den Highlands“ – eine mitreißende Liebesgeschichte und ein absolutes Wohlfühlbuch!

Printed in Poland
by Amazon Fulfillment
Poland Sp. z o.o., Wrocław

22717698R00210